AF215810

Dina entwirft auf ihrem Laptop eine Geschichte, doch da werden die von ihr erfundenen Figuren auch in Wirklichkeit lebendig. Steckt der geheimnisvolle Frangipani dahinter? Hat er Zugriff auf ihren Computer und kann die Dateien nach Belieben verhexen? Verfügt er über magische Fähigkeiten und verwandelt im Gegenzug echte Menschen in Museumsexponate?

Dina meint zunächst, Sinnestäuschungen zu erliegen und arbeitet an ihrem Roman weiter. Doch bald begreift sie, dass ihr die Kontrolle entgleitet, denn die Gipsfiguren schrecken auch vor Mord nicht zurück. Schließlich wird sogar Dinas neuer Freund Tobias in eine Gipsfigur verwandelt. Dina erkennt, dass sie über eine besondere Gabe verfügt und nimmt entschlossen den Kampf gegen den mächtigen Zauberer auf.

Fiona de Sel ist das Pseudonym der 1965 geborenen Autorin, die in ihrer norddeutschen Heimat lebt. Sie hat bereits erfolgreich mehrere Kurzgeschichten veröffentlicht.

Fiona de Sel

Blut und Gips
Gebrochene Museumsgestalten

Fantasy-Roman

Bibliografische Information der Deutschen Nationalbibliothek:
Die Deutsche Nationalbibliothek verzeichnet diese Publikation in
der Deutschen Nationalbibliografie; detaillierte bibliografische
Daten sind im Internet über http://www.dnb.de abrufbar.

© 2019 Fiona de Sel
Herstellung und Verlag:
BoD - Books on Demand, Norderstedt
ISBN: 9783749496952
Umschlagmotiv / Herkunft des Bildes:
Grafik: Boule/Alla - Din/Shutterstock.com
Lektorat und Korrektorat: Elke Bockamp

*Für Gertrud und Joachim, meinen liebsten
Gipsfreunden ...*

... sowie für meine geliebten Eltern.

Mein Dank gilt meiner Lektorin Elke Bockamp für die wunderbare und hilfreiche Zusammenarbeit an diesem Roman.

*D*unkelheit. Schwacher Lichtschein, dort oben, an der Decke. Bilder trafen auf meine Netzhaut, verwirrten mich. Eine andere Lichtquelle, ein grünes Schild, länglich. Die weiße Figur darauf schien zu rennen und bewegte sich doch kein bisschen.

Ich blinzelte, schloss die Lider, öffnete sie langsam wieder. Die Bilder wurden deutlicher, meine Sehnerven begannen ihre Aufgaben zu erfüllen, mein Gehirn begann die Eindrücke zu verarbeiten.

Ich rollte vorsichtig die Augäpfel in ihren Höhlen, nach links, wo die Dunkelheit fast undurchdringlich war, nach rechts, zu einer riesigen Fensterfront.

Tiefblaue Wolken hingen dort draußen am Himmel, an ihren Rändern zeichnete sich eine feine helle Linie ab. Wie tintengetränkte Wattebäusche zogen sie gemächlich an mir vorüber und gaben von Zeit zu Zeit den Blick frei auf einen blassen runden Mond, bevor sie ihre Wanderung fortsetzten. Ein feiner Nieselregen hatte eingesetzt, Tropfen klatschten rhythmisch auf die metallene Fensterbrüstung.

Ich konnte mich nicht entsinnen, jemals Tropfen, Fenster, Wolken gesehen zu haben. Ich konnte mich nicht entsinnen, das leise Pling … Pling … des Regens auf der Metallbrüstung jemals gehört zu haben. Ich konnte mich nicht entsinnen, Erinnerungen an irgendetwas zu haben. Jemals etwas gedacht, gewusst, getan zu haben. Mein Gehirn war wie ein leeres Blatt, ein jungfräulicher Bogen

Papier, eingespannt in die Schreibmaschine des Lebens. Bereit für die Buchstaben, die darauf angeordnet werden sollten.

Ich spürte, wie ich unendlich vorsichtig meinen linken Arm anwinkelte. Es knirschte; der Arm, der bis dahin schlaff neben meinem Körper gehangen hatte, vollführte sachte eine Bewegung nach oben. Weiße Krümel rieselten vom Ellenbogen herab, landeten auf dem Holzpodest neben meinen Füßen. Die Finger begannen sich zu regen.

Nein, sie erstarrten erneut. Die Augen blickten wieder ins Leere, das Gehör versagte seinen Dienst.

Ich stand ruhig wie immer an meinem Platz, den Arm jedoch erhoben, als wolle ich zu meiner Kopfbedeckung greifen.

*E*r zog sich seine dunkelblaue Wollmütze vom Kopf und durchpflügte mit gespreizten Fingern sein langes blondes Haar, das durch ein Lederband zu einem Pferdeschwanz zusammengehalten wurde. Im Gegensatz zu Magiern in Filmen war er ein Zauberer ohne wallende weiße Mähne oder einen Rauschebart, der beim Essen in die Suppe hing. Solch ein albernes Aussehen verdankten diese Gestalten doch nur einem durchgeknallten Maskenbildner. Was sollte ein vernünftiger Kerl mit einem solchen Gestrüpp, dachte er verächtlich. Sich stundenlang frisieren und hinterher rumlaufen wie ein Yeti? Nee, mir genügen meine übersinnlichen Fähigkeiten vollauf, die lassen sich prima nutzen.

Der Magier Frangipani stülpte sich seine Mütze wieder über den Schädel und bewegte sich geräuschlos zu dem Kassentresen des Museums, hinter dem eine gedrungene Gestalt über ein großes Buch gebeugt stand und etwas darin eintrug, wobei sie ihm den Rücken zuwandte. *Security* verkündete ein breiter Schriftzug mit reflektierenden Buchstaben auf dem dunkelblauen Blouson, denn es war der Wachmann, der seine Nachtschicht antrat.

Auf einen alten Kumpel ist Verlass, dachte der hochgewachsene Frangipani und grinste, während er sich dem anderen Mann unbemerkt näherte. Wie gut, dass der Sicherheitsfritze mir seinen aktuellen Dienstplan zugesteckt

9

hat; nun kann ich viel besser festlegen, wann ich das Museum ‚beliefern' werde.

Die einzigen beiden eingeschalteten Strahler an der Decke ließen das Gesicht des Wachmannes im Halbdunkel fahl erscheinen, als er ein Räuspern hinter sich vernahm und herumfuhr.

„Schleichst dich immer noch an!", blaffte der Wachmann überrascht, dann krauste er die Stirn: „Was is'?"

„Weißt du doch – wenn's dir nicht passt ..." Der Zauberer beendete den Satz nicht, doch der drohende Tonfall verfehlte nicht seine Wirkung.

Der Securitymann wischte sich über die Stirn, auf der sich Schweißtropfen gebildet hatten. „Schon in Ordnung. Bring einfach alles rein, ich werde nichts bemerken. Die Kameraeinstellung ändere ich sofort. Du bist diesmal wo?", erkundigte er sich.

„50er Jahre." Die Stimme Frangipanis klang noch heiserer als sonst. Er stieß ein bellendes Husten aus, friemelte ein zerknülltes Taschentuch hervor und schnäuzte sich geräuschvoll die Nase. Verfuckte Erkältung, könnte er die doch weghexen!

Zielstrebig durchquerte er die Eingangshalle des ‚Altertumsmuseums Wuerdenstedt' und lief mehrere, nur von Notausgangsschildern schwach beleuchtete Gänge, entlang. Er stoppte schließlich vor dem Eingang für Personal und Lieferanten, einer zweiflügeligen schweren Stahltür, die an der Seite des Gebäudes nach draußen führte. Der vom Wachmann geliehene Generalschlüssel drehte sich geschmeidig im Schloss; der Zauberer öffnete beide Türen weit und fixierte sie mit Holzkeilen.

„Puh!" Sein Atem bildete Wölkchen in der hereinströmenden Nachtluft; der Herbst begann, es wurde allmählich kühler. Er schob die Jackenärmel bis über die Ellbogen hoch und entblößte seine sehnigen Unterarme, auf denen sich eine Gänsehaut bildete. Fröstelnd rieb er darüber. Auch die verfuckte Kälte ließ sich nicht weghexen!

Nach einer Verschnaufpause packte er mit seinen kräftigen Händen eine schlaffe Gestalt, die in sich zusammengesunken an die Wand neben der Tür gelehnt hockte, hob den Körper hoch und wuchtete ihn sich über die Schulter.

Der reglose etwa Vierzigjährige, von dem Zauberer in einer Kneipe angesprochen und von ihm willenlos gemacht mit K.-o.-Tropfen in der Limonade, steckte in einem Blouson, unter dem ein verwaschenes Shirt zu erkennen war. Er trug eine Jeans und Slipper an den Füßen; sein Kopf war mit einer Baseballkappe bedeckt. Ein leises Schnaufen entwich seinem Mund.

Frangipani, dessen schmaler Körper eine ungeahnte Kraft offenbarte, schleppte sein Opfer zum Fahrstuhl, drückte auf den Knopf und wartete ungeduldig darauf, mit seiner schweren Fracht hinauf zur zweiten Etage fahren zu können. Fuck, was für ein lahmes Ding, dieser Aufzug!

Endlich angekommen in der 50er–Jahre–Abteilung des Museums mit ausgestellten Petticoats und Musikboxen, lehnte er sich an die Wand und betrachtete eine Figur auf dem Podest, die dem Neuankömmling ähnelte, nur dass ihr Körper vollständig aus weißem Gips bestand. Noch, dachte der Zauberer und spannte seine Arme an, so dass die Muskeln hervortraten.

11

Nun hievte er den schlaffen benommenen Mann auf das hölzerne Podest hinauf, wo er ihn zu Boden fallen ließ. Die Sonnenbrille, die der Mann getragen hatte, legte er auf einen Tisch.

Aus Richtung des Podests kam ein Stöhnen. Der dort Abgelegte hob seinen Oberkörper an, danach sank er wieder zurück und lag still.

Frangipani hob die Gipsfigur herunter und legte sie auf den Boden. Danach stellte er stellte den benommen Mann auf den bisher von dem Gipsmann eingenommenen Platz und hielt ihn fest. Anschließend zwang er den entführten Mann, etwas aus einem Fläschchen zu trinken.

„Da staunst du, was?" Der Zauberer sah sein Werk an.

Stumpfe Augen schauten zurück.

„Na, Hilfsarbeiter Jens, hast doch noch 'ne steile Karriere hingelegt." Er lachte schallend. „Zukünftig stehst du als Lehrer vor Schülern aus Gips. Museumsbesucher werden dich gnadenlos anglotzen!"

Nun strich der Zauberer mit den Händen über den Gipskörper und murmelte dabei unverständliche Worte.

In Sekundenschnelle bedeckte den entführten Mann ein weißes Hemd, eine Weste mit einem grauen Sakko darüber, eine graue Hose sowie glänzende Lederslipper. Frangipani band ihm eine Krawatte zu einem Knoten, anschließend nahm er dem anderen Gipsmann den Hut vom Kopf und stülpte ihn dem Neuen auf den Schädel.

„Fucking Fun, Jens. Jetzt gehört das Teil zu dir, also gewöhn dich dran", raunte er, drückte den jetzt grau gefärbten Borsalino noch einmal fest auf den Kopf des Museumsexponats und musterte die Szene.

„Soll ich etwa Mitleid mit dir haben, Jens?", erkundigte sich der Zauberer, dann schüttelte er seinen Kopf. „Bist' doch auf mich reingefallen. Du interessierst mich ebenso wenig wie eine sezierte Fliege unter dem Mikroskop", erklärte er dem früheren Hilfsarbeiter, während er dessen Gipskörper studierte.

Keine Ängste beschwerten das Dasein dieses Mannes mehr, keine Gefühle, keine Schmerzen würden ihn jemals wieder quälen oder erfreuen, dachte der Zauberer. Sollte jemand diesen Typen draußen in der Welt vermissen, so würde das Rätsel um sein Verschwinden ungeklärt bleiben. Und sollte zufällig eines Tages jemand vor diesem Museumsfritzen stehen und sich verwundert die Augen reiben wegen der seltsamen Ähnlichkeit mit dem vermissten Sohn – Bruder – Freund – Arbeitskollegen, so würde man das als bloßen Zufall abtun.

Der hagere ‚Schöpfer' klopfte sich selbst abwechselnd auf seine Schultern und bestätigte sich mit ironischem Tonfall: „Bist wahrhaftig ein gottähnliches Genie, Frangipani!" Er wandte sich der auf dem Boden liegenden Gipsfigur zu und erklärte ihr: „Gleich kommst du dran! Aber erstmal brauche ich eine Fluppe."

Der Zauberer fuhr sich mit der Hand über sein Kinn und das Schaben über die Stoppeln seines Dreitage-Bartes erzeugte ein schabendes Geräusch.

Du wirst etwas völlig anderes erledigen als früher und es wird dir nicht passen, geschätzter Joachim, dachte er über den gipsernen Mann zu seinen Füßen, der einst als Lehrer auf dem Podest gestanden hatte. Aber erweist du dich als Idiot, nun … Verfuckt, warte nur ab.

Kaum empfing den Zauberer draußen wieder die frische nächtliche Brise, da schnippte er einmal mit den Fingern. Lautlos materialisierte sich vor ihm in der Luft eine feste, doch durchsichtige Hülle in Form einer Zigarette; er musste nur noch zugreifen.

Die schleimige, geruchlose Substanz in der Zigarette füllte sich stets von selbst nach und wechselte ihre Farbe. Zunächst zeigte ein intensives Rot dem Zauberer deutlich, wie angespannt er war. Die allmähliche Veränderung der Farbe in ein leuchtendes Lila bewies ihm, dass seine Nerven sich allmählich beruhigten. Als er später an der Fassade des Museums lehnte und genussvoll tief inhalierte, breitete sich endlich ein tiefes Blau in der Zigarette aus.

Fertig mit dem Rauchen! Er warf die Zigarette kurzerhand in die Luft, wo sie sich in Sekundenschnelle auflöste. Lediglich zwei winzige Tropfen daraus klebten auf dem Asphalt vor seinen Sneakers und deuteten auf seine Anwesenheit hin; schon bald wären sie getrocknet, ihre Farbe trüb, wie er aus Erfahrung wusste.

Alles würde aussehen wie immer, in der 50er–Jahre–Abteilung, nur dass die Figuren miteinander getauscht waren. Aber wem sollte das auffallen – die Mitglieder des Aufsichtspersonals schäkerten lieber miteinander und liefen desinteressiert durch die Ausstellungsräume, wie er bei seinen Undercover–Beobachtungen beobachtet hatte. Nein, die würden es nicht bemerken! Und den Besuchern waren die feinen Unterschiede zwischen der alten und der neuen Figur ohnehin nicht bekannt. Einzig eine kleine Veränderung hatte er dem neuen Exemplar zugefügt.

War das schrecklich! Ich wurde hochgehoben, danach wurde ich auf meine Beine gestellt; Gipskrümel lösten sich und fielen zu Boden. Schließlich stand ich unsicher und wacklig auf meinen Füßen, Socken und Schuhe fehlten. Mir war schwindelig. Auf meinem alten Platz auf dem Podest im Museum befand sich nun ein anderer – sollte *der Hänfling* etwa meine Schüler unterrichten? Der passte nicht einmal in meine Kleidung und erst recht nicht als Lehrer vor die Kinder!

Plötzlich packten kräftige Finger meine Arme, verdrehten sie, hielten meine Handgelenke fest und schüttelten die Hände auf und ab, auf und ab.

Mein Kopf wurde abwechselnd nach links und rechts gewandt, nach oben und unten bewegt. Meine Ober- und Unterlippe wurden auseinander gezogen und entblößten meine Zähne. Die Zunge in meinem nun weit geöffneten Mund wurde mit einer scharfen Flüssigkeit, die höllisch brannte und mir aus den Mundwinkeln rann, eingerieben. Anschließend musste ich etwas aus einem kleinen Gefäß trinken; mein Geschmackssinn war leider schon recht gut entwickelt. Ich schüttelte meinen Kopf vor Abscheu.

„Noch kannst du dich nicht wehren, Jo!", meinte der Mann vor mir. „Sollst du allerdings bald lernen. Aber erstmal weg mit dem weißen Zeug. Bekommst eine hübschere Oberfläche, Jo. Verfuckt, halt doch still!", herrschte er mich an. Ich riss die Augen auf.

Mit *dem weißen Zeug* war mein Körper gemeint, das verstand ich schon, obwohl meine Gedanken sich noch wie durch dichten Nebel, der sich nur langsam lichtete, kämpften. Ach, würde mein Verstand doch noch nicht arbeiten. So bekam ich schon vieles mit und musste hilflos die Bewegungsabläufe ertragen, die mir aufgezwungen wurden. Dazu die allmähliche Veränderung meines Äußeren; wie grässlich.

Aber wen meinte er dauernd mit ‚Jo'? Etwa mich? Behandelte er meinen Namen ebenso rüde wie meinen geschundenen Körper? *Joachim heiße ich!,* wollte ich ihm zurufen, doch kein Laut kam über meine Lippen.

Kein einziger Laut.

Jetzt strich der Mann nach und nach über meine Gliedmaßen. Ich erhielt eine andere Hose über dem Gips. Wie eine zweite Haut, dabei jedoch elastisch, umspielte sie schließlich meine Beine. Ich meinte, den Hosenstoff zu spüren – am linken Schienbein piekte mich irgendetwas unangenehm.

Auch die Sachen, die meinen Oberkörper bekleideten, verwandelten sich unter den flinken Händen des Mannes und seinen unverständlichen Zaubersprüchen in andere Kleidungsstücke.

Allmählich konnte ich alles immer deutlicher erkennen. Die weiße Bluse samt Weste und grauem Sakko an meinem Oberkörper verschwanden und wichen, ebenso wie mein Beinkleid, einer fremden Bekleidung. Nun trug ich ein hellgraues, ärmelloses Oberteil aus Baumwolle, darüber einen zur Hosenfarbe passenden blauen Blouson.

Aus den langen Ärmeln der Jacke sahen meine Hände

hervor. Sie waren nicht mehr weiß, sondern sie hatten Farbe angenommen und eine geschmeidige, glatte Oberfläche erhalten. Fasziniert starrte ich meine Finger an, die gepflegten Nägel, die Venen, die wie blaue Schlangen unter der Haut des Handrückens entlangkrochen. Zögernd ballte ich die Finger meiner rechten Hand zur Faust und stellte fest, dass die Haut sich spannte. Ich streckte die Finger aus und beobachtete winzige Falten an den Gelenken, krümmte sie erneut und drehte mühsam die Hände nach oben, so dass ich die Handinnenflächen sehen konnte.

Unglaublich. Was war aus meinem Körper geworden? Wo war der weiße Gips geblieben? Lebte ich noch – hatte ich überhaupt schon existiert, oder begann mein Dasein erst jetzt?

Irritiert ließ ich meine Arme sinken und suchte den Blick des Mannes, der mir soeben eine rote Baseballkappe auf den Kopf setzte und danach einen Schritt zurück trat. Zufrieden betrachtete er sein Werk und meinte grinsend: „Die Socken musst du dir selbst anziehen, damit werden deine Patschehändchen bestimmt Schwierigkeiten haben, aber mit der Zeit kriegst du den Dreh heraus. Bist ja nicht dumm, in deinem Gehirnskasten ist nicht nur Gips, dafür sorg ich!" Er stellte ein Paar graue Slipper vor meine Füße und sah mich auffordernd an. Sollte ich …

Ich sollte! Und so schlüpfte ich in die Fußbekleidung hinein. Ich wackelte mit den Zehen darin und machte vorsichtig einen Schritt, während ich mich an einer Stuhllehne festhielt, einen weiteren Schritt, noch einen. Dann sank ich mangels eines Stuhls auf die Tischplatte und starrte verwirrt den anderen Gipsmann an, der meinen bisherigen Platz eingenommen hatte.

Allmählich tauchten Erinnerungen in meinem Gehirn auf: Dunkelheit, schwacher Lichtschein, verwirrende Bilder vor meinen Augen. Eine Fensterfront, tiefblaue Wolken am Himmel mit einem blassen, runden Mond dahinter. Regentropfen klatschen rhythmisch auf Metall.

Offenbar hatte der Wahnsinnige mich bereits einmal kurzzeitig zum Leben erweckt; inzwischen war mein Denkvermögen deutlich besser geworden. Heute würde ich zu einem echten Menschen werden.

Ich schob mir die Baseballkappe in den Nacken und dachte wehmütig an meinen Borsalino zurück. Nun ergriff ich die Sonnenbrille, die auf der Tischfläche neben mir lag und setzte sie mir auf die Nase, um sie anschließend spielerisch mit dem Zeigefinger nach oben zu schieben.

„Meine Fresse, du bist schon ein munteres Gipsäffchen", unterbrach die raue Stimme neben mir meine noch trägen Gedankengänge. „Gut zu gebrauchen, für meine Pläne. Tanz mir nur nicht auf der Nase herum, Jo!"

Welch großspurige Reden der seltsame Mann führte. Einschüchternd, keine Frage. Hatte er mich erschaffen? Die alberne Verstümmelung meines Namens gefiel mir nicht. Fand der unmögliche Kerl das witzig?

Die Empörung über sein Benehmen schien mein Gehirn mit Energie zu versorgen; ich begann immer klarer zu denken. Wut erfüllte mich, verlieh mir Kraft, ließ mich meine Hände zu Fäusten ballen. Meine Miene wurde zu einer grimmigen Grimasse, meine Wangen brannten.

„Mitkommen!", kommandierte mein Quälgeist und zog mich hoch. Er fesselte meine Handgelenke mit einem Tau, an dem er mich wie einen Gaul an der Leine durch schwach beleuchtete Bereiche des Hauses führte. Hinaus ging es auf einen weiten Platz, über Straßen und an Fahrzeugen vorbei, die alle aus einer anderen Zeit als meiner zu entstammen schienen.

„Wohin?", krächzte ich und stolperte neben ihm her, höchst konzentriert, wollte ich nicht hinfallen.

„Schnauze! Gleich da", vernahm ich seine heisere Stimme neben mir. Wir näherten uns einem baufälligen Schuppen auf der Rückseite eines mehrstöckigen Gebäudes, tappten durch Unkraut, weggeworfene Bierflaschen und stinkenden Müll, schließlich stoppte er und schlenkerte einen Schlüsselbund vor meinem Gesicht hin und her.

„Willkommen in meinem Hinterhofpalast. Ein Weilchen wirst du dort warten müssen."

Worauf denn, fragte ich mich verzweifelt. Worauf? Was hatte dieser Verrückte mit mir vor?

Ich sehnte mich zurück auf mein Podest und dachte an meine Schüler, die allein zurückgeblieben waren. Ich dachte an Karl, der mit seiner Fistelstimme für das Gespött seiner Mitschüler sorgte; Kurt, ein Kasper, stets zu albernen Witzen aufgelegt, dabei hochintelligent, doch bodenlos faul.

Ach, sie alle würden mir fehlen.

Da kam der Mann auf mich zu, ein Fläschchen in seiner Hand. Die bräunliche Flüssigkeit darin schwappte hin und her. Ein stechender Geruch entwich dem geöffneten Gefäß und die Augen des Mannes schossen drohende Blitze. Seine intensiven Blicke schienen mich zu lähmen.

Ergeben schloss ich die Augen. Noch hatte ich nicht die nötige Kraft, mich zu wehren. *Noch nicht,* dachte ich.

*D*ie Wohnungstür war zu. Oder nicht? Vielleicht sollte ich sie doch noch einmal aufschließen und danach erneut zuschließen zur Sicherheit. Ach nee, dachte Dina genervt. Ich erinnere mich, ja, ich sehe es ganz deutlich vor mir, wie mir der Schlüssel aus der Hand rutscht, klirrend auf dem Fußboden landet und wie ich ihn aufhebe und mühsam in mein Schlüsseletui stopfte. Also, Undine Bergen, versicherte sie sich selbst in Gedanken, die verdammte Wohnungstür ist definitiv abgeschlossen und der Schlüssel verstaut, alles ist gut. Ich sollte mich nicht verrückt machen, überlegte sie und verfluchte einmal mehr ihren Kontrolltick.

Auf zum Job als Aufsichtskraft im ‚Altertumsmuseum Wuerdenstedt', dachte Dina. Die ersten Schritte auf dem Arbeitsweg legte sie zurück, während die Gedankenspirale in ihrem Kopf sich weiter drehte. War der Herd wirklich aus? Ja, verdammt noch eins. Oder nicht? Doch. Ich sollte mich beruhigen, dachte Dina. Hm. Habe ich eigentlich den Wassernapf für meine Katze mit frischem Wasser gefüllt? Bestimmt, das mache ich doch jeden Morgen; warum sollte ich es heute vergessen haben?

Vor Dinas innerem Auge lief der morgendliche Film ab. Alles in Ordnung, sagte sie sich schließlich und atmete tief durch.

Ein fröhliches Pfeifen drang an ihre Ohren. Der Museumsrestaurator Tobias Sonnenwies war gut gelaunt,

21

wie Dina erkannte, denn er pfiff den neuesten Hit aus dem Radio diesmal ausgesprochen melodisch. Sie nickte ihm freundlich zu und sah ihm versonnen nach, wie er durch die zweite Etage des Museums ging.

Ein Zollstock in Tobias' Hand ließ Dina vermuten, dass er sich dem Aufstellen einer neuen Vitrine widmen würde. Neue Exponate, wie spannend, freute sie sich, lauschte der Melodie und summte sie leise mit. Wenigstens einer, der gut drauf ist, dachte Dina und lächelte. Ist Tobias mies gelaunt, so klingt sein Pfeifen grässlich schräg.

Dina trat einen Schritt zurück, drehte sich um und warf einen Blick zur Überwachungskamera hinauf, die knapp unter der Decke angebracht war. Darauf wandte sie sich wieder der Gipsfigur zu, die als Lehrer auf dem Podest stand.

Mal ganz ehrlich, da stimmt doch was nicht, dachte sie. Der hält doch tatsächlich seinen Arm leicht angewinkelt nach oben und an seinem Ellenbogen zeichnen sich feine Risse ab – exakt diese Details habe ich in meinem Romantext erwähnt.

Dina drückte mit schweißnassem Zeigefinger auf die Ruftaste ihres Funkgerätes. Es raschelte im Gerät und begleitet von einem Knacken meldete sich ihr Kollege.

„Manuel. Sieh dir mal bitte die Kamera ..." Dina dachte kurz nach. „Die Kamera Fünf an. Und sag mir, dass ich nicht träume!"

Nervös zupfte sie an einer Strähne ihres Haares, wickelte sie sich um ihren Zeigefinger, ließ sie fallen, friemelte erneut daran herum und riss sich schließlich ein einzelnes Haar aus. „Schon wieder ein graues", murmelte sie missbilligend, betrachtete es im Lichte eines Scheinwerfers und schnippte es schließlich zu Boden. Egal, dagegen gab es Haartönungen.

Da erklang aus dem Funkgerät erneut die Stimme ihres Kollegen: „Tja Dinchen, ich seh schon. Was ist denn mit *dem* passiert?"

Nur Sekunden später schnarrte das Gerät abermals: „Ich komm mal her, das glaub ich einfach nicht … glaub ich einfach nicht." Dina erkannte die hohe Stimme Udo Wernemeisters und hörte an seinem Tonfall, wie verärgert er klang. Nicht schon wieder!

Dina stöhnte leise. Udo stellte ihr gern die berühmten ‚Fettnäpfchen' in den Weg, in die sie später zuverlässig hinein tapste. Aber diesmal hatte sie doch nichts getan. *Sei nicht verrückt, Dina. Purer Zufall, das hier. Hat doch mit deinem Geschreibsel von gestern Abend nichts zu tun. Obwohl, genau das hatte sie getextet.*

Udo platzte in ihre Gedanken: „Na, da haben wir den Salat … Salat. Hast du den Typen etwa angefasst, Undine Bergen?" Sein herausfordernder Blick besagte: *War ja nicht anders zu erwarten, du dumme Nuss.*

„Wusste gar nicht, dass du auf Gipsköppe, ähm, Gipsköppe stehst!" Ein anzügliches Grinsen begleitete Udos Worte und seine besondere Sprechweise ließ Dina grinsen.

„Nee, Udo, hast leider keine Chance." Herausfordernd sah Dina ihm ins Gesicht. Sie hatte längst gründlich die Nase voll von seinen Machosprüchen.

Er lief rot an, öffnete empört den Mund, setzte zu einer Erwiderung an.

Dina kam ihm zuvor: „Warum sollte ich den antatschen? Gehört doch nicht zu meinem Job."

Udo gab ein gereiztes Knurren von sich.

Etwas verlegen fuhr Dina fort: „Mal ganz ehrlich, ich habe keinen Grund, hier etwas anzufassen."

Sie stockte. „Im Übrigen hätte ich auch recht heftig zupacken müssen, da liegen ja sogar weiße Krümel auf dem Podest. Ein Gipsarm lässt sich nicht einfach verbiegen!" Dina hatte schlecht geschlafen; die Müdigkeit machte sie heute ausgesprochen zickig. Und weshalb rumorten eigentlich Schuldgefühle in ihrem Kopf?

„Na jedenfalls, da haben wir, ähm, haben wir ein Problem. Das werde ich ins Wachbuch eintragen müssen. Und gleich mal den Restaurator anrufen. Soll der sich die Bescherung bald ansehen."

Udo überlegte kurz. „Weiß auch nicht, was mit dem Gipsfritzen solange passieren soll, is' ja auch nicht mein Problem, ähm, mein Problem." Er machte eine Pause, bevor er mit dramatischer Stimme weitersprach. „Auswertung sämtlicher Videos. *Sämtlicher Videos, Undine.* Da können wir von ausgehen, ähm, ausgehen. Verdammter Mist, Micki wird toben!" Er presste die Lippen aufeinander und sah Dina an. „Und was dich betrifft ..." Er schüttelte den Kopf. „Ach, feg die Krümel da weg und dreh weiter deine Runde."

Udo schwenkte herum, marschierte über die Galerie zur Treppe und watschelte schließlich vorsichtig die Stufen hinunter. Seine kugelförmige Wampe schien ihn bei jedem Schritt gefährlich in die Tiefe zu ziehen. Zu seinem Pech war heute auch noch der Fahrstuhl ausgefallen. Udo erinnerte Dina an einen vollgesogenen Blutegel auf Spinnenbeinen; sie gluckste leise. Ein weiteres Haar aus ihrem Schopf musste dran glauben; diesmal war es ein blondes, wie sie erleichtert feststellte. Die Haartönung konnte warten.

Ihr Kollege Enno schaltete sich ein und quietschte mit hörbar verstellter Stimme: „Herr Meier-Sülz hat ja immer Folgendes gemacht –", er hob mahnend den Zeigefinger. „Also, er hat ja, hat ja, er hat ja immer Folgendes, immer Folgendes gemacht. Denn das hat er immer, hat er immer so gemacht", setzte er fort und hatte Mühe, ernst zu bleiben, als Dina zu kichern begann.

„Nun zieh doch nicht unseren ehrenwerten Teamleiter durch den Kakao, Enno." Dina schüttelte den Kopf. Enno unterließ es nie, sich über Udos Sprechweise lustig zu machen.

Ein Blick auf die Uhr an ihrem Handgelenk sagte Dina, dass sie die nächste halbe Stunde am Überwachungsmonitor fortsetzen würde. Danach folgte wieder eine Runde durch das Erdgeschoss, anschließend eine durch die mittlere Ebene des riesigen Hauses und schließlich wieder durchs Obergeschoss. Der Dienstplan war ein auf die Minute genau ausgeklügeltes System.

Der Museumsdirektor Dr. Bernhard Mirckenberg, hausintern ‚Micki' genannt, zeigte sich wie erwartet äußerst erbost über die rätselhafte Beschädigung des Gipsmannes, wie Dina mitbekam. Und wie Udo Wernemeister es vorausgesagt hatte, unterzog er allen Aufzeichnungen der letzten Stunden einer genauesten Prüfung.

Dina wusste: Das Gebäude – immerhin drei Etagen mit einer Ausstellungsfläche von achttausendeinhundert Quadratmetern – wurde nahezu in jedem Winkel von Kameras überwacht. Außerdem wurde alles auf Video aufgezeichnet und erst nach mehreren Tagen gelöscht. Man war gewappnet gegen unliebsame Störungen, jede Bewegung war nachzuvollziehen.

Ständig am Monitor vom Kollegen beobachtet zu werden, war für Dina anfangs gewöhnungsbedürftig gewesen. Mittlerweile war es ihr völlig egal. Und es gab einige Stellen, in die keine Kamera hineinspähen konnte. Um die Ecke schielen konnten diese Dinger nicht. Dina wutschte um die Ecke und verschwand im toten Winkel neben der nachgebauten Neandertalhöhle; die Runde durchs Untergeschoss des weitläufigen Gebäudes lag nun vor ihr. An die Wand gelehnt schloss sie für einen Augenblick die Augen und gähnte herzhaft. Noch war es recht still. Die Ruhe vor dem Sturm. Dina liebte die besinnlichen Morgenstunden, wenn sie noch mit den Exponaten und ihren Gedanken alleine war, während sie ihre einsamen Runden durch die Etagen drehte.

Schon war sie wieder bei ihrem Text. Versonnen starrte sie in die Luft. Heute würde sie schreiben, wie ... *Piep-Piep-Piep.* Das Funkgerät in ihrer Hand unterbrach ihre geistigen Höhenflüge, denn ein Student hatte einige Fragen. *An die Arbeit, Dina.* Ein zweideutiger Spruch, der dieser Aufforderung noch folgte, ließ sie genervt den Kopf schütteln. Udo nun wieder.

Als eine von zwei Frauen, neben sechs Männern im Aufsichtsteam, hatte sie es nicht immer leicht. Die männlichen Kollegen waren zwar durchweg hilfsbereit, aber insbesondere der Teamleiter liebte es, schmutzige Witze zum Besten zu geben. Über die meist nur er wiehernd lachte. Dina überhörte sie geflissentlich, die anderen lächelten müde.

Vielleicht unter *Dokumente*? Dinas Finger kreiste unentschlossen über der Tastatur. Sie schüttelte ratlos den Kopf, denn sie kannte sich mit Computern nicht aus. Fragte man sie nach der Speicherkapazität des Gerätes, so konnte sie dies ebenso wenig beantworten wie die Frage nach der PS-Zahl ihres Polos. Technische Dinge waren für sie stets ein Buch mit mindestens sieben Siegeln. Was ihren Laptop betraf, so kam sie zwar mittlerweile leidlich damit zurecht, einen Text zu schreiben oder eine Tabelle anzulegen. Damit erschöpfte sich jedoch ihr Wissen um die Geheimnisse des Gerätes.

Unsicher und etwas verlegen hockte sie nach Feierabend mit gekreuzten Beinen auf dem Sofa, den Laptop vor sich. Ihre Finger machten sich an ihrem Haar zu schaffen … zerren, zupfen, herumwickeln … loslassen, zupfen. Natürlich war niemand da, der ihr wunderliches Treiben beobachten konnte, doch in ihrem Gehirn hämmerte es unentwegt: *meine Güte, was machst du hier eigentlich, Undine Bergen*?

Eingehend untersuchte sie das Gehäuse des Laptops, wendete es hin und her und spähte sogar in den Diskettenschacht des altmodischen Gerätes. Darauf begutachtete sie sämtliche infrage kommenden Dateien. Ihr

Verstand sagte ihr, dass ein aus Kunststoffteilen und Schrauben zusammengefügtes totes Ding kein Eigenleben entwickeln konnte. Und doch gab sie dem verrückten Gedanken nach, es müsse irgendwo etwas zu finden sein, das dem Computer ein Eigenleben ermöglichte.

Dina starrte das Gerät misstrauisch an und dachte: *Wie eine abergläubische Hexe. Fehlt bloß noch, dass ich im Kaffeesatz zu lesen versuche.* Wütend und zugleich beschämt über ihre alberne Suche nach einer Erklärung für das seltsame Verhalten ihres Laptops presste sie die Lippen zusammen. Sie straffte den Oberkörper, tippte auf 'Datei schließen' und fuhr das System runter. Für heute reichte es.

Es war kaum eine Stunde war vergangen, da beugte sie sich wieder über das Gerät. "Ich lass mich doch von ein paar seltsamen Zufällen nicht verrückt machen", murmelte sie eigensinnig.

„Puscheline, was ist denn?" Ihre hübsche schwarze Katze fauchte aggressiv, als Dina sie zu sich aufs Sofa neben den aufgeklappten Laptop hob.

„Das Ding beißt doch nicht", versuchte sie das Tier zu besänftigen und hob ihre Hand, um es zu kraulen. Doch die angelegten Katzenohren verhießen nichts Gutes. Nachdenklich musterte sie ihre haarige Hausgenossin, die eilig zurück auf den Fußboden sprang.

„Bist du etwa eifersüchtig auf den alten Kasten? Soll ich mehr Zeit mit dir verbringen? Der Roman schreibt sich nicht von allein, weißt du?", erklärte sie mit sanfter Stimme. „Aber gut, schalte ich das Ding eben aus! Morgen ist auch noch ein Tag."

Dina speicherte die Datei, fuhr das System herunter und dachte nur: Hoffentlich finde ich die jemals wieder ...

Manuskript hatte sie die Datei einfach genannt, einprägsam und normalerweise gut auffindbar. Normalerweise. Dinas Unvermögen im Umgang mit technischen Geräten war fast legendär.

Als sie den Deckel des Laptops zuklappte, fauchte die Katze erneut. „Wie bist du nur schreckhaft geworden, seit ich dieses Ding habe", murmelte sie. „Magst du den Geruch nicht?"

Ich werde weiterschreiben, dachte Dina. Das warnende Gefühl, das sich immer häufiger bei ihr einstellte, würde sie ignorieren. Das Romanprojekt lag ihr am Herzen, das ließ sie sich nicht von einer Katze ausreden.

*U*nd wieder war ein Arbeitstag herum; keine weitere Gipsfigur hatte sich verändert. Nichts Besonderes hatte sich ereignet, abgesehen vom Besucheransturm. Drei Busse mit aufgedrehten Rentnern, dazu zwei Schulklassen, hatten die Aufsichten in Trab gehalten.

Dina sah zur Uhr und dachte: Bald bin ich zu Hause. Somit bleiben mir zwei Stunden, um mich meinem Romanprojekt zu widmen, danach werde ich Laurin besuchen.

Der wohnte wenige Straßen entfernt und es gäbe Dinas Leibgericht: Spaghetti Bolognese. Exzellent kochen konnte ihr Lebenspartner. Wie sie liebte er italienische Gerichte.

Sie sah sich in Gedanken wieder bei *San Lorenzo* sitzen, erneut als einsamer Single allein am Tisch, während Laurin am Nebentisch auf seine bestellte Pizza wartete. Es wurde voll im *Ristorante* und sie rückten beide an Dinas Tisch zusammen; damals begann ihre nunmehr dreijährige Beziehung.

Nach einer Viertelstunde Fußmarsch durch neblige kalte Straßen in ihrer Zweizimmerwohnung eingetroffen, entledigte Dina sich erleichtert ihrer dunkelblauen Uniform und schlüpfte in eine Jeans und ein bequemes Fleeceshirt. Dazu zog sie Hausschuhe an, die wie Tigerköpfe aussahen. Albern, aber herrlich warm. Ihr echter Haustiger Puscheline stürzte sich darauf und fuhr spielerisch die Krallen aus, um die plüschigen Ungeheuer zu bekämpfen.

Sinnend betrachtete Dina ein etwas verwackeltes Foto an ihrer Pinnwand, das einen schlanken, sichtlich durchtrainierten Mann am Herd zeigte. Er war einen Meter fünfundachtzig groß, seine schwarzen, von grauen Strähnen durchzogenen und nach hinten gekämmten Haare hingen ihm bis auf die Schultern herab. Sein scharf geschnittenes schmales Gesicht mit dem olivfarbenen Teint verriet die wohl orientalische Abstammung seiner ihm unbekannten Vorfahren.

Vier Jahre älter als Dina, hatte der Sechsundfünfzigjährige bereits Erfahrungen gesammelt als Gemüsehändler, Kioskbesitzer, Lagerverwalter und Aushilfsbriefträger, wie er ihr erzählt hatte; derzeit war Laurin als Flohmarkthändler tätig.

Hach, und ich? Unerfahren und dumm. Einfach dumm. Kann nur eine Ausbildung als Bürokauffrau vorweisen, dachte Dina – die mit der Insolvenz der Firma ein Ende gefunden hat, überlegte sie weiter. Wenigstens gefällt mir mein jetziger Job als Aufsichtskraft im ‚Altertumsmuseum Wuerdenstedt‘ nach all den Arbeitsamtmaßnahmen, Praktika und zeitlich befristeten Arbeitsverhältnissen gut.

Dina erinnerte sich an Laurins Schilderung über seine Kindheit, als sie ihn auf dem Schnappschuss betrachtete, auf dem er in die Kamera lachte. Seinen Worten zufolge hatte er eines Morgens in einem alten Wäschekorb vor der Haustür der Mirckenbergs gelegen. Elend und abgemagert, wie das höchstens wenige Wochen alte Kind war, hatten sie es fast abgeschrieben.

Die Suche nach den leiblichen Eltern blieb erfolglos und so beschlossen Ernst und Hannelore Mirckenberg, ihn aufzuziehen. Geld spielte keine Rolle, denn Ernst Mirckenberg leitete eine große Firma. Sie gaben dem Findling den Namen, den sie auf einem Zettel in seinen Lumpen gefunden hatten: Laurin.

Knips, Licht aus – knips, Licht an – knips, Licht aus … Dieses idiotische Spiel konnte sie lange treiben, ebenso wie sie ihre Hände immer wieder prüfend unter den zugedrehten Wasserhahn hielt, das wusste Dina und sie schämte sich für ihren verrückten Spleen. Verdrossen flüchtete sie aus ihrem Bad.

Sie ging in ihre kleine, behaglich eingerichtete Küche, um sich einen Becher Cappuccino zu kochen. Fast leer war die Getränkedose. Dina machte sich eine Notiz auf den Rand der Tageszeitung, die auf dem Küchentisch lag: *Cappu Nachf. kaufen.*

Diese Notiz nur nicht wegwerfen, morgen, dachte sie und schaltete ihren Wasserkocher ein. Sie goss das heiße Wasser über das Getränkepulver im Becher und rührte mit einem Löffel gründlich um. Dann überlegte sie: Wo sind eigentlich meine übrigen Notizen geblieben. Etwas Dringendes war es gewesen, grübelte sie, doch was? Dinas Blicke wanderten durch die Küche und suchten vergeblich nach einer abgerissenen Zeitschriftenecke oder der Rückseite eines Kontoauszuges. Verflixte Zettelwirtschaft, ärgerte sie sich.

Und wie vollgestellt das Spülbecken schon wieder war – aber so nachlässig wie meine kleine Schwester Klarissa werde ich niemals sein, beschwor Dina sich. In ihrer Küche standen sämtliche Utensilien stramm wie Soldaten gehorsam in den Regalen, im Wohnzimmer wagte es keine Grünpflanze, die Blätter traurig hängen zu lassen, es glänzte stets alles sauber gewischt und gesaugt. Selbst Puschelines Fressnapf und das Katzenklo reinigte sie jeden Tag – einmal hatte Dina es wegen Grippe vergessen, da hatte das Tier eine Pfütze auf dem Küchenboden hinterlassen, erinnerte sich Dina und lächelte.

Vor ihrem innerem Auge stieg der Anblick auf, wie sie einst den Inhalt ihres penibel gepackten Schulranzens aufgefunden hatte, von der übermütigen Klarissa unter einem Berg Schmutzwäsche versteckt. Es war zwar ein Donnerwetter von ihrer Mutter gefolgt und Dina hatte empört den Ranzen nach Klarissa geworfen, doch abends hatten die Schwestern im gemeinsamen Kinderzimmer vor Lachen nicht einschlafen können.

Ihre Lippen zeigten bei der Erinnerung noch immer ein amüsiertes Grinsen, als Dina ihren Laptop hochfuhr, den heißen Becher Cappuccino auf den Couchtisch stellte und sich schließlich auf das Sofa daneben sinken ließ, in Gedanken bereits bei ihrem Roman. Darin werde ich eine Gipsfigur in die echte Welt gelangen lassen, dort wird sie als Friseurin arbeiten, dachte sie. Munter begann Dina auf der Tastatur zu tippen.

„Du mit deinem Roman!", mokierte sich Laurin, nachdem er Dina zur Begrüßung umarmt hatte und seine Stimme klang abfällig.

Kaum in Laurins ‚Wohnklo' eingetroffen, wie er seine anderthalb Zimmer große Bleibe abfällig nannte, hatte Dina ihm begeistert erzählt, dass sie schon am nächsten

Kapitel schrieb. Prompt machte er sich lustig über sie und Dina zog einen Flunsch.

„Machst dich doch lächerlich. Glaubst du ernsthaft, du schreibst da einen Weltbestseller, Dina? Kümmer dich lieber um mich!" Laurin drückte Dina so eng an sich, dass sie nach Luft japste, dann gab er sie wieder frei und ergriff den mit rötlichen Klecksen verzierten Kochlöffel, um sich wieder dem Essen zu widmen.

Es duftete nach einer pikanten Sauce, die auf dem Herd der Kochzeile in ihrem Topf köchelte. Dina schnupperte gierig wie ein Hund, schloss voller Vorfreude die Augen und brachte Laurin damit zum Lachen.

Chaotisch wie immer, dachte sie, als sie sich in Laurins kombiniertem Wohn- und Schlafzimmer umschaute. Vorsichtig stieg sie, ihre Beine abwechselnd angehoben wie ein Storch, über Zeitungsstapel und technischen Krimskrams auf dem verblichenen blauen Teppich, um zum Wohnzimmerfenster zu gelangen und dort nach dem Kaktus zu sehen, den sie Laurin überlassen hatte.

Ein wahrer ‚Messie', diese Unterkunft wird immer mehr zu einer versifften Gruft, dachte sie und schüttelte den Kopf. Aber wehe, sie räumte bei ihm auf, warf gar etwas weg! Laurin wurde wütend, maulte sie an und sprach hinterher eine Zeitlang nicht mehr mit ihr. Nein, dachte Dina, soll er sich doch durch seine Müllhaufen kämpfen, wenn er sich darin wohlfühlt, *ich* werde mich nicht mehr darum kümmern.

Resigniert nahm sie Laurins schmuddelige zusammengeknüllte Jeans vom Couchtisch und hängte sie über eine Stuhllehne, dann hob sie sein verschwitztes T-

Shirt vom Sessel und legte es auf die Hose. Gleich würden sie gemeinsam im Wohnzimmer speisen, dachte sie.

Das Mittagessen war verzehrt und Dina räumte soeben das Geschirr ab, um es zu der schmalen Küchenzeile im Eingangsbereich der Wohnung zu bringen. Dabei streiften ihre Blicke kurz eine Tür neben dem Sofa, durch die Laurin verschwunden war. Der einzige Raum, den er sorgfältig aufräumt, überlegte sie, während sie das benutzte Besteck neben zwei mit Tomatensauce bekleckerte Teller auf ein Tablett legte. Da drin dürfen von ihm aufgezogene Schmetterlinge frei umherfliegen.

Dina wusste, Laurin zog die Falter auf, indem er zunächst die Raupen aus winzigen Eiern in einem Glas, dessen Boden er mit Löschpapier und Holzwolle auslegte, züchtete. Laurin hielt den Raum gut verschlossen und achtete darauf, dass es dort kühl und nicht zu hell war.

Offenbar immer in Sorge, die Tierchen könnten in die Freiheit entwischen, nervte er Dina bei jedem ihrer Besuche mit dem Befehl, die Tür nur niemals offen zu lassen und auf keinen Fall das Fenster dort zu öffnen! Einmal hatte sie seine Anweisung vergessen und war gedankenlos ins Wohnzimmer gegangen. Da war Laurin ausgerastet, hatte sie unbeherrscht angeschrien seine Hand erhoben, als ob er sie schlagen wollte.

„Sie mögen Löwenzahn, Spinat und Flieder", hatte er ihr beim Füttern der geschlüpften Raupen erklärt. „Nicht berühren, bloß nicht streicheln! Ihre Haare brechen leicht ab und du kannst dir eine Augenentzündung holen, wenn du deine Hände nicht umgehend gründlich wäscht."

Interessiert hatte sie einige Wochen darauf verfolgt, wie die Raupen sich verpuppten. Bald würden sich Falter aus diesen Gehäusen hinauswagen.

Eines Morgens war Dina nach einer gemeinsamen Nacht in Laurins Bett aufgewacht und hatte sich umgedreht, um mit ihm zu kuscheln. Doch – der Platz neben ihr war verwaist gewesen.

Dafür hatte sie aus dem Nebenzimmer ein leises „Ja, zieh dich aus, mein Schatz!" vernommen. Abrupt war sie hochgefahren, hatte mit angehaltenem Atem gelauscht und überlegt: Wer ist da ... Wen versteckt Laurin dort?

Abermals hatte ihr Liebhaber zärtlich etwas geflüstert; da hatte Dina nichts mehr im Bett gehalten. Sie war so hastig aufgesprungen, als stünde eine Bombenexplosion unmittelbar bevor, hatte eilig die Schlafstätte umrundet und ihren Schwung erst vor der Tür zum Nebenzimmer abgebremst. Sie hatte langsam die Türklinke hinuntergedrückt und neugierig in den Raum gelugt – nur um Laurin dort bewegungslos etwas fixieren zu sehen, das wie ein strampelndes zusammengerollte Blatt wirkte, festgeklammert an der Textiltapete.

„Psst!", Laurin hatte nur kurz den Kopf gehoben. „Sieh mal, da schlüpft einer. Gleich hat er's geschafft." Ähnlich einem stolzen Vater nach der Geburt seines Sprösslings hatte er das zierliche Wunder der Natur bewundert, während seine Augen glänzten.

Gemeinsam hatten Dina und Laurin interessiert beobachtet, wie das winzige Wesen die weichen Stummel an seinem Leib bewegt und durch Einpumpen von Blut entfaltet hatte.

„Das sind seine Flügel. Die müssen noch trocknen und härten und bald ist der Kleine flugfähig. Wir dürfen ihn nicht stören." Nach diesen Worten hatte Laurin sich langsam abgewandt.

Beschäftigt sich Laurin selbstversunken mit seinen geliebten Schmetterlingen, wirkt er stets wie ausgewechselt. Dann ist er für Augenblicke wieder der verträumte, sanfte Mann, in den ich mich einst verliebt habe, dachte Dina jetzt. Wie zufrieden, wie begeistert er aussieht, wenn er mit seinen Blicken den torkelnden Flug der Falter verfolgt. Und setzt sich einer auf seine Hand, so freut er sich wie ein Kind zu Weihnachten. Dann schillern seine eisblauen Augen wie die prächtigen Flügel der Tiere und seine Seele scheint davonzufliegen.

„Präparierst du sie auch?", hatte Dina ihn eines Tages gefragt.

Laurin hatte nach Luft geschnappt, die Augen weit aufgerissen und Dina angestarrt, als ob sie den Mord an einem geliebten Menschen verlangt hätte. „Wenn du *das* von mir annimmst, also ... Nee, wie kommst du auf so 'ne alberne Frage, Dina?" Er hatte den Kopf geschüttelt und erwidert: „Dazu könnte ich mich nie überwinden, nich' mal wenn 'n Sammler mir 'n Vermögen bieten würde. Würdest du ... Könntest du dein *Baby* umbringen? Sie sind für mich wie meine Kinder, so verrückt das wohl klingt." Eindringlich hatte er sie angesehen. „Verstehst du, Dinchen?"

„Hm, ja." Überwältigt von dem leidenschaftlichen Tonfall in Laurins Stimme hatte sie zustimmend genickt, erinnerte sie sich.

In den Momenten, in denen ich ihn im Umgang mit den Faltern beobachte, erlebe ich Laurin so ausgeglichen und gelöst wie nur selten, überlegte Dina nun. Oft setzt er mir sogar eines der Tierchen auf meinen Handrücken. Was für ein Erlebnis, wenn solch ein zartes Wesen direkt auf meiner Haut sitzt und seine prächtigen bunten Flügel aufklappt, dachte sie begeistert.

Dina schob die beiden wackligen Stühle, die seit dem Mittagsmahl kreuz und quer herumstanden, ordentlich wieder an den Wohnzimmertisch. Behutsam öffnete sie danach die schmale Tür, die in Laurins Schmetterlingszimmer führte. Heute würde ich gern mal ein Tagpfauenauge aus der Nähe bewundern, die finde ich nämlich besonders hübsch. Soll er mir doch eines reichen. Gerade hab ich ihn darum gebeten, dachte sie und schaute Laurin wartend an.

Doch als er Dina erblickte, runzelte er missmutig die Stirn und seine Augen glitzerten bösartig. Er sagte nichts, sondern wandte sich ab und wedelte abwehrend mit seinen Armen, als einige Schmetterlinge sich ihm nähern wollten; die Tiere flüchteten.

Dina zupfte irritiert an einer Strähne ihres blonden Haares. Mal ganz ehrlich, habe ich Laurin verärgert, fragte sie sich. Was mag ihm durch den Kopf gehen, dass er eine solch finstere Miene macht?

Hat es ihn gestört, dass ich kurz über Tobias gesprochen habe? Beim Mittagessen hat Laurin sich noch nichts anmerken lassen. Höchstens die Art, wie er sich das leckere Essen plötzlich achtlos in den Mund schaufelte, offenbar ohne es zu genießen. Vielleicht hätte mir das bereits zu denken geben sollen.

Ahnt Laurin etwas von meiner albernen Schwärmerei für den Restaurator, von unserem verstohlenen Tuscheln in dunklen Nischen? Hätte ich doch Tobias nicht erwähnt, ärgerte sich Dina. Ich hab doch wissen müssen, dass Laurin genervt reagiert; dieser Name scheint inzwischen ein rotes Tuch für ihn zu sein.

Ja, der Restaurator ließ ihr Herz schneller schlagen. Dachte Dina an ihn, meinte sie stets, sein vergnügtes Pfeifen im Ohr zu haben.

Sie senkte verlegen den Kopf. Mehr war bisher nicht zwischen ihr und dem attraktiven Dreiundfünfzigjährigen passiert, sagte sie sich. Sie meinte Tobias' sanfte Stimme zu hören, als er ihr half, ein Regal in ihrer Wohnung zu befestigen, meinte seine kräftigen Hände zu sehen, wie sie im letzten Augenblick ein hinunterfallendes Brett auffingen. Dina war Tobias dankbar für seine selbstlose Hilfe, für die er oft seinen Feierabend hergab.

Meine Güte, dachte sie, war es denn so verwerflich, dass ich mich kürzlich erneut an meinen Kollegen gewandt habe, als ich die Wand in meinem Wohnzimmer neu anstreichen wollte? Dass er mich nach Feierabend zu meiner Wohnung begleitet hat? Dina krauste unwillig die Stirn. Ich bin nicht Laurins Eigentum. Der hat zwei linke Hände und ist ein lausiger Handwerker.

Dummerweise war Laurin an jenem Abend zufällig im Hausflur aufgetaucht. Böse hatte er den armen, mit weißer Wandfarbe bekleckerten Tobias angefunkelt, beide Hände auf die Hüften gestützt wie ein zorniges Waschweib, in seinen Augen einen hasserfüllten Ausdruck. Er hatte einen Schritt nach vorn gemacht und erst unmittelbar vor Tobias gestoppt. Der hatte den Rückzug angetreten und schließlich die Haustür heftig zugeknallt.

Bei Tobias' Abgang hatte Dina gemeint, ein unerklärliches Knistern in der Luft zu vernehmen. Als sie anschließend aus dem Flurfenster gesehen hatte, war draußen eine Straßenlampe nach der anderen unter ihren verblüfften Blicken erloschen.

Unversehens hatte Laurin Dina einen Schlag mit seiner Hand ins Gesicht verpasst, der sie gegen die Wand taumeln ließ und sie als Hure beschimpft. Dina hatte seine Alkoholfahne gerochen und abermals war ihr bewusst geworden, wie unberechenbar Laurin sein konnte, wenn er getrunken hatte.

Und später ist er reumütig mit Pralinen bei mir aufgetaucht – sein Patentrezept, um mich bei Laune zu halten, überlegte Dina nun. Mir erst ein ‚blaues Auge‘ verpassen, dann mit Geschenken um Nachsicht betteln. Und jedesmal falle ich dumme Nuss darauf herein. Falle immer wieder auf seine Sprüche herein.

Sie zog einen Flunsch, verstimmt über ihre eigene Nachgiebigkeit.

*I*ch werde Dina eine Freude machen, nahm sich Laurin vor und betastete das kleine Mitbringsel in seiner Jackentasche. Sie wirkte verletzt, als ich sie und sogar meine geliebten Schmetterlinge mit meinem Benehmen verschreckt habe. Weshalb musste sie denn auch eine Bemerkung über den dämlichen Restaurator machen? Ist dieser Tobias wirklich nur ein Kollege, so oft wie sie den erwähnt, oder hat der sie schon im Bett beglückt? Mal wieder hat sie es geschafft, überlegte Laurin beschämt, Wut in mir aufsteigen zu lassen, wie eine Springflut, die rasch über das Ufer tritt und alles überschwemmt.

Er überflog das Wochenhoroskop für *Fische:* An der Freundschaft zu einem lieben Mitmenschen arbeiten und überhaupt alles lockerer sehen! – Leicht vorgeschlagen, aber schwer umgesetzt, überlegte er und presste seine Lippen missmutig zu einem schmalen Strich zusammen, zerknüllte die Zeitungsseite und warf das Papierknäuel achtlos zu Boden. An solchen Unsinn glauben doch nur Frauen. Und doch – jedesmal lese ich diesen haarsträubenden Blödsinn.

Eine Tafel Schokolade aus dem zum Museumscafé gehörenden Shop hatte er für Dina erstanden. Es war allerdings eine besondere Tafel Schokolade. Passend zur Attraktion des Museums, der nachgebauten ‚Höhle von Lascaux' mit ihren berühmten Wandmalereien, bot der Shop nämlich die Möglichkeit, auf einem

41

Computerbildschirm beispielsweise Handabdrücke oder Tiere zu zeichnen. Per Münzeinwurf in Gang gesetzt, übertrug der PC die Linien an einen 3-D-Drucker, der sie als leicht erhabenes Relief auf eine kleine Tafel Schokolade druckte. Ein nettes Andenken für Besucher.

Dina begrüßt mich heute äußerst verhalten, registrierte Laurin, als er nun ihre Wohnung betrat. Keine innige Umarmung, kein herzliches Drücken, nein, sie gibt mir nur die Hand und nuschelt: „Hallo, schön dich zu sehen."

Wirklich? Daran hab ich meine Zweifel, dachte Laurin, als er hinter Dina hertrabte.

Ich hab sie wohl beim Wohnungsputz überrascht, folgerte er beim Anblick des Schrubbers und eines gefüllten Wassereimers daneben, über dessen Rand ein Gummihandschuh hing. Der andere bedeckte Dinas rechte Hand. Wortlos ging sie nun in die Knie und begann mit einem Lappen eine Stelle auf dem Teppichboden zu bearbeiten.

„Irgendein *Idiot* hat mal wieder nicht aufgepasst!", grummelte sie und deutete auf einen Fleck.

Richtig, der stammt von dem Bier, das ich kürzlich verschüttet habe, erinnerte sich Laurin. Nun ist Dina natürlich sauer. Ich mach aber auch alles falsch, sollte mich in den Allerwertesten treten, für meine Blödheit, dachte er verärgert.

„Geht nicht ab, verdammt nochmal. Das hätte nicht sein müssen, Laurin. Du bist hier nicht *in deiner Wohnung!*" Dina erhob sich, starrte ihm eindringlich in die Augen und wandte sich schließlich ab. „Wolltest du mir helfen, oder was führt dich hierher?"

„Reg dich nicht auf, Liebes!" Laurin umarmte Dina von hinten, zog sie zärtlich an sich und gab ihr einen Kuss in den Nacken. „Ich habe Mist gebaut, schon klar", raunte er ihr ins Ohr und knabberte an ihrem Ohrläppchen. Schon meldete sich spürbar ein recht eigenwilliges Teil seines Körpers und Dina rückte von ihm ab.

„Na logisch. Und jetzt möchtest du, dass ich mich noch für dein Verhalten bei dir bedanke, oder?" Sie räusperte sich. „Lass mich los, Laurin, dazu bin ich nicht in der Stimmung. Eher dazu, dich ..." Sie verstummte und bedachte Laurin mit giftigen Blicken.

Meine Güte, Frauen, immer kompliziert, dachte er genervt. Endlich besann er sich auf den Grund seines Besuchs und holte sein Geschenk aus der Jackentasche.

„Hoffentlich noch nicht geschmolzen, so heiß wie mir ist", meinte er vieldeutig und grinste, als er Dina die Schokolade reichte, während ihm wieder einmal der Gedanke durch den Kopf ging: Was ist mir diese Beziehung eigentlich noch wert, weshalb überlasse ich sie nicht ihrem Tobias? Der ist attraktiver als ich alter Trottel, spricht gewählt wie ein Gelehrter und flucht nie. Der wird ihr nicht die Wohnung versauen, trinkt vermutlich nicht mal Bier, sondern schlürft nur vornehm teuren Luxus-Wein. Und meine Dina lässt sich davon beeindrucken.

Fühlte sie sich etwa abgestoßen von ihm? An das kreative Chaos in seiner Wohnung hatte Dina sich allmählich gewöhnt, glaubte Laurin. Daran konnte es doch nicht liegen, dass Dina sich einem anderen zuwandte. Dass sie seit Wochen den Kontakt zu Tobias suchte, wusste Laurin, denn er hatte die beiden heimlich beobachtet.

War Tobias der bessere Mann im Bett? Laurin stellte sich vor, wie Dina morgens neben Tobias aufwachte, sah vor seinem inneren Auge, wie sie sich räkelte und zufrieden seufzend an ihren neuen Liebhaber kuschelte, wie sie …

Stopp! An dieser Stelle musste Laurin sich zur Ordnung rufen. Der einzige Mann, an den sich Dina jemals nackt schmiegen würde, das wäre er, Laurin. Kampflos aufgegeben würde er nicht. Sie gehörte ihm, er war ihr Liebhaber und hatte ein Anrecht – ach was, das *alleinige* Anrecht, auf diese Frau.

Laurin verschränkte die Arme vor seiner Brust, lehnte sich an die Wohnungstür und sah Dina abwartend an. Würde sie die Verpackung der Tafel nun endlich aufreißen? Immerhin schenkte er ihr einen selbstgezeichneten Schmetterling, gedruckt auf Schokolade. Außerdem hatte er sich am Automaten Dina zuliebe für die Sorte ,Zartbitter' entschieden, obwohl er selbst Vollmilchschokolade bevorzugte. Aber hier ging es nicht um ihn, oh nein. Er würde alles tun, um Dina zu erfreuen. Vielleicht sprang dann tatsächlich eine Belohnung für ihn heraus?

Laurin ließ anerkennend seine Blicke über Dina gleiten – über ihr rundliches Puppengesicht mit den dunkelbraunen Kulleraugen, über ihre vollen roten Lippen, mit denen sie ihn oft leidenschaftlich küsste. Und sie besaß Rundungen an den richtigen Stellen, alles gut verteilt auf einen Meter fünfundsechzig, dachte er, angetan von Dinas Aussehen. Proportionen, die Männer gern gierig zu Dina starren ließen. Laurin wünschte sich, alle anderen Kerle bekämen ihre Augen verbunden. Dinas Reize gingen schließlich *nur ihn* etwas an.

„Och, wie niedlich", riss ihn Dinas Begeisterungsausbruch aus seinen schlüpfrigen Gedankengängen. Lächelnd betrachtete sie die halb ausgepackte Schokoladentafel, auf welcher das gedruckte Motiv sichtbar wurde, dann drehte sie die Tafel unschlüssig hin und her. „Viel zu schön, um sie zu essen."

„Dafür ist sie aber gedacht, Liebes", meinte Laurin und brach eine Ecke von der Tafel ab. „Mund auf und genießen!"

Lachend gehorchte sie und schmeckte mit geschlossenen Augen die leckere Schokolade.

Laurin teilte eine weitere Ecke so geschickt ab, dass der aufgedruckte Schmetterling komplett erhalten blieb.

„Der fliegt gleich davon, wenn du noch mehr abmachst", zog Dina ihn auf und versteckte das restliche Geschenk spielerisch hinter ihrem Rücken.

„Bestimmt fang ich ihn wieder ein", erwiderte Laurin und lachte übermütig.

Und dich dazu, dachte er erleichtert. Wieder einmal hatte er es geschafft, Dina zu besänftigen. Der Friede zwischen ihnen wurde jedoch immer brüchiger, wie ihm bewusst war. Wie lange konnte er Dina noch halten, ohne sie dazu zwingen zu müssen, bei ihm zu bleiben?

Verhext hatte er Dinas Laptop, sich heimlich in das Gerät eingeschlichen und konnte nun ihren Romantext nutzen, um ihr auf die Nerven zu gehen. So oft sie etwas schrieb, zukünftig würde er dazwischenfunken, überlegte Frangipani.

Bequem lümmelte sich der drahtige Magier auf dem alten Drehstuhl, übermütig auflachend stieß er sich vom Schreibtisch ab und rollte ein Stück nach hinten. Das unbedarfte *Dinchen* wird mich, den fähigen Zauberer, noch kennenlernen, denn ihre Rücksichtslosigkeit anständigen Männern gegenüber, gehört bestraft. Ihr Kerl trägt sie auf Händen und sie tritt ihm in den Arsch, dachte er und spürte, wie sein Blut in Wallung kam.

Er setzte sich wieder aufrecht hin, rückte erneut an seinen PC heran und legte eine Hand auf die Computermaus. Wie einfach war es doch, ihren Rechner zu manipulieren. Er konnte Dinas Texte ändern oder löschen und musste sich dazu nicht einmal heimlich Zutritt zu Dinas Unterkunft verschaffen, sondern führte alles unerkannt von seinem eigenen Wohnzimmer aus durch. Begeistert scrollte er den Cursor bis an das derzeitige Ende von Dinas Text.

Das mit diesem Josef … Johann … Nee, der fucking Gipsmacker heißt anders, überlegte er. Meine Fresse! Wie ist doch der Name? Ungeduldig trommelte er mit den Fingern auf seine Oberschenkel und starrte angestrengt zur

Zimmerdecke, als stünde dort die Antwort. Joachim, genau. Die Umgestaltung dieser Figur war erst der Anfang gewesen und immer mehr von Dina beschriebene Exponate würden sich bald rühren. Ungläubig würde sie die Gipshansel mustern und ihren PC nach Feierabend verlegen untersuchen und nichts finden.

Hast ohnehin keine Ahnung von Technik, braves Mädel, dachte er und verzog die Lippen zu einem Grinsen. Findest doch höchstens den Einschaltknopf.

Keine einzige Veränderung entginge vermutlich Dinas scharfen Augen. Sie würde bestimmt jeden Zentimeter der Exponate gründlich mustern und mit der Zeit an ihrem Verstand zweifeln. Verstohlen würde sie vorgehen, immer in Angst vor den allgegenwärtigen Kameras, die ihr seltsames Treiben im Museum auf den Monitoren den übrigen Aufsichtskräften offenbarten.

Das geschieht dir ganz recht, dachte er; dein albernes Benehmen vor den Blicken der Kollegen soll dir peinlich sein. Ich als Magier werde dafür sorgen. Diese Frau scheint kaum Schamgefühl zu besitzen. Offenbar kein Mitleid mit dem armen Mann, ihrem treuen Partner, der sie zutiefst verehrt, der ihr jeden noch so idiotischen Wunsch von den Augen abliest und seine natürlichen Begierden ihr zuliebe im Zaum hält. Ich weiß, dass er nicht jedem anderen Rock geifernd hinterher glotzt, er nicht, während seine Liebste ...

Ach, Laurin, dachte er und schüttelte seinen Kopf. Wie kannst du nur so abhängig von einer Frau werden; hast du denn gar kein Selbstbewusstsein?

Die Weiber betrügen uns Kerle doch ständig, sagte er zu sich und zog einen Flunsch. Auch Laurins Liebste steht längst auf einen anderen, diesen *Toobii-Ass*. Leise murmelte er den Namen vor sich hin und zog ihn dabei verächtlich in die Länge.

T*obi-Arsch* erfüllt Dina garantiert deren heiße Phantasieträume und dies sicherlich ohne ein schlechtes Gewissen. Empört hieb der Zauberer mit der Hand auf den Tisch, so dass der Monitor bebte.

Vielleicht sollte der von ihr betrogene Laurin stattdessen mal die scharfe Vanessa beeindrucken und sich an der abreagieren. Den lasziven Bewegungen und dem einladendem Po-Wackeln der schlanken Auszubildenden im ‚Altertumsmuseum Wuerdenstedt‘ erlagen viele Männer, wie Frangipani wusste. „Laurin, schnapp sie dir, gönn dir eine Auszeit von deiner Dina, denn mach dir nichts vor, du bist ihr gleichgültig", flüsterte er.

Selbst ein Magier war weltlichen Genüssen nicht abgeneigt, wie er spürte. Das Blut in gewissen Körperregionen begann zu pulsieren. Er schloss die Augen und atmete tief aus. Nein, er war kein verwunschenes Wesen aus einer anderen Welt.

Dass sich das frühreife Früchtchen Vanessa für spezielle ‚Gegenleistungen‘ teure Dinge von älteren Männern spendieren ließ, war kein Geheimnis für den Zauberer. Bestimmt ginge sie auch Laurin bald ins Netz – beziehungsweise landete in seinem Bett.

Wie ich diese naive Plappertasche Vanessa einschätze, machen die Gerüchte bald die Runde und kommen auch der Richtigen zu Ohren, überlegte der Zauberer und grinste. Ach, Laurin, du könntest auf diese Weise gleich zwei Fliegen mit einer Klappe schlagen. Nicht nur eine stürmische Nacht mit jungem Fleisch wäre drin, nein, deine geliebte Dina würde vor Eifersucht toben. Oder nicht? War Laurin Dina womöglich egal, würde sie sich kalt lächelnd von ihm abwenden?

Verdammt, ich kann Dina nicht einschätzen, dachte Frangipani und schüttelte mitleidig den Kopf. *Armer Laurin.*

Ein neuer Manipulationscoup war fällig. Erneut würde er heute Dina ins Handwerk pfuschen.

Der dürre Magier lachte und kämmte sich mit den Fingern die wild hinunter hängenden Haarsträhnen aus der Stirn. Mein Äußeres entspricht ganz und gar nicht dem Klischee des Zauberers, wie es gern in Büchern beschrieben wird. Ich trage weder einen lächerlichen spitzen Hut noch einen mottenzerfressenen Umhang und auch Zauberstab oder Kristallkugel sind überflüssig. Immerhin, ich besitze eine echte Gabe, dachte Frangipani belustigt.

Uralt und weise bin ich wahrhaftig nicht und ich hause in einer langweiligen Mietwohnung, statt in einem Schloss wie in einem Fantasymärchen. Allerdings besitze ich ein gutes Verständnis für Technik und fertige auch spezielle Mixturen an, die andere Geschöpfe zur Ausführung meiner Pläne zwingen. Nein, in ihre Einzelteile zerhackte *Kröten* rühre ich nicht in einen Zaubertrank hinein, dachte er und kicherte bei dieser Vorstellung. Meine Zauberkünste beruhen nicht auf durchschaubaren Tricks wie bei Bühnenkünstlern. Ich habe es nicht nötig, mich mit in Hüten verschwundenen Karnickeln oder ähnlichem Unsinn abzugeben. Mein Können als Magier ist nur mir selbst bekannt und niemand soll je von meinen übernatürlichen Fähigkeiten erfahren. Keiner darf wissen, wozu ich imstande bin!

Deutlich stand ihm noch immer vor Augen, wie ihm als neunjährigen Knaben einst ein geheimnisvoller Fremder im Park begegnet war. Auf einer einsamen Bank am Fuße einer freistehenden riesigen Buche hatte ein Landstreicher in abgetragener Kleidung gesessen, neben sich einen rostigen Einkaufswagen mit seiner armselige Habe darin, zu seinen Füßen ein struppiger Mischlingshund mit einem schmutzigen Strick um den Hals.

„Psst. Warte!"

Er war erschrocken zusammengezuckt, als der Fremde ihn angesprochen hatte, denn er hatte sich eigentlich rasch an diesem merkwürdigen Subjekt vorbei stehlen wollen.

„Junge ... Sieh her."

Der eindringliche Tonfall in der Stimme des Mannes ließ ihn stehen bleiben, dem Fremden unwillkürlich seine Aufmerksamkeit zugewandt, um gleich darauf erstaunt die Augen aufzureißen. Denn er wurde Zeuge von etwas schier Unglaublichem: Der Mann beugte sich zu seinem Hund herab, griff diesem hinters Ohr und – plötzlich war da eine Münze in seiner Hand. Ein weiterer Griff, diesmal hinter das andere Schlappohr. Er zauberte ein buntes Tuch hervor, knüllte es anschließend in der Faust zusammen, öffnete danach die Hand wieder und hielt darin statt des Tuches ein Hühnerei.

Durchdringend sah ihn der Fremde mit seinen blauen Augen an und pellte dabei das Ei ab. „Salz?" Gleich darauf zauberte er einen winzigen Salzstreuer aus dem lockigen Fell des Hundes hervor, streute ein wenig Salz auf das Ei und bot es dem Jungen an.

Viel zu verblüfft, es abzulehnen, nahm dieser es entgegen und biss behutsam davon ab. „Ist ja´n ganz normales Ei! Und woher …?" Er verstummte.

Als der Mann breit grinste, erschienen in seinem olivfarbenen Gesicht tiefe Falten. „Ja, was hast du denn gedacht?" Amüsiert musterte der Fremde ihn und erhob sich mit den Worten: „Und woher ich komme? Bleibt mein Geheimnis, Junge."

Der Knabe erwartete, der Fremde würde nun seinen Einkaufswagen davonschieben, den Hund am Strick neben sich. Aber der Mann stand nur da, während seine Hände wie beschwörend mit einer fließenden Bewegung über dem Fell des Tieres schwebten.

Kurz winselte der Hund, dann stand er auf und verschwand sogleich hinter den breiten Hosenbeinen seines Herrchens. Ja, *er verschwand*, denn er kam auf der anderen Seite nicht wieder zum Vorschein.

Der Mann lachte über den verblüfften Gesichtsausdruck des Jungen und nickte ihm kurz zu. Jetzt trat er mitsamt seinem Einkaufswagen hinter den dicken Stamm der Buche – und war anschließend ebenfalls weg.

Mit offenem Mund starrte der Junge fassungslos den Baum an und spurtete mehrfach um ihn herum – von Mann, Hund und Einkaufswagen keine Spur mehr.

Genau hatte er den Rasen auf der Suche nach einem versteckten Einstieg in den Boden untersucht – nichts! Mit ungläubigem Kopfschütteln war er schließlich nach Hause geschlichen, mit dem Empfinden, er sei einem Gespenst begegnet. In Gedanken verfolgt von den wasserhellen stechenden Augen des Mannes, den seinen sehr ähnlich. Verblüffend ähnlich.

Von nun an hatte nach Schulschluss der erste Blick des Knaben der Bank an der Buche gegolten, wo er in unregelmäßigen Abständen in den folgenden Monaten auf den mysteriösen Fremden getroffen war; der stets auf ihn zu warten schien. Der Mann hatte dem Knaben seine faszinierenden Zauberkunststücke beigebracht, die dieser zunächst mit verbissener Ausdauer perfektioniert, später verfeinert und schließlich mit eigenen Ideen ergänzt hatte. Irgendwann war der geheimnisvolle Lehrmeister – seinen Namen hatte er nie preisgegeben – nicht wieder aufgetaucht. Offenbar hatte er gespürt, dass der intelligente Junge seinen Weg von nun an allein finden würde.

Jahre später hatte Frangipani seine Kenntnisse des Täuschens, Tricksens und der Fingerfertigkeit zu seinem Vorteil genutzt, und das nicht immer auf legale Weise. Der ehrenwerte „Zirkel der Illusionen" hatte es selbstverständlich abgelehnt, ihn als Mitglied aufzunehmen.

Der längst zu einem erfahrenen Zauberer und reifen Mann herangewachsene Knabe holte nun tief Atem und schüttelte seinen Kopf, um gedanklich zurück in die Gegenwart zu gelangen. Keine Ablenkung mehr, ermahnte er sich. Dinas Verhalten schreit förmlich nach einer Zurechtweisung und nur *ich* als fähiger Hexenmeister kann Gerechtigkeit für den betrogenen Laurin herstellen.

Also konzentrierte Frangipani sich wieder auf Dinas Text, der über seinem Computerbildschirm flimmerte. Dort würde er sich nun einklinken. Aber Dina arbeitete gerade ebenfalls am Text, wie ihn eine Warnmeldung informierte. So wartete er darauf, dass sie die Datei schloss.

Sollte Dina etwas Unpassendes schreiben, sie würde sich verwundert die Augen reiben. Doch so unsicher, wie sie im Umgang mit dem Gerät war, würde sie bald verzweifelt auf den Bildschirm starren.

Ein magischer Befehl, einfach auszuführen, doch wirkungsvoll. Der Zauberer hätte sich vor Begeisterung am liebsten selbst auf die Schulter geklopft. *Meine Fresse, was war er doch für ein einfallsreiches Kerlchen.*

Endlich! Dina speicherte ihre Datei unter dem Namen ‚Manuskript' ab und löste damit unwissentlich die Vorgänge aus, über die sie soeben geschrieben hatte. In den vergangenen Wochen hatte er, der talentierte Hexenmeister, schon mehrere der Gipsfiguren, die in Dinas Roman auftauchten, nahezu unsichtbar manipuliert.

Bald werde ich mir erneut Zugang zum Museum verschaffen, geduldet vom Nachtwächter. Der Kumpel aus alten Zeiten schuldet mir schließlich noch etwas, dachte Frangipani. Beide sind wir nicht immer ehrlich durchs Leben gegangen und haben uns bei unseren Raubzügen ergänzt, bis ein Gesetzeshüter uns das illegale Geldverdienen übel genommen hatte. Die Luft hinter Gittern will ich nicht noch einmal einatmen. Er verzog missmutig sein Gesicht.

Ach, wie gewandt habe ich meine Geschicklichkeit stets genutzt, und das nicht nur als Zauberer auf Tingeltangel-

Bühnen. Nein, auch ein Taschendieb muss Übung haben, dachte er und erinnerte sich an Schmuck und Uhren, die er den Besitzern unbemerkt abgenommen hatte. Ein Anrempeln in einer vollen U-Bahn, die Frage nach dem Weg zum Bahnhof – viele Leute waren so unvorsichtig. Was schleppen die auch alles mit sich, sollen sie doch ihren Trödel daheim lassen, dachte er. Forderten einen Taschendieb ja regelrecht heraus.

Nachts im Museum nahm er an der jeweiligen Figur aus Gips und Plastikmasse winzige Veränderungen vor. Diese waren bisher niemandem aufgefallen, doch der Coup in der vergangenen Nacht war vielversprechend ausgefallen. Ja, die Friseurin würde schon bald in der echten Welt an richtigen Haare herumschnippeln.

Abwarten, ob Dina seine Erwartungen auch heute erfüllen würde.

*A*lle Figuren warteten doch schon auf ihn, den großen Magier. Hofften auf seine Kunst, sie zu echten Menschen zu machen, sie aus ihrem steifen Gips zu befreien, ihnen eine Stimme zu verleihen, sie Gefühle, Liebe – oder Hass und Enttäuschungen erleben zu lassen.

Frangipani erhob sich, um zu seiner Werkstatt im Hinterhof des Wohnblocks zu schlendern. Er schlängelte sich durch die einstige Waschküche. In dem alten Waschkessel inmitten des Raumes lagerten diverse Chemikalien zum Anrühren spezieller Zaubertranks, auf durchhängenden Regalen an den Wänden standen Flaschen und Dosen, lagen Löffel und Messer herum und tummelten sich Fruchtfliegen über faulenden Äpfeln.

„Lästige Biester!", grummelte der Magier und wedelte die Tierchen mit seinen Armen fort. Dann wandte er sich drei stummen Gipsfiguren zu, die er unlängst aus dem Museum entführt hatte. Auf ihren Plätzen standen inzwischen drei Männer, alle den Exponaten recht ähnlich, nun aus dem Leben gerissen und zum Stillstehen auf Podesten verdammt.

Dafür bekämen die Gipsleute heute Leben eingehaucht: Joachim, der bisherige Lehrer, Arthur aus der Abteilung ‚Kaiser Wilhelm' – auf diese Figur aus dem Jahre 1903 wartete ein Kulturschock. Und ein schlaksiger junger Kerl aus den siebziger Jahren, der mit verklärtem Blick im Museum an einem blauen ‚VW-Käfer' gelehnt hatte, in den

Gipshänden eine Zange. Ja, auch Friedrich müsste sich umgewöhnen, mittlerweile gab es modernere Autos.

Der Zauberer träufelte mit einer Pipette stinkende bräunliche Flüssigkeit in Joachims Mund, bis dieser sich zu regen begann. Darauf hielt er das Fläschchen an die Lippen der Gipsfigur und forderte: „Trink! Is' nur ein Schluck, Jo, echtes Lebenselixier, fucking gesund. Wird deinen müden Geist aufputschen."

Der Gipsmann ruderte schwach mit seinen Armen, konnte sich aber nicht aus dem eisernen Griff seines Quälgeistes befreien. Die Augen zusammengekniffen, das Gesicht verzerrt, schluckte Joachim das Getränk hinunter, während ihm einiges davon aus dem Mundwinkel heraustropfte.

Nun rotzt der Gipsfritze mich noch voll, dachte Frangipani und betrachtete angewidert Joachims Spucke auf seinem Schuh. Meine Fresse, dieser Jo ist ja schlimmer als ein sabbernder Säugling. Soll ich ihm ein Lätzchen umbinden?

Genervt ließ der Zauberer den Gipskerl los; der wankte sichtlich benommen zu einem Stuhl in der Werkstatt und setzte sich langsam.

„Meine Bei ..." krächzte Joachim und sah hoch.

„Deine Beine gehorchen dir noch nicht, richtig? Was erwartest du nach Jahren im Museum?", belehrte der Zauberer ihn. „Kommt schon noch, nur Geduld."

„Arthur, Stopp! Du bist gleich dran", brüllte er unvermittelt. Die auch soeben zum Leben erweckte Männerfigur zuckte zusammen und zog unwillkürlich den Kopf ein.

„Dass ihr euch nicht benehmen könnt, schlimmer als Kleinkinder, die drängeln sich auch immer vor!" Der Zauberer packte Arthur am Nacken und schob ihn nach vorn. „Aber wir sind hier nicht an der Supermarktkasse und Süßigkeiten gibt's hier auch nicht."

Frangipani näherte seinen Mund Arthurs Ohr und raunte: „Sieh gut zu, damit du weißt, was ich mit widerspenstigen Figuren anstelle, Arti." Seine Stimme hatte einen gefährlichen Klang angenommen.

Ungeduldig machte er sich jetzt an Friedrich zu schaffen, der das Gleiche wie zuvor Joachim ertragen musste. Am Leib trug der junge Mann nun ein sandfarbenes Sakko über einer Jeans, seine Füße bedeckten geringelte Socken in Sneakers. Eine moderne digitale Armbanduhr an seinem Handgelenk vervollständigte sein neues Outfit.

Friedrichs frühere blaue Arbeitsmontur, die eines Automechanikers, schmückte nun einen ebenfalls etwa dreißig Jahre alten Mann im Museum, dessen fassungslose Miene ihm in seiner starren Gipsmaske erhalten blieb. Das Werkzeug in seiner Hand hielt er falsch herum.

Endlich fand auch der verwandelte Friedrich einen Sitzplatz auf einem schäbigen Holzstuhl und musterte verwirrt die Zange, die er noch immer umklammerte.

Der Zauberer wandte sich einem wackligen Kleiderständer zu, auf dem dichtgedrängt unzählige Oberteile, Hosen, Damenkleider und Seidentücher nebeneinander hingen. Darunter standen Schuhe. Leichte Sandalen, derbe Treter, sportliche Sneakers und sogar ein Paar Gummistiefel. Daneben befand sich ein offener Pappkarton, der ein wildes Durcheinander aus Mützen,

Handschuhen, Stirnbändern, Sonnenbrillen, Sehbrillen, Socken, Krawatten und Unterwäsche enthielt. Einiges fabrikneu – Frangipani wusste sich in Kaufhäusern geschickt kostenlos zu bedienen –, vieles sichtlich gebraucht, einiges regelrecht schmuddelig. Schließlich hob er ein Paar klobige Wanderschuhe auf.

Nun kümmerte sich der Zauberer um Arthur, der sich krampfhaft an einem der Regale festhielt und sich sehr ungelenk bewegte. Er zog Arthur die eleganten Lederslipper aus und tauschte sie gegen Wanderschuhe. Unter den skeptischen Blicken Arthurs band er die Schnürsenkel zu und forderte ihn auf, einige Schritte zu gehen.

Die ersten Versuche endeten jedoch damit, dass der einstige Gipsmann den Kleiderständer anrempelte und daneben zu Boden ging. Er war es eindeutig nicht gewohnt, sich in solch unförmigen Schuhen fortzubewegen. Leise grummelnd brachte Arthur seinen Unmut zum Ausdruck, doch Frangipani zog ihn unnachgiebig an der Hand wieder hoch.

„Noch einmal, kann doch nicht so schwer sein, zum Donnerwetter! Was seid ihr nur für Schwächlinge. Jahrzehntelang könnt ihr euch in eurem geschützten Biotop da drinnen ausruhen, während unsereins draußen ackern muss wie ein Gaul", schimpfte Frangipani.

Arthur zuckte zusammen und warf Friedrich, vergeblich, einen hilfesuchenden Blick zu, rappelte sich auf, legte nun einige Schritte zurück, blieb erschöpft stehen. In seinen klaren blauen Augen stand Empörung und der einstige Automechaniker nickte ihm mitfühlend zu.

Endlich hockte auch die frühere Gipsfigur aus dem Kaiserreich auf einem Stuhl und betrachtete staunend die klobigen Wanderschuhe an ihren Füßen, die unter einer dunkelgrünen Jogginghose hervorlugten. Arthur strich vorsichtig über die Freizeitjacke an seinem Oberkörper und kräuselte skeptisch seine Lippen.

„Wo ist mein Seide … Zylinder?, drang es etwas unverständlich aus Arthurs Mund.

Der Zauberer enthielt sich eines Kommentars und dachte an den kräftig gebauten Mann mittleren Alters, auf dessen Kopf der fremde Hut nun saß, maßgeschneidert für die elegante Erscheinung eines Herrn aus der Zeit des Kaiserreichs, passend zu einem Gehrock über der Weste und einer Krawatte um den Hals. Einzig das dümmliche Grinsen im Gesicht, im Gips erstarrt für alle Ewigkeit, stand der neuen Figur auf dem Podest nicht.

Eine Stunde und zwei hastig gerauchte Zigarettenlängen später hatten sämtliche Figuren ihr menschliches Aussehen erhalten. Ihr Folterknecht Frangipani sah zur Uhr und musterte sie misstrauisch. „*Fucking bastards!* Zuzutrauen ist es ihnen", murmelte er und zog eine Grimasse, denn er hatte darüber nachgedacht, dass diese Versammlung ehemaliger Museumsexponate sich durchaus auf den Weg in die vermeintliche Freiheit aufmachen könnte und er sie besser erneut für eine Weile ruhigstellen sollte.

Seufzend machte der Magier sich daran, den drei Figuren eine weitere von ihm angerührte Mixtur einzuflößen. Augenblicklich erstarrten sie wieder, selbst ihre Augen bewegten sich nicht mehr. Erneut wirkten sie wie stumme Puppen ohne Empfindungen. Nur ihre

Aufmachung erinnerte daran, dass sie bereits auf ein Dasein außerhalb der Museumsmauern vorbereitet worden waren.

*N*un reicht's, Entchen." Eigentlich sollte man sie ja nicht füttern, doch Dina liebte ihre Runden durch den nahen Stadtpark, denn dabei fand sie immer dankbare Abnehmer für ein paar Brotreste. Sie blinzelte in die Sonne und warf einen letzten Brocken ins Wasser.

Ein Arm legte sich um ihre Schulter. Laurin zog sie an sich und meinte: „Gut genährt, 'n fetter Braten. Echt 'n Feinschmecker, is' schlau, lässt das Stück mit dem Schimmelrand einfach liegen. Und das Viech da vorn kann bald nicht mehr watscheln. Dem schnallste 'nen Rollschuh untern dicken Wanst, legst ihm 'n Halsband um und ziehst 'n hinter dir her, haha!"

Mein Liebster ist heute ungewöhnlich guter Laune, überlegte Dina und schämte sich, als ihr gleich darauf misstrauisch durch den Kopf ging: Führt er was im Schilde? Sie konnte Laurin mittlerweile recht gut einschätzen, trotzdem, sein ausgelassenes Benehmen an ihrer Seite war verdächtig. Soeben hatte er sie herzhaft geküsst, mitten auf dem Weg, vor den Augen zweier kichernder Teenies. Erst als er seine Hände zu aufdringlich unter ihren Pullover gleiten ließ, drehte Dina sich von ihm weg und sah ihm kopfschüttelnd ins Gesicht, lächelte dabei jedoch nachsichtig. Laurin war offenbar die ungewöhnlich milde Herbstluft zu Kopfe gestiegen.

Nun ergriff er Dinas Hand und half ihr über einen dicken Baumstamm hinweg, damit sie zurück auf den Weg gelangte. „Wenn du schon stolperst, dann bitte in meine Arme, nicht ins Gehölz", raunte er ihr ins Ohr.

Dina spürte seinen warmen Atem, die Bartstoppeln seines Drei-Tage-Barts auf seiner Wange und lehnte sich mit geschlossenen Augen an seine Brust. Der Mann, in den sie sich einst verliebt hatte – fand sie diesen noch in Laurin, oder stand er wie ein Fremder neben ihr? Diese Gedanken, oft gedacht, oft erfolgreich verdrängt, ließen das Blut in ihre Wangen fluten und sie befreite sich verlegen aus Laurins Umarmung.

Schritte näherten sich ihnen. Dina betrachtete interessiert eine Frau, die nun ebenfalls eine Plastiktüte aus ihrer Jackentasche hervorholte und den Enten weitere Brotkrumen anbot, bevor sie schließlich die leere Tüte ausschüttelte.

Das war doch ... Über die hatte sie geschrieben, diese Frau mit dem dunkelbraunen Bubikopf und den vollen, rot bemalten Lippen war *Teil ihres Romans*. Dina sah ihr ungläubig hinterher, als die Fremde an ihr und Laurin vorüberging. Die lange Hose am Körper der recht kleingewachsenen Gestalt, die auffällig dunkel geschminkten blauen Augen. Die Hose war zwar gelb statt schwarz wie im Text, doch alles andere passte. Die Details stimmten überein mit ihrer Beschreibung im Manuskript.

Dina stieß heftig den Atem aus: „Die Friseurin! Laurin ..." Sie klammerte sich an ihren Begleiter, der sie festhielt.

„Wie meinen?", erkundigte Laurin sich und Dina meinte einen spöttischen Tonfall in seiner Stimme auszumachen. Ja, verstand er denn nicht?

„Über diese Figur hab ich geschrieben, Laurin. Nun läuft sie quietschfidel durch den Park und füttert Enten. Mal ganz ehrlich. Ich glaub das einfach nicht."

„Ich auch nicht", war Laurins trockener Kommentar. „Du scheinst mir ein wenig gestresst, Schnuckelchen, dir fehlt Entspannung. Kann ich dir verschafften, bin Experte dafür!" Er grinste anzüglich und drückte sich an Dina, liebkoste sie mit seinen Lippen im Nacken und strich mit seiner Zunge über ihr Ohrläppchen.

„Hör auf", schnauzte sie ihn genervt an und stieß ihn mit ihrem Ellenbogen weg. Nicht spielerisch, nein, eindeutig ernsthaft, so dass er sie losließ. Grimmig zog Dina ihre Stirn in Falten, schaute Laurin böse an und dachte: Lustig macht er sich über mich, das kann ich nicht ausstehen. Obwohl – amüsiere ich mich denn nicht selbst über meine krausen Wahrnehmungen?

Die Fremde ist äußerst modern zurechtgemacht; läuft denn meine Romanfigur so aufgestylt umher? Zweifelnd nagte Dina an ihrer Unterlippe. Werden mir noch weitere Figuren draußen begegnen? Wohin soll das alles noch führen? Was habe ich da nur in Gang gesetzt?

Beklommen blickte Dina zu der Biegung, hinter der die Frau aus ihrem Sichtfeld verschwunden war. Habe ich mich getäuscht, handelt es sich einfach um eine frappierende Ähnlichkeit, fragte sie sich.

„Du hast sie doch auch gesehen, oder nicht? Sehe ich Gespenster, Laurin?" Neugierig sah Dina ihm in die Augen. „Ich habe Angst", wisperte sie.

Laurin lachte. „Einbildung is' auch 'ne Bildung, weißt du doch. Wir leben nicht in einem Märchenfilm, Liebes, sondern in der echten Welt. Da gibt's nur dich und mich. Und die Enten dort", sprach er beruhigend auf sie ein und beugte sich hinunter, um eine Handvoll Wasser aus dem Teich zu schöpfen und Dina übermütig damit zu bespritzen. „Das hier ist real, Mädel. Mach dich nicht kirre wegen einer Frau, die zufällig wie eine Figur in deinem Bestseller aussieht. Wenn du das jemandem erzählst, der ruft gleich die Klapse an."

Der seltsame Vorfall sollte Dina noch den gesamten Nachmittag hindurch beschäftigen. Immer wieder meinte sie, das Gesicht der Frau vor sich zu sehen, glaubte, die Fremde säße auf einem Baumstamm und ließe ihre Beine baumeln, während sie Dina anblickte. Näherte sich Dina, so verblasste das Bild und löste sich schließlich auf.

Laurin war still geworden, als spüre er, dass sie mit ihren Gedanken ganz woanders war. Richtete er doch mal das Wort an sie, so reagierte sie so langsam, als erwache sie aus einem tiefen Traum und müsse sich erstmal zurechtfinden.

Bald war es Abend und Dina verspürte Vorfreude auf den geplanten Besuch einer Varieté-Show, für die seit Tagen in der Stadt mit Plakaten geworben wurde. Akrobaten, Zauberer, Clowns waren angekündigt. Ihre spannenden Darbietungen würden sie hoffentlich ablenken.

„Schaust jetzt schon schnuckelig aus", begrüßte Laurin sie, als er sie abholte. „Aber hiermit wirst du 'ne wahre Prinzessin." Liebevoll sah er sie an. „Augen zu, Hand auf!"

Dina fühlte etwas Samtiges unter ihren tastenden Fingerspitzen und blinzelte neugierig. Ein Schmuckkästchen! Sie flog Laurin um den Hals, das

Geschenk fest umklammernd, danach machte sie sich von ihm los und drehte das Geschenk unschlüssig hin und her. Wie sollte sie nur reagieren, wenn da ein Ring drin steckte? Das sollte doch wohl kein Heiratsantrag werden.

„Willst du nicht reinsehen?", unterbrach Laurin ungeduldig ihr Grübeln. „Sie gefallen dir hoffentlich."

Ein Paar Ohrringe wartete auf Dina. Die Süßwasserzuchtperlen würden ihr gut stehen.

„Ähm … Danke, bist 'n Schatz, Laurin. Die werd ich gleich mal anlegen", meinte sie erfreut und stellte sich vor den Spiegel im Flur, um die goldenen Stecker mit den Perlen daran an ihren Ohrläppchen zu befestigen.

„Euer Durchlaucht, wir müssen los", neckte Laurin Dina und zwinkerte ihr zu.

Auf ging's, die Fahrt würde nicht lange dauern. Hoffentlich war es noch nicht proppenvoll. Ich hasse Menschenmengen, dachte Dina besorgt und schob sich neben Laurin auf die hinterste Bank im Bus.

Im Varieté eingetroffen, ließ Dina ihre Blicke durch den bereits gut gefüllten Saal schweifen. „Da ist noch ein Zweier-Tisch frei!" Energisch schlängelte sie sich durch die Sitzreihen, gefolgt von Laurin, und ließ sich auf einen der beiden Sitzplätze sinken. Es konnte losgehen! Neugierig sah sie zu Laurin.

Ihr Begleiter zog eine Brille aus seiner Jackentasche hervor. Er putzte sie umständlich mit einem Tuch, setzte sich das schmale dunkle Gestell auf die Nase und rückte die beiden feingliedrigen Silberketten um seinem Hals zurecht. Kurz hob er auch das lange braune Lederband um seinen Hals an, rieb sekundenlang den runden silbernen Anhänger zwischen Daumen und Zeigefinger und ließ ihn zurück auf seine Brust fallen. Auf dem Schmuckstück waren die stilisierten Umrisse eines Baumes eingraviert, aus dessen schlankem Stamm eine Wurzel wuchs, die ihm die Form eines ‚L' gab.

Dieser Anhänger bedeutete ihm viel, das wusste Dina. An Laurins rechtem Handgelenk hatte sie eine Tätowierung mit demselben ungewöhnlichen Symbol entdeckt, doch niemals hatte Dina ihm entlocken können, was es zu bedeuten hatte. Die Darstellung eines kleinen Schmetterlings auf seiner linken Halsseite hingegen fand sie niedlich. Er liebte diese Tiere; würde er sich eines Tages auch den Namen *Dina* auf seiner Haut verewigen lassen?

Zwei Reifen und eine Armbanduhr blitzten an seinen Handgelenken, sie passten zu den Siegelringen an seinen Fingern.

Laurins dunkelblaues Sakko, kombiniert mit einer gleichfarbigen langen Hose und gewienerten Schuhen, verlieh ihm ein seriöses Aussehen. Die hellblaue Bluse passte wunderbar zu seiner Augenfarbe.

Verstohlen musterte Dina ihn und dachte, wie anders als in seinen sonst üblichen Freizeitklamotten er nun wirkt. Ja, so kann ich mich an seiner Seite blicken lassen. Angetan von Laurins ungewohnt gepflegtem Äußeren – sogar seine Bartstoppeln waren verschwunden, seine meist nachlässig mit den Fingern nach hinten gestrichenen Haare waren akkurat gekämmt – ließ Dina einen prüfenden Blick über ihr eigenes Outfit gleiten. Alles in Ordnung, fand sie. Sie nestelte an ihrem eleganten Seidentuch, das sie zu einem raffinierten Knoten gebunden hatte, hob den Teelöffel neben ihrer Kaffeetasse hoch und versuchte, ihren Mund darin zu spiegeln. War die aufgetragene Farbe verschmiert? Dina konnte es nicht erkennen und fuhr mit dem Finger sorgfältig ihre Lippen nach, um eventuelle Lippenstiftreste zu entfernen. Sie legte den Löffel wieder neben die Tasse und befühlte mit den Fingern ihre neuen Ohrringe. Wie schön sie glänzen würden! Begeistert warf sie ihrem Partner einen liebevollen Blick zu.

Dann stellte Dina den Kragen ihrer hellblauen Bluse, die zu ihrer Stoffhose passte, auf – zufälliger Partnerlook, dachte sie. Höchstens die mit Strass besetzten Sneakers an meinen Füßen fallen optisch etwas aus dem Rahmen, doch die sind bequem. Bei Gelegenheit werde ich mir eleganteres Schuhwerk zulegen. Egal, unterm Tisch sieht die heute keiner und Laurin macht kein Aufhebens wegen der unkonventionellen Zusammenstellung. Dina zuckte mit den Achseln und konzentrierte sich auf die Künstler auf der Bühne.

Die haben ja wirklich was drauf, überlegte sie fasziniert und verfolgte mit offenem Mund, wie ein Magier effektvoll mit seinen Händen über einem Bierfass wedelte. Daraus lugte ein Knabenkopf, der den Zuschauern frech die Zunge herausstreckte und mit seinen Augen rollte. Unten schauten seine nackten Füße hervor, auf denen er vor den Augen des Publikums in das Fass hineingeklettert war.

Nun kam eine als Elfe verkleidete junge Frau dem Meister zu Hilfe und gemeinsam zersägten sie das Holzfass quer in der Mitte, bis es zweigeteilt in unterschiedliche Richtungen über die Bühne kullerte.

Vergnügt wackelten die Zehen an den Füßen. Die andere Hälfte des zerteilten Knaben spitzte die Lippen und begann fröhlich zu pfeifen. Energisch stieß der Magier nun abwechselnd beide Tonnenhälften über die Bühne und richtete sie schließlich so aus, dass der Mund des Knaben eine der großen Zehen zwischen seine Lippen nehmen konnte.

Applaus, Verbeugung. Der Bühnenzauberer machte erneut dramatische Bewegungen mit den Händen und murmelte etwas, danach stellte er die beiden halben Tonnen wieder übereinander auf. Die Elfe fuhr prüfend mit ihrem Zeigefinger an der sauberen Schnittkante entlang, dann nickte sie.

Erneutes Gewedel und Gemurmel, ein Splittern von Holz, und siehe da: Der Knabe, nun wieder komplett, sprang aus den Trümmern und tanzte ausgelassen über die Bühne, schlug noch ein Rad und verschwand darauf hinter den Kulissen.

Mit einem lauten „Puh!", stieß Dina erleichtert ihren Atem aus. Mit ihr etliche andere Zuschauer, die offenbar auch vor Spannung die Luft angehalten hatten. „Oh, Laurin, das war große Klasse. Wie ... Ähm ..." Dina sammelte sich. „Wie hat er das wohl gemacht, was meinst du? Mal ganz ehrlich, das war un-glaub-lich!"

Laurin grinste über das ganze Gesicht, spürbar mitgerissen von Dina Begeisterung.

„Faszinierend", war jedoch alles, was er sagte. „Wie das funktioniert? Hm. Nee, also, keine Ahnung. Ich könnte nicht mal ein Karnickel zersägen."

Auf dem Heimweg zu Dinas Wohnung unterhielten sich Dina und Laurin zunächst ausgiebig miteinander über die Show.

Nachdenklich wandte sich Dina an Laurin: „Kann eigentlich irgendwer Zugriff auf meine Computerdaten haben? Man liest doch häufig etwas darüber! Es ist alles irgendwie merkwürdig."

Diese Frage hatte sie bereits den ganzen Nachmittag in ihrem Kopf gehabt, sich aber bislang gescheut, Laurin darauf anzusprechen. Doch nun, eng umschlungen auf dem Heimweg, nach einem mitreißenden gemeinsamen Varietébesuch, fasste sie sich ein Herz. Mehr als auslachen kann er mich nicht, dachte sie.

Sie blickte ihren Begleiter an und fuhr fort: „Ich meine, da dringt jemand in das System ein und reißt unbemerkt die Kontrolle an sich. Dabei hab ich mir ein unglaublich verzwicktes Passwort ausgedacht, weißt du, so eines mit Zahlen und Sonderzeichen und Groß- und Kleinschreibung. Das musste ich mir extra aufschreiben, behalten kann ich's nicht. Ich war mir sicher, das ist auch für Experten zu schwierig, aber nun …" Dina forschte in Laurins Miene nach einer Bestätigung ihres Verdachts.

Doch er reagierte nicht. In seinen Augen bemerkte sie einen sonderbaren Ausdruck und sah seine Mundwinkel leicht zucken. Wie seltsam, dachte Dina. Vermutlich amüsiert er sich nur wieder köstlich über meine Ausführungen.

D ie Mütze rutschte immer weiter hinunter und nahm mir die Sicht, da sie meine Augen bedeckte. Mit ungelenken Bewegungen hob ich langsam den Arm und spreizte die Finger meiner Hand.

Ich betastete zögernd die weiche Wolle, strich neugierig über die grobgestrickten Maschen, erkundete den Bommel obendrauf. Was für eine seltsame Kopfbedeckung. So ganz anders als die ausladenden, prächtig geschmückten Hüte, die ich gewohnt war. Wo war mein geliebtes Pariser Hutmodell geblieben, das ich mir 1910 zugelegt hatte? Weshalb saß jetzt so ein weiches Etwas auf meinem Haupt und rutschte mir über die Augen? Leicht verärgert schob ich den Mützenrand wieder nach oben. Das angestrengte Nachdenken verursachte mir leichten Schwindel. Hatte mein Gehirn gelitten, als der Hexenmeister mich im Museum bereits für kurze Zeit zum Leben erweckt hatte, fragte ich mich besorgt.

Undeutliche Erinnerungen stiegen in mir auf, Bilder erschienen vor meiner Netzhaut. Verschwommen gewahrte ich eine Frauengestalt vor mir, angetan mit einer weißen Bluse mit Spitzenjabot sowie einer Kostümjacke. Darunter trug sie einen knöchellangem Rock, unter dem lederne Knopfstiefel mit Absatz hervorlugten; ihre Hände steckten in eleganten weißen Glacéhandschuhen. Neben der Dame bemerkte ich einen zwielichtigen Herrn, der sich mit ihrem verzierten japanischen Sonnenschirm beschäftigte.

Ich erinnerte mich, wie die kräftigen Finger des Mannes meinen linken Arm ergriffen und mein Körper von ihm leicht zur Seite gedreht wurde. Da wandte sich die Frau mir zu, ihr Bild wurde klarer, sie bewegte sich synchron mit mir, starrte mir fragend ins Gesicht. Ich schaute zurück und verzog meinen Mund. Mein geisterhaftes Gegenüber tat es mir gleich.

Ein undeutlicher Gedanke nahm Gestalt in meinem benommenen Kopf an, festigte sich, erschreckte mich. Doch bevor ich der Fremden in die Augen sehen konnte, schob sich der Mann zwischen uns, zwang mich, meinen Mund zu öffnen und flößte mir ein unappetitliches Gebräu ein. Die ohnehin schwachen Sinne schwanden mir wieder.

Nun stand ich unversehens hier, in einem zugigen Gebäude, vor mir einen alten Waschkessel mit lauter Zeug darin, neben mir den Mann. Diesen schrecklichen Mann!

Seine Hand zog mir die Mütze vom Kopf. „Zu groß", krächzte seine Stimme direkt neben meinem Ohr und ich fuhr entsetzt zurück. „Aber ich hab ja noch eine." Schon stülpte er eine etwas kleinere Mütze auf meinen Schädel. „Passt! Die Farbe steht dir auch besser, Trudi. Lieber ein dezentes Grau zum grünen Jogginganzug."

‚Trudi'. Angestrengt überlegte ich. Das klang ähnlich wie mein Name. Doch ich heiße Gertrud; niemand wäre so unverschämt, mich mit einem solch albernen Kosenamen anzusprechen.

Empört wandte ich den Kopf und registrierte das leise Knirschen und die winzigen Krümel, die mir in den Ausschnitt rieselten. Doch mein Ärger über den Mann, der nicht nur die Frechheit besaß, meinen Namen zu verunstalten, sondern der nun an meinem Kragen herumnestelte, überwog. Ich wich einen Schritt zurück und funkelte den ungehobelten Menschen ungehalten an. Ach, wie schwerfällig ich mich bewegte. Und wieder rieselten die lästigen weißen Krümel an mir herunter.

„Bist ja schon recht munter, Trudi", krächzte es neben mir. „Dich muss ich im Auge behalten. Typisch Frau. Nur gut, dass ihr noch nicht sprechen könnt! Arthur ist pflegeleichter. Gertrud und Arthur – was für ein hübsches Paar ich da erschaffen habe."

Ich konnte nicht sprechen. Wer war Arthur? Wieso erschaffen? Meine Gedanken setzten nun sich rascher in Bewegung, kreisten durch meinen Kopf und verursachten mir eine Übelkeit.

Tatsächlich kam kein Ton heraus, als ich meinen Mund öffnete. „Hallo … Hören Sie mich denn nicht?" Verzweifelt strengte ich mich an, zu schreien. Doch kein Laut war zu hören und Panik stieg in mir auf. War ich stumm?

Zumindest war ich nicht taub; deutlich konnte ich die Worte des fremden Mannes vernehmen, der sich so dreist an mir zu schaffen machte. Nun hatte er erneut meinen Kragen zwischen seinen Fingern und stellte ihn hoch. Was hatte ich da überhaupt auf dem Leib?

Ich senkte den Kopf und schielte an mir hinunter. Wo war meine Bluse geblieben? Ach, richtig, die hatte er mir ausgezogen. Wie unschicklich. Nun bedeckte ein bequemes grünes Oberteil meinen Oberkörper und meine Beine steckten in einer langen Hose. Ich schluckte entrüstet. Diese Bekleidung war doch Männern vorbehalten, Damen trugen

Kleider. Doch wie raffiniert die Stoffbahnen des Oberteils aneinandergefügt waren – lediglich ein schmaler Metallstreifen hielt sie zusammen. Ob das vielleicht diese neue Erfindung war, diese ... Ich überlegte. *Reißverschlüsse, genau.*

Der Verschluss war nur halb hochgezogen und ermöglichte einen höchst unanständigen Einblick auf meinen vollen Busen; ich spürte keinen Büstenhalter. Unser aufmüpfiger Slogan während der Frauenbewegung 1909 kreiste mir plötzlich durch den Kopf: ‚Raus aus dem engen Korsett, rein in den BH' – doch *überhaupt nichts mehr* an den empfindlichen Stellen? Wie unschicklich. Meine Wangen begannen zu glühen und ich senkte verlegen den Kopf.

„Du wirst ja rot im Gesicht, Trudi!", brüllte der Mann vor mir begeistert und strich mir mit seinem Handrücken über die Wange. Ich wandte den Kopf ab und runzelte missbilligend die Stirn; winzige Krümel lösten sich und rieselten mir über die Augen, die ich unwillkürlich schloss.

Er drückte mich auf einen Stuhl und bückte sich, um einen meiner Füße anzuheben.

„Tss. Das geht ja gar nicht", befand er. „Meine Fresse, wie umständlich. Die hätte ich lieber gleich mit forthexen sollen." Er öffnete die Verschlüsse meiner eleganten Stiefel und streifte sie mir, bevor ich mich dagegen wehren konnte, ab. Ich wackelte mit den Zehen und verfolgte unbehaglich, wie der Mann meine Füße in flache Stoffschuhe zwängte.

„Das sind Sneakers, Trudi, darin kannst du unendlich weit laufen", erklärte er. „Bist ja ein wenig aus der Übung, stehst schließlich seit Jahren an derselben Stelle. Wirst dich wundern, was sich da draußen alles geändert hat. Aber keine Angst, die ersten Male begleite ich dich und Arthur ist auch dabei." Sorgsam zupfte er mehrere Strähnen meines langen brünetten Haares unter der Mütze hervor. Doch – warum trug ich es nicht mehr hochgesteckt, seit wann umspielte es offen meine Schultern?

Der seltsame Mann gab mir die Hand und zog mich hoch, bis ich etwas unsicher stand. „Halt dich fest!" Der Mann deutete auf die Stuhllehne. Ich befolgte seinen Vorschlag und fühlte mich ein wenig sicherer, als meine Finger das Holz umklammerten.

Ich hörte ihn reden, doch offenbar führte er Selbstgespräche: „Geduld benötigte ich, hm, und Zeit. Beides notwendig, um es vorzubereiten. Verfuckt langsam geht das alles!"

Ich sah, wie er an seiner Unterlippe nagte und nachdenklich die Farbtöpfe und Gefäße mit Chemikalien auf dem Arbeitstisch betrachtete.

Er murmelte weiter und ich spitzte neugierig meine Ohren: „Hast jetzt ein natürliches Aussehen, Trudi. Mit Lippenstift und Rouge siehst' richtig gut aus."

Ich fühlte mich geschmeichelt und lauschte interessiert weiter seinen halbblauten Worten. „Meine Spezialbehandlung hat was gebracht, deine Oberfläche aus Gips ist nun täuschend echt wirkende Haut, samtweich wie ein Kinderpopo, haha! Hast nur ein paar Falten um deine grünen Katzenaugen. Da kannste zetern und schimpfen, aber verfuckt, bist ist nun einmal nicht mehr die Jüngste, glatte Haut passt nicht zu dir."

Da war ich anderer Meinung. Wie gern hätte ich meinen Unmut geäußert, doch konnte ich nicht sprechen. Hoffentlich wäre es mir bald möglich, dachte ich und runzelte meine Stirn. Ich würde diesem grässlichen Kerl gern die Leviten lesen!

„Bekommst *keine* Schönheits-OP, musst dich zu deinem Alter bekennen, Trudchen", raunte er mir ins Ohr und ich kniff missbilligend die Lippen zusammen.

„Haste schon was zu motzen, Trude? Ich zeig dir gleich, wie ich ..." Der Hexenmeister vollendete den Satz nicht, doch ich bemerkte seine blitzenden Augen und seine grimmige Miene, als er seinen Kopf schüttelte. Er verkündete: „Nee, also echt – nun beginnt se schon zu meckern. Demnächst gibt se freche Antworten! Bringt noch nich' mal verständliche Worte hervor, braucht erstmal meinen Wundertrank für 'ne Stimme. Aber plärr'n kann 'se schon."

Ach, hätte dieser merkwürdige Mensch doch auch keine Stimme, wünschte ich mir eindringlich, doch ich hörte ihn erneut sprechen: „Noch schweigst du eisern, Trude. Aber bald steht dein vornehmes Mundwerk garantiert nich mehr still. Wie ihr Frauen eben seid, quatscht pausenlos ohne Sinn und Verstand. Ohne überhaupt Luft zu holen!" Er stupste mir mit dem Zeigefinger auf die Nase. Eine Frechheit, dachte ich empört. Warte nur ab, bis ich sprechen kann.

Am liebsten hätte ich mir meine Ohren verschlossen, als ich die nächsten Worte des Mannes vernahm. Doch noch hatte ich nicht die Kraft, meine Hände auf meine Ohrmuscheln zu pressen. So musste ich ihm zuhören, als er seufzte: „Ist 'ne Menge Arbeit, verdammt! Noch haben die alle kaum Charakter, doch Eigenschaften, richtige *Schrullen,* brauchen die Figuren da draußen. Viel mehr, wie echte Menschen. Abneigungen, Vorlieben und Erinnerungen, sympathische und nervtötende Macken."

Na schön, wenn du das glaubst, dachte ich.

An mich gewandt murmelte er, ich hätte ja bereits meinen eigenen sturen Kopf, das sei schon fast zu viel. Er grinste mir unverschämt ins Gesicht.

Das hast du ganz richtig erfasst, dachte ich und musste schmunzeln. Du meinst wohl, mich bereits zu kennen, Hexenmeister, doch du wirst mich erst noch richtig kennenlernen. Energisch straffte ich die Schultern und ballte meine Hände zu Fäusten. Ich würde mir nicht alles gefallen lassen, so wahr ich einst auf der Straße für die Rechte der Frauen eingetreten bin. Dieser Mann war bei all seiner Schlauheit armselig, überlegte ich. Beinahe tat er mir leid.

Meine giftigen Blicke schienen ihm jedoch nicht zu imponieren, denn er lachte nur und meinte: „Du weißt, dumme Trude, deine Zeit als Gipsfigur ist vorbei! Steh gefälligst endlich gerade. Schwanken darfst du nach einer Flasche Wodka." Herausfordernd schaute er mich an.

„Ähm, Gertrud, ich fürchte, du wirst es nicht mögen. Aber auch echte Menschen müssen es ertragen, weißt du", erklärte mein Folterknecht.

Ich nickte zögernd und fragte mich, was mich erwartete. Immerhin hatte er mich endlich mit meinem richtigen Namen angesprochen, wie ich wohlwollend registrierte.

Doch beim Anblick seiner Hand, die eine Spritze hielt und sich nun meinem Arm näherte, wurde mir übel. Ich spürte, wie ich fahl im Gesicht wurde und mir Schweißtropfen auf die Stirn traten.

„Wie echt du schon wirkst", stellte der unsympathische Kerl fest. Begeistert strahlte er mich an, sichtlich erbaut von meinen körperlichen Fortschritten.

Grässlicher Dummkopf, dachte ich und betete im Stillen, ein Tod durch Blitzschlag würde diesen schrecklichen Kerl im nächsten Moment ereilen. Gleich darauf schämte ich mich für meinen niederträchtigen Wunsch.

„Nur ein kleiner Piks, stell dich nicht so an", richtete er seine Worte an mich. „Danach gebe ich dir einen Schokoriegel, wirst sehen, der schmeckt dir. Hat bei mir auch immer geholfen", bekannte er und lächelte mir aufmunternd zu. „Ist leider nötig, damit du vollständig meinen Vorstellungen entsprichst." Im nächsten Moment spürte ich auch schon, wie die lange, spitze Nadel in meine Haut stach. Langsam floss ein Serum in meinen Arm, um sich anschließend in meinem Körper zu verteilen.

Ich stieß den angehaltenen Atem aus und schloss für einige Sekunden meine Augen. Doch als meine feine Nase den Gestank nach verschwitzter Kleidung wahrnahm, den der ungepflegte Mann ausströmte, öffnete ich die Augen wieder und fuhr unwillkürlich zurück. Sein schmales Gesicht war so nah vor mir, ich hätte seine Bartstoppeln zählen können.

Er warf mir einen stechenden Blick zu, der ein unangenehmes Kribbeln auf meinen Armen verursachte. Ich konnte das leichte Beben meines Oberkörpers nicht unterdrücken und meinem Quälgeist entging es nicht. Grinsend starrte er mich eine Weile an, dann drehte er sich ab.

Was für ein Widerling! Ich hockte inzwischen auf der Kante eines stabilen Werktisches, die Beine anzogen, die Füße auf der Sitzfläche eines Stuhls, lehnte mich zurück und wollte mich mit den Handflächen auf der Tischplatte abstützen. Achtlos ließ ich mich nach hinten fallen und jaulte im nächsten Moment auf. Ich hatte mich mit meiner linken Hand auf eine Holzleiste gestützt, aus der ein Nagel ragte, die Spitze nach oben. Nun steckte er in meiner Handfläche und verursachte starke Schmerzen. Blut quoll aus der frischen Wunde heraus, färbte meine Hand rot, lief an meinem Arm hinunter, wurde von dem grünen Stoff meiner Joggingjacke aufgesogen, besudelte ein zartes Seidentuch auf dem Tisch und brachte den Hexenmeister dazu, hemmungslos unflätige Flüche auszustoßen.

Eine Ohnmacht kündigte sich an, wie ich spürte. Ich klammerte mich mit meiner unverletzten Hand am Tisch fest, doch ich konnte meinen Sturz nicht mehr aufhalten. Kräftige Arme fingen mich auf, danach wurde es dunkel um mich.

„Psst, psst, Mädel", hörte ich irgendwann eine heisere Stimme an meinem Ohr und fühlte, wie eine Hand meine Wange streichelte. Wie lange war ich wohl nicht mehr Herr …, nein *Frau* meiner Sinne gewesen, wehrlos dem Unhold ausgeliefert.

„Schön, dass dein Körper schon so empfindlich ist und die Wunden bluten, sieht richtig geil aus", meinte der Mann hörbar begeistert und fuhr fort: „Is' Bestätigung für mich, gute Arbeit. Doch für dich natürlich lästig, versteh ich schon. Musst eben lernen, vorsichtiger zu sein, Tru … , ähm, Gertrud."

Nun wurde ich von dem Mann lang ausgestreckt auf die Tischplatte gebettet. Er näherte sich mit einen Glas Leitungswasser meinem Gesicht und flößte mir einige Schlucke ein. Allmählich kam ich zu mir und wollte mich aufsetzen. Doch der Mann stoppte mich und drückte meinen Oberkörper wieder nach unten. „Liegenbleiben. Zunächst muss ich deine Wunde versorgen. Wir wollen doch nicht, dass du gleich verblutest, kaum dass du am Leben teilnimmst. Am echten Leben, wie du soeben schmerzhaft erfahren durftest. Du gehörst zu den wenigen, die solche Körperfunktionen erhalten, also sei stolz darauf", meinte er und erhob sich, um aus einem alten Pappkarton einen breiten Streifen Heftpflaster hervorzuziehen.

Ich verfolgte, wie er die Schutzblättchen entfernte, danach klebte er es auf meine Wunde.

„Wirst es überstehen, Trudi, bist ein tapferes Mädchen."

„*Ger … Gertrud*", protestierte ich mit schwacher Stimme und setzte kaum hörbar hinzu: „*Frau, nicht Mädchen.*" Mit aller Macht richtete ich mich endlich auf, ließ beide Beine über die Tischkante baumeln und stand gleich darauf mit selbstbewusst hochgerecktem Kinn vor meinem Quälgeist; den leichten Schwindel ignorierte ich. Der Ausdruck in meinen Augen würde ihm hoffentlich klarmachen, dass er mit mir nicht alles machen konnte.

„Gertrud", echote er amüsiert, doch ich wusste, er hatte meine stumme Botschaft verstanden: „Eine taffe Frau!"

Diesen Ausdruck hatte ich zwar noch nie gehört, doch ich hatte einen Anflug von Achtung in seiner rauen Stimme vernommen. Achtung vor meiner Unbeugsamkeit, vor meinem starken Willen.

Ich lächelte, hob meinen Arm und strich mir eine Haarsträhne aus der Stirn. Aber was hatte er mit seiner Bemerkung gemeint, nur wenige außer mir würden Körperfunktionen erhalten? Mussten die übrigen Figuren denn keine Schmerzen erleiden? Für einen Moment beneidete ich sie, doch dann überlegte ich. Sie würden verbluten, ohne es zu spüren, sich der Lebensgefahr nicht bewusst sein. Dieser seltsame Mann ließ es offenbar zu, dass viele seiner Geschöpfe eingingen.

Offenbar intelligent und begabt, dabei eine bedauernswerte Kreatur, dachte ich und schüttelte den Kopf. Und gefährlich. Wir alle waren ihm ausgeliefert, und – er wusste es.

*D*er Kahlkopf dort ist genau der Richtige für einen Austausch mit dem Piloten, entschied Frangipani. „Wirst schon keine Bruchlandung hinlegen, mit dem Doppeldecker", murmelte er und beobachte interessiert einen Mann mittleren Alters. Dieser stand in der zweiten Etage unmittelbar neben der als Pilot ausstaffierten Gipsfigur und starrte fasziniert das blau-weiß lackierte Flugzeug aus den 20er Jahren an. Möchtest am liebsten gleich abheben, nicht wahr, dachte Frangipani und grinste.

Niemand wird mir als ärmlich gekleideten Besucher mit zerzaustem Haar, einem uralten Brillenmodell auf der Nase und einem fleckigen Stoffbeutel in der Hand, Beachtung schenken, überlegte der Zauberer. Höchstens wundern werden sich die Leute, vielleicht auch verächtlich die Nase rümpfen bei meinem Anblick, mir vielleicht aus dem Weg gehen – vielleicht mag ich Flöhe oder etwas Ähnliches übertragen.

Als vermeintlicher Penner mit dem Geruch nach Alkohol – der aus einem frischen Rumfleck auf seinem Jackenärmel rührte – hielt Frangipani sich still im Hintergrund auf und vollführte kaum wahrnehmbare Gesten. Dabei stieß er unhörbare Beschwörungsformeln aus. Sobald alles zu seiner Zufriedenheit abgelaufen war, verschwand er genauso unauffällig, wie er sich in die Menschenmenge gemischt hatte. Nur dass er nun eine schlaffe Gestalt untergehakt hatte, die er mit sich hinaus zerrte.

„Der Typ ist einfach weg, Gerhard." Frangipani stand ganz in der Nähe, betrachtete die Postkarten und belauschte die Unterhaltung zwischen der jungen Aufsichtskraft am Überwachungsmonitor und ihrem Kollegen am Kassentresen.

„Der war vorhin noch da." Die Frau zeigte auf einen der Monitore. „Ich hab ihn aus den Augen verloren", gab sie verlegen zu und presste ihre Lippen zusammen.

„Annika", begann Gerhard, „ich hab überall nachgeschaut, sogar auf'm Klo – der is' wohl im All, haha!", scherzte er und wandte sich an den Busfahrer, der mit seinem großen Reisebus eine muntere Rentnerschar bis vor den Eingang des Museum karren wollte. Die gehbehinderten alten Leutchen hätten es dadurch leichter.

Doch ein SUV versperrte ihm den Weg, also hatte er sich an die Mitarbeiter an der Kasse gewandt. Gehörte der Wagen einem Besucher? Könnte der bitte sein Gefährt woanders parken?

Aber weder eine Durchsage noch die Suche hatten etwas ergeben. Achselzuckend drehte der Busfahrer sich um und marschierte laut grummelnd zur Drehtür hinaus, um seine Fahrgäste an einer weiter entfernten Stelle abzusetzen.

„Politesse … aufschreiben … wo ist der Arsch geblieben", verstand Frangipani noch. Ein Grinsen huschte über sein Gesicht und er dachte: Nach dem könnt ihr lange suchen. *Glatzi* hab ich erstmal versteckt.

Der Zauberer verließ das Gebäude und ging an dem SUV entlang, um das Kennzeichen zu betrachten. Gut so, ein Auswärtiger, überlegte er. Bis den jemand daheim vermisst, wird es sicherlich dauern.

Kein Hokus-Pokus-Fidibus, nein, mir genügen einfache Gesten. Meine magischen Kräfte setze ich ohne diesen Firlefanz ein! Vor allem werde ich damit nicht auffallen, inmitten der Besucher, überlegte Frangipani.

Suchend schaute er umher und überlegte: Welche Stellen sind günstig für mein Vorhaben, welche bieten die besten Blicke auf die Umgebung. Der Bereich vor der Wohnhöhle der Neandertaler? Das Lehrerpult in dem nachgebauten Klassenzimmer? Soll ich mich neben der Hexe und dem bedrohlich aufgetürmten Scheiterhaufen aufhalten, oder besser im Biedermeier-Zimmer bei den Fräuleins in knöchellangen Seidenkleidern mit grotesk aufgeblähten Puffärmeln, oder kämen alle Positionen infrage?

Frangipani zuckte mit den Achseln. Einfach beginnen, nicht lange grübeln, beschloss er. Schnell ist es Abend und das Museum schließt.

Gedacht, getan. Er näherte sich nach und nach sämtlichen Bereichen. War kein anderer Besucher in der Nähe, verharrte er kurz und vollführte dreimal nacheinander mit seinen Händen fließende Bewegungen. Anschließend streute er einige bunte Körnchen aus einem mitgebrachten Salzstreuer in seine Handfläche und warf sie sich über beide Schultern. Einmal links, einmal rechts. Der Zauber würde bald wirken.

Der Magier fuhr mit dem Fahrstuhl zum Café des Museums, in der zweiten Etage, hoch. „Lahmarschiges Ding", schimpfte er wie stets. Er gab am Tresen seine Bestellung auf, durchquerte das Café und setzte sich auf einen der freien Plätze der beliebten Dachterrasse.

Nachdem er genüsslich ein leckeres Stück Himbeertorte zu einer Tasse Kaffee verdrückt hatte, zahlte er und begab sich zum ersten Testlauf. Seine innere Anspannung ließ er sich nicht anmerken, doch er registrierte, wie seine Hände vom Griff der Toilettentür abrutschten. Schweißnass vor Aufregung, wie peinlich, dachte er. Das passiert mir, einem erfahrenen Magier? Noch niemals habe ich Lampenfieber verspürt, so oft ich auch schon auf Tingeltangel-Bühnen aufgetreten bin, nie war ich nervös, aber nun … Er zog einen Flunsch, verärgert über sein Unvermögen, die körperlichen Reaktionen in Schach zu halten.

Möglichst unauffällig verhalten, vielleicht versagt der Trick, warnte er sich selbst, sah sich prüfend nach ungewollten Zuschauern um und kletterte auf das Podest direkt neben die Hexe. Sein kompletter Körper, Haut, Haare und Kleidung nebst Schuhen, sogar seine Armbanduhr wurden durchscheinend, sobald er in den von ihm verhexten Bereich eintrat. Nicht einmal mehr sein pochendes Herz konnten andere wahrnehmen. Würde er sich in den Finger schneiden, selbst sein Blut wäre durchsichtig wie klares Wasser. Unsichtbar geworden, war er jetzt von anderen Menschen nicht mehr auszumachen. Nun konnte er hervorragend seine Umgebung betrachten.

Da ihn auch niemand von der Rentnergruppe beachtete, die das dem Tode geweihte Gipsmädel neben ihm fotografierte, wurde er lockerer und machte ausufernde Bewegungen, die normalerweise umgehend eine der Aufsichten hätte herbeieilen lassen.

Es funktioniert, mit mir kann sich keiner messen, dachte er fasziniert. Ich bin unsichtbar, *ich bin unglaublich!"*

Begeistert hüpfte Frangipani wie ein Krieger beim Regentanz über das Podest, bis er sich wieder einkriegte und innehielt. Kein Grund, mich zum Affen zu machen, sagte er sich verlegen. Bin ein erwachsener Mann, die Arbeit wartet. Außerdem kann mich zwar keiner mehr sehen, aber sehr wohl noch hören.

Genau beobachtete er die Besucher, musterte die Aufsichtskräfte bei ihren immer wiederkehrenden Rundgängen. Wo kann ich Figuren positionieren, sie unauffällig verändern. Welche der vorhandenen Gipsfiguren soll Dina möglichst in ihrem Text aufnehmen, so dass ich eben diese danach in Menschen verwandeln kann, fragte er sich.

Natürlich könnte ich selbst über eine von mir ausgewählte Figur schreiben, um sie zu verhexen, dachte er. Doch damit lässt sich Dina nicht wie gewünscht ärgern.

Kürzlich hat sie von Laurin Ohrringe geschenkt bekommen. Leider trägt sie die Dinger nicht oft. Gefallen sie ihr nicht? *Weiber, nie zufrieden.* Da kannste dir als Kerl auch noch soviel Mühe geben mit Geschenken, sie haben immer was zu meckern, dachte Frangipani missvergnügt. Dabei sind diese Ohrhänger etwas Besonderes!

Fröhlich pfeifend kam Tobias heran und verharrte. Der Restaurator rieb sich seine Hände – worüber freut der sich denn so, hat er mal wieder mit Dina geturtelt, argwöhnte der Zauberer.

Tobias beugte sich näher und strich der Hexe über den gipsernen Rücken, wobei er unwissentlich fast den unsichtbaren Zauberer neben sich berührte.

Dieser verspürte einen elektrostatischen Schlag und fuhr

zusammen. Er hatte den Eindruck, Strom pulsiere wie heiße Lava durch seine Blutgefäße; die Haare auf seinem Kopf sträubten sich und sein Herzschlag begann zu stolpern. Unwillkürlich legte er seinen rechten Daumen auf die Ader am Handgelenk der linken Hand und spürte, wie sein Pulsschlag immer wieder aussetzte … wieder spürbar wurde … erneut aussetzte. Ihm war schwindlig. Elender Restaurator, hatte der ihm soeben einen Stromschlag versetzt? Der Zauberer leckte sich hektisch den Schweiß von der Oberlippe und starrte Tobias ungläubig an.

Der verursachte Frangipani mit einem prüfenden Blick weitere Schweißperlen auf der Stirn, wandte sich ab und trabte weiter. Noch sekundenlang begleitete Tobias ein leises Knistern.

Uff!, machte der Zauberer und atmete erleichtert aus, während er dem Restaurator hinterher sah und dachte: Ist der Mistbock elektrisch geladen? Jedenfalls das alberne Geflöte wird dem noch vergehen.

Genug für heute, überlegte Frangipani und schickte sich an, den von ihm bestimmten Bannkreis zu verlassen. Bedächtig stieg er von dem Podest und wollte den Gang davor betreten. Aber noch bevor er wieder sichtbar wurde, kam ein Besucher unerwartet hinter einer Schautafel hervor. Ehe der Zauberer ausweichen konnte, hatte er den Mann bereits angerempelt.

„Meine Fresse, Arschloch, musst du denn im Weg stehen?" regte Frangipani sich hörbar auf. „Verpiss dich!"

„Werner, was fluchst du denn so?", erkundigte sich die bessere Hälfte des Besuchers indigniert. Die Frau schüttelte so heftig ihren Kopf, dass ihre toupierte blonde

Hochsteckfrisur wackelte. „Was benutzt du nur für primitive Ausdrücke. Wenn dich einer hört!", sorgte sie sich und warf einen Blick zu einem weiteren Besucher, der näher kam und ihren Gatten befremdet anstarrte.

„D-das … Ich war das nicht, Traudl", verteidigte sich der Mann verzweifelt und rieb sich die Stelle an seinem Oberarm, an der ihn der Zauberer mit seinem Ellbogen gestoßen hatte. „Morgen hab ich einen blauen Fleck", jammerte er. „Wer war das? Wer hat da gesprochen?"

„Du bist der einzige, den ich hier höre!", ereiferte sich seine Begleiterin und verkündete: „Du findest mich oben im Café, sobald du dein kindisches Verhalten aufgibst, Schatz." Weg war sie und ließ ihren Werner bedröppelt zurück. Irritiert warf der Mann noch einen Blick in die Runde, darauf trabte er kleinlaut hinter Traudl her.

Du wirst es nie erraten, wer dich gestoßen hat, freute sich Frangipani, doch meine Flüche sollte ich mir zukünftig sparen, das muss ja auf andere abstoßend wirken. Dumme Angewohnheiten kann ich mir auch wieder abgewöhnen, dachte er. Von nun an werde ich mich besser benehmen. Immerhin habe ich eine erstklassige Erziehung und die Ausbildung in einer elitären Privatschule genossen. Was ist nur aus mir geworden, wo sind meine guten Manieren geblieben? Weshalb fühle ich mich wie ein abgerissener Penner, weshalb hause ich in einer schäbigen Unterkunft?, fragte er sich. Schon lange nicht mehr hatte Frangipani sich so geschämt.

Gründlich sondierte er nun die Lage. Niemand in der Nähe; Zeit, wieder sichtbar zu werden. Vorsichtig streckte er sein linkes Bein aus und sah, wie sich erst der Schuh, dann der Knöchel und die Wade, das Knie und schließlich auch der Oberschenkel wieder vom Hintergrund abhoben. Nun auch das andere Bein, danach rasch die Arme, schließlich der übrige Körper samt Kopf. Endlich konnte er sich selbst wieder in dem nahen Wandspiegel betrachten. Erleichtert drehte er sich hin und her, begutachtete sich und fuhr sich mit der Hand über die Haare.

Winzige gelbe Tropfen der verstohlen hinter dem aufgetürmten Scheiterhaufen gerauchten Zigarette blieben als Erinnerung an seine beschwingte Laune auf dem Podest zurück; er beachtete sie nicht.

Stunden später hockte der Zauberer vor seinem Computer und las die auf dem Bildschirm aufploppende Meldung: ‚Daten wurden erfolgreich übertragen‘.

Hau in die Tasten, Dina, dachte er. Das nächste Kapitel will von dir geschrieben werden, ein weiterer Gipskerl will in die Freiheit! Vorgesehen hab ich dafür den Piloten, der neben dem Doppeldecker steht, in den Händen eine Pilotenmütze. Den werd ich für meine Zwecke einsetzen. Und *Glatzi* sieht ihm ähnlich genug für einen Austausch.

*B*eleidigt angemault hat Laurin mich gestern, als er festgestellt hat, dass ich meine neuen Ohrringe nicht trug, dachte Dina gereizt.

Ob mir der Schmuck nicht gefiele, was die Dinger denn in der Schublade verloren hätten? Bei Laurins schroffem Tonfall bin ich sofort verstummt, erinnerte Dina sich. Doch, ich mag sein Geschenk. Aber ich hatte keine Lust, ihm zu erklären, dass meine Ohrläppchen entzündet waren und schmerzten.

Pochten vor Schmerz.

Muss ich mich dafür rechtfertigen, dachte sie erbost und klappte behutsam den Deckel des Schmuckkästchens wieder zu, nachdem sie die Ohrringe darin bewundert hatte. Sie öffnete den Deckel erneut und ließ ihn hörbar wieder zuschnappen. Noch einmal, diesmal schon etwas ungestümer, genervt von sich selbst. Dann stellte sie endlich den geschlossenen Behälter in die oberste Schublade ihres Nachtschranks, rückte ihn zwischen Verpackungen mit Ohrstöpseln und verschiedenem Kleinkram gerade und ließ endlich davon ab.

Ja, trägt denn Laurin immer die klotzigen Siegelringe an seinen Fingern, überlegte Dina, wickelte sich gedankenverloren eine Haarsträhne um ihren Zeigefinger, ließ sie wieder los.

Nein, dachte sie. Als er mich mal mit dem Schrubben seiner Küche überrascht hat – was für ein ungewohnter

Anblick, erinnerte sie sich schmunzelnd, da haben seine fünf Ringe auf dem Tisch neben dem Computer gelegen. Noch nie zuvor habe ich ihn ohne die hinderlichen Dinger an den Fingern gesehen, nicht einmal unter der Dusche, überlegte Dina. Warum also hat er sie abgezogen?

„Müssen ja nicht nass werden, bekommt meiner Haut nicht", hatte sein kurz angebundener Kommentar auf Dinas irritierte Blicke gelautet. Schließlich hatte er verbissen weitergeschrubbt.

Hä? Was für 'n Quatsch, willst mich wohl veralbern, lieber Laurin. Lass dir mal eine bessere Ausrede einfallen … Meint er, das Metall vor der aggressiven Scheuermilch schützen zu müssen? Achselzuckend hatte sie sich abgewandt, ihn weiterputzen lassen, während sie sich seinen Schmetterlingen widmete. Ein weiterer Falter war geschlüpft. Wie zutraulich das Tier sich auf ihrem Finger niedergelassen und seine herrlichen bunten Flügel auseinandergeklappt hatte! Nie konnte Dina sich sattsehen an diesen hübschen Exemplaren.

Auch heute Abend, dachte sie jetzt, nein, nicht einmal heute, wenn Laurin und ich gemeinsam im *San Lorenzo* sitzen, werde ich das Ohrgehänge tragen. Ich freue mich schon auf das leckere Essen zu meinem dreiundfünfzigsten Geburtstag.

Spontan stellte sie sich vor den hohen Spiegel in ihrem Flur, wendete ihren Kopf hin und her und betrachtete kritisch ihre blonden Haare. Zeigte sich schon Grau darin oder würde ihr halblanger Schopf irgendwann, wie der ihrer Großmutter, schlohweiß werden? Außer vereinzelten weißen Haaren war noch nichts zu erkennen, registrierte sie erleichtert, dann fiel ihr etwas ein. *Shampoo* notierte sie auf dem Rand eines Werbeprospektes und warf diesen in eine Einkaufstasche.

So alt bin ich nun schon, überlegte sie nachdenklich. Doch ich kann wenigstens meinen Ehrentag feiern, während Laurin dies verwehrt ist, denn der genaue Tag seiner Geburt ist ungewiss.

„Ungefähr Mitte März hat meine Mutter mich entbunden und danach bald entsorgt", hatte er Dina mal abfällig erklärt und über ihren bestürzten Blick gelacht. „Als Findelkind weiß ich's leider nicht genau, Schatz. Eine Feier für mich, ihren zufällig aufgelesenen Sohn, haben Mam und Dad immer auf den fünfzehnten März gelegt. Alles Marke ‚Simpel und Billig', keine Kerzen zum Auspusten, langweilige Socken als Geschenk, dabei haben sie Geld wie Heu. Um meine dämlichen Stiefbrüder wurde immer ein großes Theater gemacht, die bekamen Geschenke, da kannste nur von träumen!"

„Jedenfalls", hatte Laurin sich geräuspert und weitererzählt: „Anfang April hatte ich damals vor ihrer Haustür gelegen, ein jaulendes mageres Bündel. Sie haben mich etwa zwei Wochen alt geschätzt. Hätten sie mich doch nur liegen lassen", hatte er leise hinzugesetzt und Dina hatte einen bitteren Tonfall in seiner Stimme vernommen: „Is' ja nix Brauchbares aus mir geworden, nur ein Zau … Ähm." Er war verstummt und hatte Dina mit einem durchdringenden Blick fixiert.

Von seinen beiden Stiefbrüdern Bernhard und dem früh verstorbenen Hans-Christian sowie deren unerträglichen Schulfreunden hatte er ihr berichtet und davon, wie diese ihm in seiner Kindheit zugesetzt hatten. „Bis ich mich gewehrt habe! Endlich haben sie's gelassen."

Bernhard ‚Micki' Mirckenberg, inzwischen Direktor des Museums, mein oberster Chef und ein unausstehlicher Wicht, dachte Dina. Wie klein die Welt doch ist – nun bin ich mit seinem Bruder Laurin liiert.

Hätte Laurin es nicht erwähnt, nicht wiedererkannt hätte Dina ihn auf dem verblichenen Foto an der Pinnwand in seinem Flur. Die vergangenen Jahre hatten feine Linien in seiner olivfarbenen Haut um Augen und Mund hinterlassen. Laurin als junger Mann, damals noch ohne Brille auf der Nase, mit vollem dunklen Haar, sauber rasiert und mit einem gewinnenden Lächeln auf den Lippen. Mittlerweile lächelte er nur noch selten, doch wenn, so wurden die Linien um seinen Mund tiefer und seine blauen Augen strahlten.

Höchstens an dem Lederhalsband in seinem Nacken hätte ich ihn erkennen können, doch das habe ich übersehen, dachte Dina und bemerkte eine Hundeleine, die sich um Laurins rechte Hand schlang und mit der er einen Golden Retriever festhielt.

„Ungefähr zwanzig war ich da." Laurin tippte mit seinem Zeigefinger auf den attraktiven Jüngling auf dem Bild. Dann wanderte sein Finger über den Schnappschuss und verharrte auf dem stattlichen Hundekörper.

Dina sah, wie sein Gesichtsausdruck sich veränderte, weich wurde. „Darry. Hat mein klägliches Leben gerettet, als ich ein Baby war. Hans-Christian hat mich eines Abends hinter einem Aufsitzmäher im Geräteschuppen versteckt und die dünne Kleidung hat mich natürlich nicht vor der

Kälte geschützt, war ja schon Oktober. Der Hund muss mein Gejammer gehört haben und is' auf mich aufmerksam geworden. An dem Viech hab ich gehangen. War das einzige Wesen, dem ich vertraut hab", raunte Laurin und wischte sich verstohlen eine Träne aus dem Augenwinkel.

Nie wieder hatte Laurin ihr so offen seine Gefühle gezeigt, überlegte Dina. Wie anders ist dagegen Tobias, der verlässliche Kollege, der immer hilfsbereit zur Stelle ist. Funktioniert mein Handy nicht – Tobias hilft mir. Hat mein Fahrrad mal nach Dienstschluss einen Platten – Tobias bleibt länger und flickt es. Und er scheut sich nicht, Emotionen offen preiszugeben. Ach, Tobias, dachte sie und seufzte.

Durfte Dina es sich eingestehen, dass sie längst Gefühle für den schlanken, stets gepflegt aussehenden Mann hegte? Nie sah sie den Restaurator mit einem dermaßen kratzigen Gestrüpp im Gesicht wie Laurin, immer war Tobias glattrasiert, sein kurzes braunes Haar duftete frisch gewaschen. Mit Jeans und Sakko war er unaufdringlich, ja, fast schon zu elegant für seinen Job gekleidet, seine hochwertigen Lederslipper glänzten. Mit seinen ruhigen Bewegungen und der sparsamen Gestik wirkte der ausgeglichene Mann wie das Gegenstück zu ihrem Lebensgefährten Laurin, mit dessen Art, hektisch und nervös umher zu rennen und schon bei Nichtigkeiten aufzubrausen.

Laurin ist ein Chaot, durch und durch, dachte Dina. Wie habe ich es eigentlich so lange mit ihm aushalten können, fragte sie sich. Immer häufiger entpuppt er sich als unerträglich. Und, vor allem, wie lange will ich meine Beziehung zu Laurin noch aufrecht halten? Ist es nicht an der Zeit, Schluss mit ihm zu machen?

War sie ehrlich zu sich, musste sie sich eingestehen, wie sehr sie vor Laurin mittlerweile auf der Hut war, jede Kritik an ihm vermied, ihn geradezu fürchtete. Vermutlich war ihr Kontakt zu Tobias Laurin nicht verborgen geblieben. Sie wusste, wie heftig er reagieren konnte.

Tobias' Warnung fiel ihr wieder ein: „Der ist zu allem fähig, täusch dich da nicht, Dina. Der schlägt dich tot, wenn du dich von ihm trennst!" Eindringlich hatte er sie angesehen.

Dina grübelte. Will Tobias womöglich Laurin nur schlecht machen, um mich für sich gewinnen? Ist seine Sorge unbegründet oder wird Laurin mir eines Tages tatsächlich gefährlich werden?

Verflixt, ich kann meinen langjährigen Partner schlecht einschätzen. Mal zärtlich und zuvorkommend, ist Laurin ebenso oft grob und behandelt mich wie … na ja, wie einen Hund, den man an einer Leine hinter sich her zerrt, dachte Dina missbilligend.

A rtie, du verfuckter Idiot!", gellte eine heisere Männerstimme in meine empfindlichen Ohren. „Zappel nicht immer rum, das macht mich wahnsinnig." Die kräftigen Finger des Mannes umklammerten meinen linken Oberarm. Ich sog tief den Atem ein vor Schmerz.

Schmerz? Als der andere mich losließ, strich ich mit meiner rechten Hand über die Stelle, die er so fest im Griff gehabt hatte.

„Na, tut's weh?", erkundigte sich die Stimme direkt an meinem Ohr und ich fuhr zusammen. „Prima, du wirst allmählich richtig lebendig! Wirst noch spüren, was alles im Leben wehtun kann", setzte er leise hinzu.

Kaum wahrnehmbar war der bittere Klang, fast unhörbar der Frust in diesen Worten, doch meine erwachenden Sinne registrierten den leicht veränderten Tonfall. Dieser Mann war offenbar schon oft in seinem Leben enttäuscht worden.

Ich wandte langsam meinen Kopf, um meinen Kerkermeister interessiert zu betrachten und presste spöttisch meine Lippen zusammen, angesichts seines langen blonden Haares.

Er hatte es im Nacken mit einem dünnen Lederband umwickelt, so dass die einzelnen Strähnen nicht lose auf seinen Rücken hingen, dazu saß eine schmuddelige gelbgrüne Stoffkappe auf seinem Kopf, während der Schirm der Kappe nach hinten zeigte. Verkehrt herum aufgesetzt hatte er sie, was für eine seltsame Mode, staunte ich und bemerkte, wie auch er mich mit seinen dunkelbraunen Augen eindringlich musterte.

Als er meinen neugierigen Blick spürte, nahm er eine getönte Brille aus seiner Brusttasche, klemmte ihre Bügel hinter beide Ohren und rückte die Sehhilfe auf seiner schmalen Nase gerade. Hinter diesem dunklen Ding mochte er sich verstecken, doch ich spürte, wie er mich weiterhin aufmerksam beobachtete.

„Übrigens, mein Name ist *Arthur*“, wollte ich ihn belehren, doch es kam nichts als mühsames Krächzen aus meiner Kehle.

„*Dein Name ist Arthur*“, äffte der Mann mich nach und grinste unverschämt.

Ich gab auf und dachte: Irgendwann werde ich über ihn triumphieren!

„Lass mich los“, hörte ich jetzt einen jungen Herrn eindringlich fordern, der neben mir stand und in seiner Kluft auch recht ungewöhnlich wirkte. Er beugte sich hinunter – beneidenswert gelenkig, diese Jugend, dachte ich – und zog die Beine seines derben Beinkleids etwas hoch. Dabei entblößte er ein Paar bunter Socken, an denen er sich nun zu schaffen machte. Sie waren nach unten gerutscht und bildeten einen wulstigen Rand um seine Fußknöchel. Kaum glattgezogen, begann der lockere Stoff erneut seine Talfahrt, doch der junge Mann kümmerte sich nicht weiter darum.

„Friedo … Fuck, *Friedrich*“, verbesserte der Mann mit höhnischer Stimme. „Dir verpass ich demnächst Strumpfhosen, die musst du nicht dauernd hochzippeln. Ist leichter für dich.“

Er warf sich seine nach vorn hängende lange blonde Haarpracht über die Schulter.

„Lästig", verstand ich seine folgenden Worte, war mir aber nicht sicher, was er dann flüsterte. Seine düstere Miene verriet mir jedoch, dass er mit irgendetwas überhaupt nicht einverstanden war. Was für ein unzufriedener Geselle, ging es mir durch den Kopf. Verstohlen verfolgte ich seine zerhackten Bewegungen, als er sich an einer dritten stummen Gestalt zu schaffen machte. Er drückte dem hochgewachsenen Mann die Öffnung eines Fläschchens mit trüber Flüssigkeit zwischen die Lippen.

„Schlucken, Joachim, schlucken! Blöder Gipsfuzzi, bist doch genauso verfuckt wie die anderen", regte sich unser Folterknecht auf und schleuderte wieder die Haare aus seinem Gesicht. Schon hingen einige widerspenstige Strähnen ihm erneut über den Augen und nahmen ihm die Sicht. „Verflucht!", brüllte er genervt und fuhr sich mit den Fingern durch die Mähne auf seinem Kopf.

„Pause, Jungs. Ihr macht mich fertig", kündigte der offenbar überforderte Mann jetzt an und durchquerte langen Schrittes den Raum, um das einzige Fenster an der Wand zu öffnen.

„Kühl dein aufgewühltes Gemüt ab", dachte ich und schaute ihm mit zusammengekniffenen Augen grimmig nach, als er durch die Tür verschwand und uns allein ließ.

Das Fenster war groß genug, um frische Luft in die nach Lösungsmittel und Farbe stinkende Werkstatt zu lassen, doch leider zu klein, um hindurch zu flüchten. Was mochten meine Leidensgenossen denken? Ich versuchte,

Kontakt zu ihnen aufzunehmen; käme der unangenehme Mann zurück, wäre meine Chance vertan, sich mit den anderen zu beratschlagen. Doch verständliches Sprechen gelang mir noch nicht und so konnte ich mich nicht mitteilen.

Der bösartige Kerl kehrte leider rascher zurück als mir lieb war.

Die Tür ging auf und ließ Sonnenlicht herein. Still blieb ich stehen und verfolgte, wie der Mann auf der Schwelle verharrte und mir zuwinkte. Sollte ich ihm etwa folgen? Unschlüssig verlagerte ich mein Gewicht von einem Bein aufs andere.

„Nun macht schon, Artie und Jo, ich will noch mehr rauslassen!", drängelte er mit rauer Stimme. „Und lass deine Frisur gefälligst in Ruhe, Friedo", schnauzte er den jungen Mann neben mir an.

Friedrich ließ seine Hand sinken, mit der er versucht hatte, die widerspenstigen dunkelblonden Locken auf seinem Kopf zu bändigen, denn in alle Richtungen standen seine Haare ab. Jetzt friemelte er an der klobigen Armbanduhr herum, die an seinem linken Handgelenk saß.

Neugierig warf ich einen Blick darauf und staunte. Das Armband bestand aus einem seltsamen grünen Material; das Ziffernblatt hatte keine Zeiger, es waren nur blinkende Zeichen darauf zu erkennen. Wie sollte man da die Uhrzeit ablesen können? Resigniert ließ Friedrich den Arm wieder sinken, offenbar ebenso ratlos wie ich.

„Das wird schon", brüllte da die Stimme des grässlichen Kerls und wir zuckten beide zusammen. Was würde schon?

Die seltsame Uhr lernen zu lesen? Friedrich schaute mich fragend an und Joachim stand stumm neben uns. Drei aus ihrer Zeit, aus ihrer Welt gefallene Männer sind wir, dachte ich bedrückt.

Der Hexenmeister stand jetzt direkt neben uns früheren Gipsfiguren. Nun strich er Friedrich mit seinen Fingerkuppen, die abgekaute Nägel mit dunklen Rändern darunter aufwiesen, kurz über den Arm. Nachlässig gekleidet und unrasiert verströmte er einen unangenehmen Geruch nach Schweiß.

Unmöglich ausstaffiert hatte er Friedrich, Joachim und mich, uns zu Zerrbildern gemacht, wurde mir klar. Vage Erinnerungen stiegen in mir auf. Mir grauste es bei der Vorstellung, diesem Mann ausgeliefert gewesen zu sein. *Hatte er mich nackt und hilflos gesehen, meinen wehrlosen Körper in diese Kleidungsstücke gezwängt? Wie sonst sollte ich in diese schauderhaften Gewänder hineingelangt sein?* Als ich an meinem Körper hinuntersah, schüttelte ich mich unwillkürlich vor Abscheu.

„Machen Sie sich nichts aus seinem Pöbeln. Sehen Sie mich doch an", vernahm ich da eine sympathische Frauenstimme hinter mir und erstaunt wandte ich mich um.

Eine attraktive Gestalt erschien in meinem Blickfeld. Offenbar hatte sie, verborgen von einem Paravent, im Hintergrund verharrt und alles mitbekommen. Den Kopf hoch erhoben, die Schultern gestrafft, strahlte die Frau eine vornehme Erhabenheit aus. Sie stammte offenbar nicht aus armen Verhältnissen und wusste sich korrekt zu benehmen.

„Er ist recht vulgär." Sie deutete mit einem leichten Nicken auf den zerzaust wirkenden Mann, der soeben seiner Jackentasche die dunkle Sonnenbrille entnahm und sie an ihrem Bügel schwenkte. „Doch leider sind wir von ihm abhängig. Noch jedenfalls", setzte sie vielsagend hinzu.

„Mein Name ist *Gertrud*", erklärte sie energisch. „Bitte nennen Sie mich nicht Trudi oder Trudchen, das muss ich mir schon von ihm ständig anhören", bat die Frau und schoss dabei dem Flegel einen giftigen Blick zu.

„Nun hab dich nicht so, *Gertrud*. Immerhin würdest du ohne mich noch jahrelang im Museum versauern, statt draußen das wahre Leben kennenzulernen", ermahnte der Mann sie und wackelte mit seinem Zeigefinger vor ihrem Gesicht hin und her. „Und damit ihr mich auch ansprechen könnt, sollt ihr endlich erfahren, wer ich bin. Also –", er warf sich in Positur, „ich bin euer Meister, euer Erschaffer, euer ..." Er vollführte eine übertriebene Verbeugung vor uns und wollte fortfahren, doch Gertrud fiel ihm ins Wort: „Unser *Quälgeist* ist die richtige Bezeichnung für ihn, verehrte Mitgefangene." Sie lächelte mir zu, dann erkundigte sie sich: „Darf ich Sie Arthur nennen?"

„Gern, meine Dame." Ich sah in ihre grünen Augen. „Gertrud", schob ich nach.

„Seid nicht so albern, duzt euch doch endlich", mischte sich unser Befehlshaber ein. „Klasse, Artie, dass du schon gleich eine Tussi anbaggerst. Bist ja von der schnellen Truppe, lässt nix anbrennen, hä?"

Ein freundschaftlich gemeinter Stoß in die Seite ließ mich schwanken. Noch war ich, das bisherige Museumsexponat, nicht besonders sicher auf meinen Beinen. Doch ich fing mich rechtzeitig, bevor ich mich an

Gertrud hätte festhalten müssen. Wäre das peinlich gewesen!

„Nehmt ihr es denn einfach hin, dass er auch eure Namen verunstaltet, Arthur, Joachim, Friedrich?", kam es empört von Gertrud. „Wir sind zwar *seine Figuren*, wie er eifrig immer wieder betont, doch ein wenig Achtung sollte er schon vor uns haben, meint ihr nicht auch? Was glaubst du, mit wem du deine Spielchen machen könntest, wenn wir nicht wären, *Meister*? Denk mal darüber nach, bevor du größenwahnsinnig wirst", wandte sie sich an den Rüpel, der sie mit offenem Mund anglotzte.

Oha, diese Dame ließ sich nicht die Butter vom Brot nehmen, wie man so sagte. Ich betrachtete sie unauffällig und stellte fest, dass sie ähnlich seltsam wie ich zurechtgemacht worden war, dennoch konnten die schlabbrigen Klamotten ihrer Würde nichts anhaben. Selbst die hässliche graue Wollmütze auf ihrem Haupt verbarg nicht, wie anziehend sie war. Gertruds feine Gesichtszüge und ihre Augen hinter den Brillengläsern faszinierten mich. Unwillkürlich schaute ich sie neugierig an.

Auch Friedrich starrte die Frau intensiver, als es schicklich gewesen wäre, an. Als er sich ihrer irritierten Blicke bewusst wurde, senkte er seinen Kopf und begann erneut, das Monstrum von Uhr an seinem Handgelenk zu betasten.

„Was ist das nur für ein fürchterliches Ding, das er dir da verpasst hat", erkundigte sich Gertrud und zog verächtlich die Stirn kraus.

Friedrich zuckte mit den Achseln und erklärte: „Ich soll vermutlich darauf die Uhrzeit ablesen."

101

„Meine Fresse, du hast es endlich erfasst, das ist eine moderne Uhr, Schlauberger", zischte plötzlich der Mann neben ihm. „Husch husch! Auf nach draußen, Jungs und Mädel. Dort zur Tür raus geht's in die Freiheit. Aber versucht gar nicht erst, zu türmen!", warnte er und breitete seine Arme aus wie ein Gänsehirt, der seine Herde vor sich hertreibt.

*D*ieser grässliche Kerl! Doch immerhin nannte er mich nur noch selten ‚Trudi'. Darauf werde ich nämlich keinesfalls mehr reagieren, nahm ich mir entschlossen vor, da mochte er brüllen, wie er wollte. Dieser Scharlatan, der uns Leben einhauchte und uns zu einem Dasein verhalf, das so völlig anders war als alles, was wir bisher kannten.

Was wir bisher kannten? Irritiert schüttelte ich meinen Kopf. Was hatten wir denn schon gesehen? Herumstehen im Museum, immer in derselben Haltung, immer in demselben Umfeld, immer begafft von merkwürdigen Leuten mit seltsamen kleinen Geräten in den Händen, auf deren blanker Oberfläche bunte Bilder auftauchten und wieder verschwanden. Sie wischten darüber, hielten das Gerät in die Höhe und zielten auf uns Figuren, machten eine wichtige Miene, steckten die Köpfe zusammen und tuschelten. *Das kannten wir!*

Mehr kannten wir nicht.

Heute wurden wir für unseren ersten gemeinsamen Gang ins Freie vorbereitet. Bald würden wir ihn antreten, von dem Quälgeist bewacht. Vier einstige Gipsleute, wie sie unterschiedlicher kaum sein konnten. Wir stammten aus verschiedenen Abteilungen und aus unterschiedlichen Jahrzehnten, jeder von uns hatte eine einzigartige Vergangenheit. Doch uns einte der Umstand, unter dem ein wohl Größenwahnsinniger uns zum Leben erweckt hatte.

„Gertrud", hörte ich Arthur neben mir raunen und wandte ihm meinen Kopf zu.

Auch er steckte in einem Freizeitanzug, der ihm mehr Bewegungsfreiheit gestattete als die konventionelle Kluft der längst vergangenen Zeit. Nun war er ohne Zylinder und Gehrock unterwegs. Seiner Miene nach zu urteilen, gefiel ihm seine neue bequeme Kleidung. Lediglich seine glänzenden braunen Lederschuhe im Oxfordstil waren ihm geblieben; denn er hatte sich der Wanderschuhe entledigt und sich eigensinnig wieder für seine ursprüngliche Fußbekleidung entschieden. Sichtlich zufrieden tänzelte er einige Schritte um unseren Schöpfer herum, der ihn beobachtete.

Ich lächelte Arthur zu. Er vollführte noch eine halbe Drehung, hielt sich anschließend kurz an einer Stuhllehne fest und blieb stehen. Endlich kommt dieser sonst so stille Mann aus sich heraus, dachte ich erfreut.

„Loslassen, bitte!" Arthurs Stimme riss mich aus meinen Gedanken. Ich riss meine Augen auf und verfolgte, wie der Mann – Magier, Verrückter oder Genie mochte er sein, aber sicher kein zartfühlendes Wesen – an Arthurs Handschuhen zerrte.

Mit roher Kraft zog der Irre sie von Arthurs Händen und warf sie auf den schmutzigen Fußboden, während er Arthur angiftete: „Diese altmodischen Dinger brauchst du nicht, Arti. Meine Fresse, die Zeiten haben sich geändert, kapier's endlich!"

Der arme Arthur stand wie eine Statue da und starrte seine Handschuhe an. Verwirrung und Hilflosigkeit las ich in seiner Miene und spürte Wut in mir aufsteigen.

Regelrechte Mordlust empfand ich, unbändigen Hass auf den Verrückten, wünschte ihm in Gedanken alle mir bekannten Krankheiten und wusste doch: wir Figuren waren ihm unterlegen. *Noch, jedenfalls.* Meine Hände ballten sich zu Fäusten. Am liebsten hätte ich ausgeholt und dem Rüpel einen Boxschlag verpasst. Wäre ich nicht eine Dame, sondern ein kräftiger Kerl, er könnte sich warm anziehen, dachte ich und schoss ihm eisige Blicke zu.

„Auf geht's, ihr Süßen. Eurer Meister passt auf euch auf", verkündete der Widerling nun ungerührt und setzte fort: „Ihr werdet Spaß haben, aber lasst euch nicht verrückt machen von dem Autoverkehr. Bleibt immer neben mir, dann geschieht euch nichts."

Glücklicherweise hatte mein Gesicht samt Hals nun Hauttöne angenommen; ich würde das Gesicht nicht wie eine Haremsdame mit einem Tuch verhüllen müssen.

Neugierig blickte ich zu meinen drei männlichen Begleitern. Deren Gesichtshaut wirkte zwar blass, wies aber einen recht natürlichen Teint auf. Joachim und Friedrich trugen keine Bärte, nur Arthurs Wangen bedeckte ein dunkelblonder Vollbart. Angeklebt, wie ich wusste, denn ich hatte die Prozedur beobachtet. Unflätige Flüche hatte der ungehobelte Mann ausgestoßen, der uns alle auf seine eigenwillige Art behandelt hatte, und Arthur war noch eine Spur bleicher geworden. Doch er hatte sich nicht beschwert. Die Bartpracht stand ihm, das musste ich zugeben. Sie verlieh seinem schmalen Antlitz ein interessantes Aussehen.

Unser Aufseher, wie ich ihn im Stillen nannte, hatte mich und Arthur untergehakt, während Joachim und Friedrich sich an den Händen hielten wie zwei Kinder auf dem Schulweg. Und so traten wir den Weg nach draußen an. Arthur sichtlich auf wackligen Beinen, unsicher, geblendet von der ungewohnten Frühlingssonne, unser menschlicher Erschaffer zwischen uns, jedoch mit forschen Schritten. Immer wieder musste er sich bremsen und sein Tempo drosseln, sich wohl selbst daran erinnern, Rücksicht auf uns Geschöpfe neben ihm zu nehmen.

„Ich darf sie nicht überfordern. Verflucht, ich muss Geduld mit ihnen haben", hörte ich ihn murmeln. „Sie sind noch nicht wie ich. Aber sie werden es bald sein!", meinte er laut und reckte energisch sein Kinn hoch.

Ein Hund schoss auf uns zu, kläffte und sprang ausgelassen an Arthur hoch, schnappte nach dessen Hosenbein, knurrte.

„Fidelia! Zurück. Bist du nicht ganz bei Trost?" Die empörte Stimme hielt den Cocker-Spaniel nicht davon ab, nun auch meine Beine zu attackieren und dabei unentwegt zu bellen.

„Tut mir leid, sie gehorcht eigentlich. Fidelia! Benimm dich bitte." Es war der jungen Frau sichtlich peinlich, dass das Tier so aufgeregt war. Sie straffte die Leine und zerrte den Hund entschlossen von uns weg.

„Ist ja nichts passiert. Wir sind alle noch wohlbehalten", entgegnete unser Hexenmeister und flötete dem jungen Ding zu: „Schönen Tag noch, meine Dame. Das ist ja ein liebes Tier!"

Er schaute die Fremde an, eindeutig angetan von ihrem aufreizenden Äußeren, lüftete seine hässliche Baseballkappe und blinzelte ihr zu.

Da fehlten nur noch Verbeugung und Handkuss, dachte ich amüsiert. Du meine Güte, was für ein Gockel. Typisch Mann.

Doch die junge Frau nickte ihm kurz zu, musterte uns irritiert und wandte sich ab.

Wie mochten wir seltsamen Gestalten auf sie gewirkt haben, überlegte ich und versuchte vergebens, meinen Arm aus dem Griff des Mannes zu befreien.

Würde er doch nur nicht so klammern, dachte ich genervt. Mir tut ohnehin alles weh, es ist so anstrengend. Dazu noch der Hund. Ich hatte Angst, er beißt zu.

„Wie aufmüpfig du lächerliche Gipstante geworden bist", hörte ich die verdrossene Stimme des Rüpels neben mir und er fasste meinen Arm noch fester.

Ich spürte, wie ich zitterte. Dazu die grelle Sonne. Geblendet schloss ich meine Augen und wünschte mich zurück in die vertraute Umgebung des Museums. Dort waren meine Sinne niemals derart überfordert gewesen, ja, dort hatte ich nicht einmal *gewusst*, dass ich denken und fühlen konnte!

Jetzt meinte er: „Nun werden wir alle einen Spaziergang durch die Stadt unternehmen. Diesmal zu einem Teich mit Entchen, *Gertrud*, die springen euch nicht an und knurren nicht!", wandte er sich an mich.

Vor meinem innerem Auge war der kläffende Hund wieder aufgetaucht.

Konnte der Mann Gedanken lesen? Nachdenklich blickte ich ihn an; er zwinkerte mir zu, dann erschien ein breites Grinsen auf seinem Gesicht.

„Ihr haltet euch am besten alle an den Händen fest und folgt mir unauffällig, eben wie brave Kinder. Auf geht's", ordnete er an und betrat mit festen Schritten den Gehsteig. „Vorsicht, Hundehaufen!", warnte er gleich darauf lautstark.

Hundehaufen? Was meinte er damit? Haufen von Hunden? Sah er schon eine ganze Gruppe geifernder Tiere auf uns losstürmen? Ich war irritiert. Verstanden die anderen etwa, was er uns sagen wollte?

Fragend warf ich Arthur einen Blick zu, den unser Quälgeist ebenso wie mich untergehakt eng an sich presste. Mich hatte es Überwindung gekostet, mich in solch engem Körperkontakt neben einem mir doch fremden Mann in der Öffentlichkeit zu zeigen. Ziemte sich das für eine Dame meines Ranges? Doch mir war unter der strengen Bewachung durch den Rüpel nichts anderes übrig geblieben.

Friedrich spürte mein Unbehagen und meinte besänftigend: „Ich glaube, er wollte uns nur vor Hundekot auf dem Bürgersteig warnen, Gertrud. Er irritiert uns eben manchmal mit seinem Gassenjargon."

Ups, kam ich mir plötzlich unbeholfen und dumm vor. Natürlich. Dankbar lächelte ich Friedrich zu. Was musste er nur von mir denken?

Doch ein dumpfes Grollen, das rasch näherkam, ließ uns ehemalige Museumsfiguren im nächsten Moment erzittern. Mit ängstlich aufgerissenen Augen drängten wir uns schutzsuchend aneinander und blieben gemeinsam stehen, während unser Meister den armen Arthur und mich einfach losließ und unbeirrt weiter ging.

Ohne sich umzudrehen und ohne unserer Verwirrung zu bemerken, trat er neben einen Eisenpfahl, an dem hoch oben ein Kasten mit drei Lichtern hing. Das unterste sandte ein intensives Grün aus. Für Fußgänger waren ein Stück darunter zwei weitere Lichtsignale angebracht; ein rotes Männchen stand regungslos auf der gegenüberliegenden Straßenseite. Worauf wartete es, grübelte ich.

„Anhalten, nicht weitergehen! Das ist eine Ampel, ihr Dummköpfe", bellte unser Bewacher und wandte sich endlich zu uns Schützlingen um. Wir standen immer noch wie erstarrt einige Meter von ihm entfernt, dicht neben einem Gebüsch.

„Ähm … Was ist? Wenn ihr einfach dumm rumstehen wollt, das könnt ihr auch im Museum." Ungeduldig schwenkte der Mann seinen Arm. „Kommt gefälligst her, ihr Idioten!", brüllte er jetzt und fuchtelte in der Luft herum.

Der Lärm auf der Straße wurde immer lauter. Eine Karosse röhrte an uns vorbei, verschwand rasch wieder, wurde leiser und hinterließ eine Staubwolke. Allmählich lösten wir Museumsfiguren uns voneinander.

„Ach, verdammt, das kennt ihr ja gar nicht", kam es unserem Hexenmeister endlich in den Sinn. „Euch muss ich aber auch alles erklären, ihr seid ja dümmer als die Höhlenfritzen!"

Ich räusperte sich. „Wir kennen die heutige Welt eben nicht. Es besteht kein Grund, dass du dich über uns lustig machst und jegliche Selbstbeherrschung verlierst. Das mag in deinen Kreisen üblich sein, in unseren nicht. Man muss sich ja schämen, mit dir gesehen zu werden!"

Durch meine Worte schien Wut in ihm aufzusteigen und er ballte die Fäuste.

„Ich möchte dich am liebsten zurück auf dein Podest hexen, Trude! Hätte ich geahnt, was du für eine große Klappe hast, du würdest immer noch die Wände im Museum anstarren." Er sog tief den Atem ein, stieß ihn wieder aus, kramte in seiner Tasche, fand offenbar nicht das Gesuchte und wurde noch gereizter, wie ich ihm ansah. Doch endlich schien er zu begreifen, dass seine Reaktion ungerecht gewesen war und er uns geduldiger behandeln musste. Woher sollten wir denn auch wissen, was eine Ampel war?

„Also, wenn da ein grünes Männchen erscheint, dürfen wir die Straße überqueren. Andernfalls machen uns die bösen Autos platt", erklärte er uns als seinen Zuhörern, die seinen Ausführungen mit skeptischen Mienen gelauscht hatten. „Autos sind –"

„– die stinkenden Blechkisten, die an uns vorbeifahren", fiel ihm Friedrich ins Wort. „Hm. Entschuldigung ..."

„Stimmt, gut beobachtet, Friedo ... äh, Friedrich", lobte der Mann ihn. „Zu eurer Zeit sahen die sicherlich ganz anders aus. Richtige Oldtimer – na gut, damals waren die topaktuell."

Ein weiteres Fahrzeug raste vorüber, als im Kasten an dem Pfahl schon ein rotes Licht aufleuchtete.

Friedrich pfiff dem silbernen Pfeil anerkennend nach. „Tolle Kiste. Kannten wir in den 70ern noch nicht!"

Unser Hexenmeister schaute dem sichtlich teuren Sportwagen nachdenklich hinterher: „Tja, bei Rot sollte man nicht mehr fahren. Aber wir können jetzt rübergehen.

Leute, zackzack, es bleibt nicht ewig grün!" Los ging es, wieder dem eilig ausschreitenden Widerling hinterher.

Japsend blieb Arthur plötzlich stehen, beugte sich nach vorn und meinte mit kläglicher Stimme: „Meine Schuhe drücken, mein Rücken schmerzt, ich bekomme kaum noch Luft." Er ließ sich auf eine Bank im kleinen Unterstand neben einer Bushaltestelle sinken und sah hoch. „Außerdem ziehen da oben dunkle Wolken auf. Bald werden wir nass. Dann ..."

Dann? Unser Quälgeist schien nun auch zu dem Schluss zu kommen, dass wir immer noch aus Gips waren, obwohl unsere Oberfläche zwar wie Haut wirkte, allerdings wasserdurchlässig war. Das war mir erklärt worden, nachdem ich mich irrtümlich auf den Nagel in der Holzleiste gestützt hatte. Mir waren nur wenige Schlucke Wasser gegönnt worden, gerade genug zum Aufmuntern, wie der Mann sich geäußert hatte. Mehr würde mir schlecht bekommen, hatte er gewarnt, denn unter meiner Haut befand sich nach wie vor Plastikmasse und Gips, aus denen ich einst hergestellt worden war. Menschliche Organe waren nicht vorhanden in meinem Körper.

Bei Regen würden wir uns vollsaugen und schließlich zerbröseln. Da platschten auch schon die ersten dicken Tropfen zur Erde und im Handumdrehen ergoss sich eine wahre Sintflut über uns.

„Alle unter das Dach, schnell!", schrie der Hexenmeister und schubste Friedrich unter das Dach des Unterstandes.

Nur ich verharrte noch im Regen. Ich hielt meinen Kopf empor, die Augen geschlossen, den Mund geöffnet und genoss die Regentropfen auf meiner ausgestreckten Zunge.

„Spinnst du?" Die kräftigen Finger unseres verrückten Schöpfers packten meinen Arm und zerrten mich ebenfalls ins Trockene.

„Himmel, Arsch und Zwirn ... nicht groß genug ... mal wieder gespart ... denken an nichts", meinte ich ihn zu verstehen. Ich rutschte unbehaglich hin und her und einige winzige Gipskrümel blieben auf der Bank zurück.

Das Dach des vorne offenen Wetterschutzes bot nur uns vier Museumsfiguren Platz, also musste der Widerling im Regen stehen bleiben. Er warf uns böse Blicke zu, als seien wir schuld an dem Wetter, schuld an der Enge im Unterstand, schuld an ... Na, eben an allem, was ihm nicht behagte. Fluchend stellte er seinen Jackenkragen hoch, während das Wasser seine Hosenbeine und die dünnen Stoffschuhe an seinen Füßen durchnässte.

Ich gönnte es ihm von Herzen.

*B*ehutsam schob der Zauberer seinen schmalen Körper in einen der von ihm verhexten Bereiche. Er bewegte sich dort bewusst auffällig und beobachtete vorüber gehende Leute. Keiner von ihnen scheint mich wahrzunehmen. Ich bin unsichtbar für sie, jubelte eine Stimme in seinem Kopf.

Na, nun kann ich ja verfolgen, was die anderen so treiben, dachte Frangipani. Hoffentlich bringt mir das brauchbare Erkenntnisse. Er hockte sich auf einen dicken Baumstamm neben die Neandertalerfrau, vor der ein riesiger Topf über einer Feuerstelle hing. Lange saß er auf seinem unbequemen Beobachtungsposten, verlagerte immer wieder sein Gewicht, pulte gelangweilt den Schmutz unter seinen Fingernägeln heraus und unterdrückte ein Räuspern, als Besucher sich näherten.

Tobias' Pfeifkonzert klingt diesmal etwas unmelodisch, fand der Zauberer und grinste hämisch, lehnte sich jedoch vorsichtshalber etwas zurück. Nicht, dass mir ein weiterer Stromschlag droht, dachte er.

Provozierend starrte er dem Restaurator in die Augen, als dieser direkt an ihm vorüber ging, doch Tobias setzte ohne auch nur zu blinzeln seinen Weg fort und pfiff weiterhin recht schräg.

Der Zauberer flegelte sich erneut auf den Stamm und fuhr mit seiner Hand über die borkige Oberfläche der Rinde.

Ansonsten gab es außer einem Klönschnack zwischen Dina und ihrer Kollegin Annika nichts Besonderes zu sehen und Frangipani widmete sich seinen Nägeln.

„Ich lös dich zur Pause ab", kündigte Annika an, nahm ihre Brille zur Hand, warf einen prüfenden Blick durch die Gläser, setzte sie wieder auf und nickte Dina – und, ohne dies zu ahnen, auch dem Zauberer – zu, der sie aus dem Hintergrund neugierig musterte.

Schnuckelig, die Kleine. Die würd ich nicht von meiner Bettkante stoßen, dachte Frangipani und sah der zierlichen Person nach, wie sie beschwingt davon schritt. Annika sabbelt zwar wie ein Wasserfall, aber Hauptsache, sie hält den Mund, wenn sie unter einem Kerl liegt! Ein schmieriges Grinsen flog über sein hageres Gesicht.

Da wandte Dina sich um und ließ ihn vor Schreck fast erstarren. Sie kam direkt auf ihn zu, sah durch ihn hindurch und blieb vor der Neandertalerfrau stehen, dann beugte sie sich nach vorn und betrachtete die Gipsfigur genau. Sie schien jeden Zentimeter der Gestalt zu untersuchen.

Was suchst du denn da? Geh mir vom Leib, Dina, dachte der Zauberer unbehaglich und zog seinen ausgestreckten Fuß näher zu sich heran. Beinahe berühren konnte er Dina jetzt. Als er ihr Gesicht gefährlich nah vor sich hatte, wagte er es kaum noch, zu atmen.

Verstohlen warf Dina der Überwachungskamera über sich einen gehetzten Blick zu und trat zurück. Sie friemelte sichtlich nachdenklich an ihrem Funkgerät herum. Erleichtert sah Frangipani, wie sie sich entfernte.

Nicht mehr ganz so knackig und munter wie das junge Gemüse, verglich Frangipani Dina in Gedanken mit deren

Kollegin Annika, doch auch noch ganz appetitlich für Männer. Das ist in Ordnung, solange sie nicht Schönlingen wie diesem Tobias den Kopf verdreht und ihren Laurin betrügt.

Eine weitere Stunde verbrachte der Zauberer danach in einer anderen Abteilung des Museums, in der er ebenso unsichtbar seine Umgebung im Auge behielt. Schließlich erhob er sich gähnend und beschloss, den Heimweg anzutreten. Sorgfältig sah er sich um. Niemand in der Nähe, also freie Bahn, schnell raus aus dem verhexten Feld, dachte er. Linkes Bein ausstrecken, rechtes Bein vor, beide Arme, darauf Kopf und Körper. Schon wähnte er sich wieder im sichtbaren Bereich.

Doch das Kichern zweier Halbwüchsiger, die stehen geblieben waren und ihn mit offenen Mündern anglotzten, gab ihm zu denken. Stimmte etwas nicht?

„Keinen Kopf, echt gruselig", meinte er zu verstehen. „Voll krass, der kommt auf uns zu", quietschte einer der beiden Teenager. Seine Stimme wurde vor Angst hoch und dünn.

Der andere Junge hob geistesgegenwärtig sein Smartphone hoch und filmte, wie die kopflose Gestalt des Magiers zurück in die Sicherheit des magischen Feldes floh.

Frangipani hielt inne. Sein Herz pochte vernehmlich, seine Handflächen schwitzten. Hatte sein Zauber versagt?

„Mist, verfuckter, was für'n Käse!", fluchte er laut und sah, wie die beiden Jugendlichen zusammenfuhren, noch einen ungläubigen Blick in seine Richtung warfen und dann im Laufschritt verschwanden.

Der Bengel wird sein tolles Filmchen hochladen, überlegte der Zauberer verstimmt.

Ein neuer Versuch. Nur die Ruhe bewahren, nahm er sich vor und sprang beherzt wieder über die gedachte Grenze, bestehend aus einer Reihe Kiesel vor der Kochstelle der Neandertalersippe. Wo war ein Spiegel? War er nun wieder vollständig sichtbar?

Frangipani hastete zum Herren-WC, riss die Tür auf und sah sein Gesicht, als er im Vorraum zur Toilette in den Spiegel über dem Waschbecken schaute. Er stellte sich auf seine Zehenspitzen und begutachtete den Rest seiner Gestalt, die Nase fast an der Glasfläche, um alles bis zu seinen Schuhen hinunter erkennen zu können.

„Noch alles da!", meinte er just in dem Augenblick erleichtert, als ein älterer Mann den Raum betrat und ihm verwunderte Blicke zuwarf.

„Dann ist's ja gut", kam ein lakonischer Kommentar. Der ältere Herr wandte sich dem Pissoir zu, warf dem Zauberer noch einen amüsierten Blick zu und machte sich an seiner eigenen Hose zu schaffen.

Etwas verlegen eilte Frangipani hinaus und schlug den Weg zu seiner Wohnung ein. Das Gefühl, soeben etwas unheimlich Dämliches gemacht zu haben, verblasste allmählich. Als er schließlich vor seiner Wohnungstür stand und mit dem Schlüssel im klemmenden Schloss herumstocherte, ging dem Zauberer ein Licht auf: Dina hatte offenbar Bedenken gehabt, dass die von ihr im Roman erwähnte Neandertalerfigur sich verändert haben könnte! Deshalb hat sie die Steinzeittrulla so argwöhnisch angesehen. So erklärte der Magier sich selbst Dinas

Verhalten. Nee, an die Steinzeitfrau will ich gar nicht rangehen. Aber ihren Macker hab ich auf Sicht, diesen Muskelprotz. Über den sollte Dina-Dummchen etwas texten! Noch heute werde ich sie dazu bringen.

Vor Frangipanis innerem Auge tauchte ein Frauengesicht auf. Blitzende grüne Augen, eine stolze Miene. Gertrud! Sie wird sich fügen müssen, dachte er. Aber zunächst ist Arthur dran.

Diesen Hampelmann werde ich nun ins echte Leben einschleusen. Als Angestellter der Stadtverwaltung wird er Personalausweise ausstellen, sich um Beglaubigungen diverser Dokumente oder um Gewerbeanmeldungen kümmern, Genehmigungen für den Verkauf von Weihnachtsbäumen erteilen, sich mit dem An-, Um- und Abmelden eines Wohnsitzes beschäftigen, und vieles mehr.

Arthur strich mit der Hand über sein Haar und überprüfte den akkuraten Sitz der Krawatte um seinen Hals. Schon am dritten Tag als frischgebackene Verwaltungskraft stand er nun einem Mann gegenüber, der ihn argwöhnisch musterte.

Der hochgewachsene, schlanke Besucher mit der zum teuren Anzug korrekt gebundenen Krawatte stand kerzengerade hocherhobenen Hauptes vor ihm und schob mit dem Finger seine Brille hoch, senkte den Kopf, schielte über den Rand der Brille hinweg, sah wieder hoch und fingerte erneut an der Sehhilfe herum.

„Mein Personalausweis ist abgelaufen", verkündete er mit tiefer Stimme und blickte Arthur eindringlich an; obwohl er nur leise sprach, strahlte er eine Autorität aus, die Arthur den Kopf einziehen ließ. Dann verstummte der Mann.

Arthur verflocht seine Finger ineinander, wartete und räusperte sich schließlich verlegen: „Haben Sie denn Ihren alten Ausweis dabei? Ähm … Den hätte ich gern."

Wortlos reichte der andere ihm das Gewünschte, während er Arthur unentwegt anstarrte und jede seiner Bewegungen beobachtete.

Dr. Bernhard Mirckenberg entnahm Arthur dem Ausweis und ließ das Dokument sinken. Jetzt starrte er sein Gegenüber ehrfürchtig an.

Frangipani beobachtete ihn von seinem Versteck hinter einem Infoständer aus. Er amüsierte sich über Arthurs erschrockene Miene und dachte verächtlich: Arthur macht sich vor Angst fast in die Hose! Neugierig verfolgte der Zauberer das weitere Geschehen.

Der Direktor des ‚Altertumsmuseums Wuerdenstedt' wusste offenbar nicht, wo er Arthur schon einmal gesehen hatte. Ungeduldig trommelte der Besucher mit den Fingern auf den Tresen. Arthur beeilte sich, ihn zu bedienen. Als Dr. Mirckenberg endlich hinausging, atmete Arthur erleichtert auf, wie Frangipani bemerkte.

Die ihm inzwischen wohlbekannte Stimme des Zauberers jagte Arthur sichtlich gleich den nächsten Schrecken ein: „Gute Leistung, mein Freund. Vielleicht hat er ja zufällig deinen Doppelgänger in der Ausstellung gesehen. Er wird denken, dass du eine gewisse Ähnlichkeit mit dem hast."

Frangipani kam hinter dem Infoständer hervor und grinste Arthur an, als er dessen verständnislose Miene bemerkte: „Tja, für euch gibt's mittlerweile ähnliche Gestalten, die euch im Museum vertreten. Da staunst du, was? Keine Panik, Micki lässt sich dort sowieso nicht blicken. Den interessieren nur die Einnahmen, weißt du!"

Auch Gertrud, die selbstbewusste Frau, die sich bereits 1909 für das Frauen-Stimmrecht eingesetzt hatte und sich nicht so leicht einschüchtern lässt, habe ich für meine finsteren Pläne eingespannt worden, dachte der Zauberer. Er hockte nun in seiner Wohnung vor dem Computer und beobachtete Gertrud heimlich über eine verborgene Kamera samt Mikrofon, die in der Deckenbeleuchtung in ihrem Büro steckte. Dadurch konnte er alles überwachen, was Gertrud während ihrer Arbeitszeit trieb.

Bist sichtlich irritiert, Gertrud, blätterst schon zum dritten Mal in deinem Kalender. Hast einen Termin notiert und nun ist er verschwunden. Tja, da magst du noch lange grübeln, wo diese wichtige Info geblieben ist, Trudchen, dachte Frangipani. Hast ja erstaunlich schnell den Umgang mit der Computertechnik gelernt, trägst nun als Vorzimmerdame sämtliche Termine für den Museumsdirektor am PC ein. Ich habe dafür gesorgt, dass du stets zunächst den korrekten Zeitpunkt eintippst, anschließend wird der Text wieder gelöscht und eine falsche Notiz vermerkt. So wirfst du dumme Trude munter Bernhard Mirckenbergs Termine durcheinander und bringst deinen Chef häufig in peinliche Erklärungsnot gegenüber seinen Geschäftspartnern! Frangipani freute sich.

Tja, Gertrud, sobald Bernhard sich den Planer von dir zeigen lässt, zieht er eine erstaunte Miene. Stets ändern sich deine Notizen auf seltsame Weise; aber sobald dein Chef auf den Bildschirm sieht, ist alles korrekt vermerkt. Bernhard beginnt an seinem Verstand zu zweifeln, wunderbar, dachte Frangipani begeistert. Und du offenbar auch.

Verlässt Bernhard das Büro, ist der Eintrag wieder so falsch wie zuvor. Dafür habe ich gesorgt, ich habe dem elektronischen Planer ein Eigenleben verpasst. Der Zauberer amüsierte sich köstlich über die Verwirrung, die er angestiftet hatte.

Frangipani verfolgte soeben die übertragenen Aufnahmen und sah Gertrud am Kragen ihrer Bluse zupfen. Das Jogging-Outfit und die Wollmütze trug die frühere Gipsfrau nur noch in ihrer Freizeit, im Büro war eine elegante dunkelblaue Kombination aus Rock und Blazer passender. Zudem hatte ihr blondes Haar einen modischen Kurzhaarschnitt erhalten und auf ihrer Nase saß eine topmodische Brille.

Genervt starrte Gertrud auf den Bildschirm vor sich und der Zauberer hörte sie murmeln: „Zufrieden?" Ihre Stimme hatte diesen angriffslustigen Tonfall angenommen, mit dem sie Frangipani stets auf die Palme brachte.

Na endlich, bemerkte der Zauberer. Dina trug die Perlenohrringe, Laurins Geschenk, das er wochenlang nicht an ihr gesehen hatte.

Deutlich erkennbar flimmerten soeben Buchstaben über den Monitor, verbanden sich zu Worten, zu Sätzen und schließlich zu einem Text – in derselben Sekunde von Dina stockend in die Tastatur getippt. Garantiert, wie üblich, im

Einfinger-Suchsystem, dachte der Zauberer abschätzig, während seine eigenen Finger flink wie bei einer routinierten Sekretärin über die Tasten huschten. Übung ist alles, Dina! Er grinste überheblich und konzentrierte sich auf Dinas Romantext.

Da, wieder vertippt! Ein Zögern und Korrigieren. Dann rollte erneut Text über den Bildschirm und wurde länger und länger. Noch ein Absatz, danach verschwand die Schrift und ein von Dina aufgenommenes Foto ihrer Katze erschien als Hintergrundbild auf Frangipanis Computer. Mist, auf die Übertragung solcher dämlichen Zusatzdaten kann ich verzichten. Was soll ich mit dem Viech auf meinem Bildschirm, dachte Frangipani und loggte sich schimpfend aus.

Abermals veränderte sich die Bildschirmoberfläche und zeigte nun die Zeichnung eines Zauberers, der ein Kaninchen an den Ohren aus einem Zylinder zog. Mein virtueller Berufskollege gewissermaßen, dachte der Magier. Vielleicht sollte ich mal Dinas Katze aus einem Hut ziehen, überlegte er und schmunzelte bei dieser Vorstellung. Bin schon lange nicht mehr öffentlich aufgetreten.

Frangipani kippte ein wenig aus einer Schnapsflasche in eine abgeschlagenen Kaffeetasse und ließ die hochprozentige Flüssigkeit in seine Kehle hinunter rinnen. Energisch schnippte er mit den Fingern und schon wurde eine Zigarette vor ihm in der Luft sichtbar.

Gut gelaunt rauchte er und schnippte immer wieder blaue Tropfen fort, die sich vor dem PC auf dem Fußboden ansammelten. Als hätte ein Regenbogen den Teppich bunt besprenkelt, dachte er. Die Flecken werden trocknen und eines Tages werden sie einen Nachmieter verzweifelt putzen lassen.

Doch noch blieb er hier wohnen, nicht weit entfernt von Dina; dazu dem Museum mit seinen Exponaten nah, die darauf warteten, von ihm ins Leben entlassen zu werden.

Der Zauberer konzentrierte sich erneut auf seinen Computer, denn soeben war eine Meldung aufgetaucht.

„Fuckedifuck, bist ja schon wieder aktiv, Mädel", staunte er und trank einen weiteren Schluck aus der Kaffeetasse. Dina hatte sich wohl nur eine Cappuccino-Pause gegönnt; ohne dem Zeug konnte sie offenbar nicht leben.

Jetzt aber, hau in die Tasten, die Schonfrist für dich ist vorbei, dachte er. Eine Weile habe ich keine Figur mehr verändert, die du in deinem Roman erwähnt hast. Allmählich musst du dich vor meinen Angriffen in Sicherheit wähnen. Zu sehr! Doch damit ist es nun vorbei, sagte der Magier sich.

Er setzte sich auf dem alten Bürostuhl, dessen Sitzfläche er stellenweise mit Klebeband geflickt hatte, auf und legte erwartungsvoll seine Hand über die Computermaus. Jederzeit reagieren könnte er nun, Dina würde sich noch wundern.

Pindoa. Häh? Was hatte sie sich denn da für einen bescheuerten Namen ausgedacht, dachte Frangipani. Meine Fresse, Dina, das geht doch nicht! Sekunden später stand da: *Barbara find ich aber besser, Dina.* Der Zauberer sandte seinen Kommentar ab.

Dinas Reaktion ließ nicht lange auf sich warten. Sie beharrte auf dem dämlichen Figurennamen, danach schloss sie offenbar die Datei.

Abwarten, die berappelt sich wieder, dachte Frangipani und starrte erwartungsvoll den Bildschirm an. Richtig, Dinas Datei öffnete sich erneut und bald blinkte der Cursor an derselben Stelle wie vorher. *Pindoa.* Sie ließ nicht locker.

Meinst du, damit kannst du mich verarschen?, erkundigte sich der Zauberer und färbte die Buchstaben rot ein. *Störrische Ziege*, setzte er noch hinzu, darauf sandte er seine Nachricht ab.

Wer auch immer du bist, verd ... A ... loch, ereiferte sich Dina umgehend, *ich lass mir doch nicht vorschreiben, wie meine Figuren heißen!*

Oha, jetzt wirst du aber respektlos. Gefällt mir gar nicht, Dinchen, antwortete der Zauberer. *Wirst dich noch wundern*, kündigte er an und ließ seinen Zeigefinger über der Tastatur kreisen. Senden: abwarten.

Dina schrieb sich immer mehr in Rage, hämmerte offenbar auf ihre Tastatur ein, vertippte sich, korrigierte, verschrieb sich wieder ...

Ruhig Blut, Dina-Baby, empfahl der Zauberer. *Überleg doch mal, welches Exponat in deinem Roman demnächst eine Rolle spielen soll! Warum nicht der Neandertaler-Mann? Lass den im Fahrstuhl Besucher erschrecken, haha.* Weigert Dina sich, ich werde sie zwingen, dachte er und rieb sich mit der Hand über die Stirn.

Minutenlang tat sie nichts mehr. Hatte Dina aufgegeben, war sie zum Klo geeilt oder kochte sie sich einen weiteren Cappuccino? Ungeduldig trommelte Frangipani mit den Fingern eine Melodie, die ihm schon seit dem Aufwachen in einer Endlosschleife durch den Kopf ging, auf die

Tischplatte. Ein paar Takte, danach wusste sein Gehirn nicht weiter und begann von vorn.

Da lenkte Dinas neuer Kommentar auf dem Bildschirm ihn ab: *Na ja*, kam es zweifelnd von ihr zurück. *Lass mich endlich zufrieden, du Ekel!*

Nee, noch lange nicht, dachte der Zauberer. Er reckte energisch sein Kinn hoch und öffnete ein weiteres Computerprogramm. Ein leeres Blatt erschien auf dem Bildschirm, er fuhr langsam mit seiner Hand darüber, Schrift breitete sich aus. Die Augen zusammengekniffen las er unzählige Kombinationen von Computerbefehlen, bis er das Passende gefunden hatte. Kurz zögerte er, dann befahl er seinem Computer, einen der Befehle auszuführen.

Verbindung hergestellt, bestätigte das Gerät darauf.

Puschelchen, hör auf damit!, las der Zauberer nun und grinste. *Aua, blödes Vieh!*

Da hatte das Kätzchen offenbar seine scharfe Krallen ausgefahren und Dina gekratzt, dachte er belustigt und kommentierte: *Gib deinem Haustiger was zu trinken, ein Schluck Schnaps hilft, Dina. Der wird sich bald in eine Ecke legen und schnarchen, haha!*

Schweigen. Endlich, zögerlich, ungläubig, Buchstabe für Buchstabe, tauchten wieder Wörter auf seinem Bildschirm auf: *Hast du etwa eine Kamera in meiner Wohnung versteckt, du verdammter Irrer?*

Frangipani lachte laut auf, beugte sich näher zu dem Bildschirm und las: *Der kann meine Gedanken lesen!*

Er nickte bestätigend. Allerdings, außerdem kann ich sie beeinflussen. Ein Tastendruck genügt, dachte er und ein zufriedenes Grinsen breitete sich auf seinem Gesicht aus.

Er beruhigte Dina: *Nö, da hab ich einen anderen Trick drauf. Bin ja kein perverser Spanner, der Frauen bei intimen Dingen zusieht. Keine Angst, Dina-Baby, Kameras hab ich nirgends eingebaut. Darfst also unbesorgt ganz ohne Kleidung duschen!*

Verdammt, VERDAMMT, das glaub ich einfach nicht, offenbarte Dina ihm ihre Gedanken auf dem Bildschirm.

Liebe Undine, reg dich ab, erwiderte er.

Verfluchter Blödmann!, konnte der Zauberer nun Dinas Gehirntätigkeiten ablesen, dann verschwammen die Worte auf dem Bildschirm und bildeten eine unregelmäßige Linie. Sprang sie gerade wütend durch ihre Wohnung, massakrierte sie ihr dämliches Viech? Frangipani verfolgte, wie die Linie in einzelne Elemente zerfiel und immer blasser wurde, bis der Bildschirm nahezu schwarz war.

Ups, hab ich einen Herzanfall verursacht?, erkundigte er sich scheinheilig bei Dina.

Doch umgehend traf ein Lebenszeichen von ihr auf seinem Bildschirm ein und ließ ihn vor Vergnügen in die Hände klatschen:

Blöde Lampe. Wusste ja nicht, dass die sich so leicht verbiegen lässt. Verfluchtes Ding … Aua! Dann, zunächst kleinlaut, später wieder heftig: *Jetzt ist die Enter-Taste weggeflogen. Ich hau dich zu Brei, du Mistkerl. Deinetwegen muss ich jetzt unterm Sofa nach dem Ding suchen … Ich dachte, die Tastatur sei robuster. Was haben die mir da bloß angedreht?*

Was treibst du da, erwiderte Frangipani, *zerlegst du dein Wohnzimmer? Ruhig Blut und bitte etwas höflicher, verehrte Frau Bergen. Das Katzentier nicht erschrecken, die Lampe nicht verbiegen und den Computer nicht zerdeppern ... Dem lieben Laurin ruhig mal öfter die Füße küssen*, fügte er noch verschmitzt hinzu. Der Zauberer lehnte sich zurück und freute sich über seinen Geniestreich.

*I*ch dachte, ich spinne, Tobias!" Dina blickte dem Restaurator in die Augen und goss kochendes Wasser in zwei Becher, um für sie beide Cappuccino zu kochen. Danach zog sie aus Gewohnheit sofort den Stecker ihres Wasserkochers wieder aus der Steckdose; sicher war sicher. Zögernd blickte sie dabei Tobias ins Gesicht. Was würde der sympathische Mann nur über sie denken; würde er sie für übergeschnappt halten? Gerade hatte sie ihm verlegen erklärt, jemand könne offenbar ihre geheimsten Gedanken lesen.

Wie irre klingt denn das, ich kann es ja selbst kaum glauben, dachte Dina und schämte sich. Forschend sah sie Tobias an und versuchte auszuloten, was er von ihr hielt. Würde er sie weiterhin ernst nehmen oder zukünftig auf Abstand zu ihr gehen?

„Ich war nicht betrunken, Tobias", setzte sie energisch hinzu. „Aber mein Laptop hat sehr eigensinnig gehandelt, man könnte meinen, der hat ein Gehirn!" Nachdenklich musterte Dina das Gerät in ihren Händen, wendete es hin und her und stellte es schließlich geradezu angewidert auf den Tisch zwischen sich und Tobias.

Sie hatte ihn nach Feierabend in ihre Wohnung gebeten, niedergeschlagen um Rat gefragt und vor seinen Augen die Datei mit ihrem begonnenen Manuskript geöffnet.

Prüfend hatte Tobias jede ihrer Bewegungen verfolgt; nun starrte er erst den Laptop an, dann sie, und – schwieg.

„Funktioniert heute einwandfrei, der will mich wohl verar … veralbern", ärgerte Dina sich und hoffte darauf, eine unerklärliche Meldung würde möglichst rasch eintreffen und ihre Angaben bestätigen, damit Tobias nicht an ihrem Verstand zweifelte. Aber – nichts geschah. Dina ballte ihre Fäuste unter der Tischplatte und warf dem Laptop einen unwilligen Blick zu.

Weshalb spricht Tobias nicht mit mir, fragte Dina sich und spürte ihre Wangen heiß werden, meinte, ihr Herz überlaut pochen zu hören, wagte es kaum noch, Tobias anzusehen. Red doch endlich mit mir!, schrie sie den Mann in Gedanken an. Ihre Hand fuhr wie ferngesteuert in ihre Haare, ihre Finger zupften, rissen.

Resigniert senkte sie ihren Kopf. Wer drängt sich dermaßen in mein Leben hinein, jagt mir Angst ein, verdirbt mir die Freude am Umgang mit meinem Roman? *Wer, um Himmels willen?*, schrie eine verzweifelte Stimme in ihrem Kopf.

„Geh mit dem Ding lieber zu einem PC-Fachmann", riet ihr Tobias. „Ich kann dir morgen eine Telefonnummer geben, dort hat mir schon oft jemand geholfen, wenn ich mit der Software nicht klarkam. Denn ich muss zugeben, Dina", bedauernd sah er sie an, „besonders viel Ahnung davon hab ich leider nicht. Ein Regal anbringen kann ich, aber Computersoftware ist nicht meine Spezialität. Ich könnte jetzt deinen Laptop mitnehmen und dir anschließend erzählen, ich hätte nichts Auffälliges daran entdeckt. Doch tatsächlich wüsste ich nicht genau, wie ich das Gerät untersuchen könnte. Sorry, Dina, ich bin da überfragt", gab Tobias zu und erhob sich.

Zufällig stieß er mit seiner Hand dabei gegen den Laptop und Dina meinte, ein eigenartiges Knistern zu vernehmen. Schnell zog Tobias seine Hand weg und sah das Gerät entsetzt an, als befürchte er, es würde ihn beißen. Er ist ja noch ängstlicher als ich, im Umgang mit modernen Dingen, amüsierte sich Dina im Stillen.

Doch – wollte er schon gehen? Hilfesuchend sandte sie ihrem sonst so verlässlichen Kollegen einen flehenden Blick zu, aber als er zielstrebig zu ihrer Wohnungstür ging und dabei seine Jacke schloss, folgte sie ihm. Wortlos reichten sie einander kurz die Hände, dann trabte Tobias hinaus.

Dina sah ihm hinterher und dachte missgestimmt: Jetzt bin ich genauso schlau wie zuvor. Bekomme ich wenigstens die benötigte Telefonnummer von ihm? Ich habe keine Ahnung, an wen ich mich sonst wenden kann.

Es war nur ein Hauch von Misstrauen, kaum spürbar, doch es ließ Dina keine Ruhe. Wie merkwürdig Tobias sich verhalten hatte! Laurins Verdacht kam ihr in den Sinn. Zunächst von ihr abgetan als unvorstellbar, doch womöglich nicht ganz von der Hand zu weisen? Steckte Tobias womöglich hinter den Veränderungen an den Figuren?

In Laurins Arme gekuschelt, hatte Dina ihrem Lebensgefährten von ihren heimlichen Beobachtungen im Museum berichtet. Hier war ihr ein leicht verändertes Detail an einem der Exponate aufgefallen, dort hatte eine Gipsfigur eine andere Körperhaltung eingenommen; insbesondere die Gesichter mancher Figuren schienen verändert zu sein. Dinas aufmerksamen Blicken waren diese Vorgänge nicht verborgen geblieben.

„Und diese Friseurin, die uns im Park begegnet ist, Laurin. Du glaubst mir ja nicht, aber die Frau stand früher als Gipstrine auf einem Podest, das schwöre ich!" Dina hatte ihre Aussage mit drei wie zu einem Schwur erhobenen Fingern bekräftigt und Laurin eindringlich angeblickt.

Er hatte Dinas Hand angestarrt, ihr tief in die Augen gesehen und dann ihren Verdacht bestätigt: „Die Exponate werden vielleicht manipuliert, Dina, wirklich! Ich kann mir zwar nicht vorstellen, wie das funktionieren soll; aber jeder, der im Museum arbeitet, hätte die Möglichkeit dazu. Zum Beispiel der Restaurator. Er hat doch sicherlich das nötige Werkzeug und technische Kenntnisse. Sogar du bist verdächtig, mein Schatz. Gib's doch zu, dir sind die stummen Figuren zu langweilig, da wolltest du ein wenig Schwung in den Laden bringen!" Seine Stimme hatte ernst geklungen, doch um seine Mundwinkel hatte Dina ein Zucken bemerkt.

„Doch, ich nehme es dir ja ab!", hatte er sie eilig an einem empörten Wutausbruch gehindert. „Hm. Die Technik schreitet immer schneller voran und macht Dinge möglich, die sich noch vor Jahren keiner hätte vorstellen können. Denk doch mal an so'n Telefon; hätte man vor, sagen wir, vor zweihundert Jahren einem Menschen erzählt, dass man irgendwann mit Leuten auf anderen Kontinenten sprechen kann, nur mit 'nem Hörer am Ohr, meinst du, das hätte man geglaubt? Nee, Dinchen, is' gar nicht so abwegig, dass da ein begabter Technikfreak am Werk ist. Wie er das macht, ist mir ein Rätsel. Die Figuren haben doch wohl keine

Geräte im Bauch, die man per Computer von außen bedienen kann? Stell dir vor, die Gipsfritzen laufen alle *so* in der Ausstellung umher ..." Laurin war aufgestanden und mit übertrieben eckigen Bewegungen wie ein Roboter durchs Zimmer marschiert. Dann war er lachend wieder auf die Bettkante gesunken und hatte Dina an sich gezogen.

„Noch 'ne Runde?" Seine Blicke waren anzüglich über ihren nackten Körper gestrichen. „Diesmal mit künstlicher Intelligenz? Gibt einen besonderen Kick, Liebes!"

Dina kehrte gedanklich wieder in die Gegenwart zurück und grübelte: Ist es Tobias? Oft läuft er mir im Museum über den Weg, tüftelt in der hauseigenen Werkstatt an Exponaten herum, repariert sie gekonnt.

Was erledigte Tobias dort außerdem? Einmal hatte er es zugelassen, dass Dina ihm während ihrer Pause zusah, bei der Wiederherstellung eines uralten Holzstuhles, von dem ein Bein abgefallen war. Doch als sie ihm später interessiert bei der Instandsetzung eines Webstuhls zusehen wollte, hatte Tobias ungewöhnlich reserviert reagiert und sie hinauskomplimentiert.

Und auch diese seltsamen knisternden Geräusche, wenn er sich mit elektrischen Geräten beschäftigte – oft funktionierten sie danach nicht mehr einwandfrei. Dazu sein ‚Talent', alle Sicherungen in meiner Wohnung unbeabsichtigt lahmzulegen, beim Anstreichen meiner Wand, erinnerte sich Dina.

Das aufkeimende Misstrauen Tobias gegenüber machte Dina zu schaffen. Stellte er sich nur dumm, war er in Wirklichkeit ein Computergenie? Enttäuscht dachte sie:

Tobias, meine seelische Stütze, mein Vertrauter; wie soll ich allein mit Laurin fertig werden, wenn der durchdreht, bei einer Trennung von mir? Unwillkürlich strich sie mit den Fingern über ihren rechten Oberarm, den ein großer blauer Fleck zierte. Auch für den darf ich mich bei Laurin bedanken.

Einer der beiden Männer schlägt mich, der andere lässt mich im Stich. So entsetzlich allein fühle ich mich, dachte Dina verzweifelt, starrte den Deckenstrahler in ihrer Küche an und spürte eine Traurigkeit in sich aufsteigen, die ihr regelrecht den Atem nahm.

Wie ferngesteuert hob sie ihre Hand zum Lichtschalter: Licht an – Licht wieder aus – Licht an. Knips – knips – knips. Verdammt. Licht aus!

Das Geschäft befand sich nur ein kurzes Stück die Straße hinauf. Bisher hatte Dina im Vorübergehen über den selbstbewussten Schriftzug im Schaufenster gelächelt: *Probleme mit dem PC – oh weh! Aber Sie kennen mich noch nicht.*

Dina druckste verlegen herum, als sie versuchte, dem jungen Mann im Lädchen ihre Probleme mit dem Laptop zu erklären. Sie war sich seiner skeptischen Blicke bewusst.

„Die Kiste wird mich noch kennenlernen, der bringe ich's bei, einwandfrei zu funktionieren. Der werden ihre Flausen vergehen, verlassen Sie sich drauf!" Der Mann lächelte siegesgewiss und nahm das Gerät entgegen. „Anfang der Woche können Sie das Gerät wieder abholen. Über den Preis einigen wir uns schon", meinte er. „Da ziehe ich Ihnen nicht das Fell über die Ohren!"

„Bin ja auch kein Karnickel", murmelte Dina und dachte: Dieser Experte ist meine letzte Hoffnung!

Einige Tage später erfuhr Dina: „Nichts, absolut gar nichts, überhaupt nichts! Ich habe stundenlang daran herumprobiert. Das Gerät arbeitet einwandfrei, ich würde sagen, wie ein nagelneuer PC, obwohl er nach Ihren Angaben schon älter ist. Es gibt inzwischen aktuellere Modelle, aber auch mit diesem hier können Sie vollkommen zufrieden sein!"

Der Computerfachmann klappte den Deckel zu. „Hier haben Sie das Ding zurück, ich kann Ihnen da nicht helfen."

Dina stellte daheim den Laptop auf ihren Couchtisch im Wohnzimmer. *Blödes Ding.* Was nun? Sie kochte sich ihren geliebten Cappuccino, stellte den Becher neben sich und lümmelte sich halbliegend aufs Sofa, schreckte jedoch gleich wieder hoch.

Hab ich den Herd ausgeschaltet? Aber sicher doch, sagte sie sich. Wirklich? Soll ich besser nachsehen, bevor ich's mir hier gemütlich machte? Riecht es nicht schon merkwürdig?

Dina hob den Kopf und schnupperte wie ein Hund. Nee, doch nicht, oder? Von ihren Gedanken gepiesackt, sprang sie auf und lief zurück in die Küche. *Natürlich, das Ding war aus – die elende Gedankenmühle sollte sie zufrieden lassen.* Wieder aufs Sofa und nachdenken. Wieder an ihren Haarsträhnen zerren. Auf dem Fußboden neben sich, die ausgerissenen Haare einer ganzen Woche!

Soll ich mich an einen anderen Computerspezialisten wenden, fragte Dina sich. Der Laptop war ihr nicht mehr geheuer. Die innere Unruhe, die sie ergriffen hatte und die ihr die Luft zum Atmen zu nehmen drohte, trieb sie an. Noch ist Zeit, bis zum Dienstbeginn am Mittag kann ich es schaffen, dachte sie.

Doch die Fahrt bis ans andere Ende der Stadt zu einem weiteren PC-Experten half ihr auch nicht weiter. Seine vollmundigen Versprechungen in der Werbeanzeige im Branchenbuch vermochte er ebenso wenig zu halten wie sein Konkurrent, der Dinas Laptop zuvor vergeblich untersucht hatte.

„Mir gehorcht das Gerät. Es läuft doch einwandfrei!" Dinas Einwand, die Datei sei derzeit nicht auffindbar, widerlegte er.

„Wie haben Sie die genannt? *Manuskript?* Wie putzig, haha." In kürzester Zeit hatte er das Dokument geöffnet und bedachte Dina über seine randlose Brille hinweg mit einem herablassenden Blick.

Sie brauste auf: „Jetzt reicht's mir!" Genervt schnappte sie sich ihren störrischen PC, beachtete den Mann nicht weiter und rauschte erhobenen Hauptes hinaus.

„Dusselige Anfängerin ..." Das laute Knallen der Eingangstür verschluckte die Worte des Fachmannes.

„Bei zwei Computerprofis warst du?" Laurin schien es nicht fassen zu können. „Glaubst du, dass ich nicht damit klarkomme? Fragst erstmal die halbe Welt, bevor du dich an deinen nächsten Vertrauten wendest?" Er schüttelte den Kopf und forderte: „Zeig mal her!"

Zweifelnd sah Dina ihren Partner an. Konnte es etwas schaden, konnte das Gerät noch mehr vermurkst werden?

Zögernd schob sie Laurin den Laptop über ihren Küchentisch, an dem sie beide saßen und Kaffee tranken, zu.

„Also, Dateien verschwinden und tauchen plötzlich wieder auf und irgendwer spioniert deine Gedanken aus?", fasste er zusammen.

„Genau", Dina blickte Laurin an. Stand da nicht ein Ausdruck in seinen Augen, der ihr sagte, dass er sie für übergeschnappt hielt? Unsicher senkte sie den Kopf und knibbelte an einem Hautfetzen an ihrem Daumennagel herum. Schließlich blickte sie wieder hoch und verfolgte, wie Laurin seine Hand auf die Computermaus legte.

Er ließ den Cursor über den Bildschirm wandern. Ein Tastendruck, erneutes Scrollen, dann schien er etwas zu entdecken, denn er beugte sich vor. Konzentriert starrte er mit zusammengekniffenen Augen auf eine Textzeile und eine tiefe Falte bildete sich auf seiner Stirn. Hatte er etwas Entscheidendes gefunden?

„Simsalabim. Gleich hab ich's!" Ein Lächeln huschte über Laurins Gesicht, dann vertiefte er sich in das Computermenü.

„Hm", murmelte er. „Also echt ..." Scheinbar zielstrebig klickte er sich durch etliche Menüpunkte. Endlich nahm er seine Hand von der Maus und lehnte sich zurück.

„Ich komm nicht weiter", gestand er und sah Dina verlegen an. „Zu kompliziert, sorry. Aber ..." Laurin machte eine Pause und seine Lippen verzogen sich zu einem verschmitzten Grinsen.

Dann flüsterte er geheimnisvoll: „Deine Gedanken lesen kann ich tatsächlich, Schatz."

Er setzte sich auf, bewegte seine Hände langsam in einem Kreis unmittelbar vor Dinas Gesicht und erklärte: „Deine Aura verrät mir, du hast Hunger. Ich lad dich ein, lass uns bei *San Lorenzo* eine Riesenpizza essen. Die wird deine trüben Gedanken vertreiben!"

Wie lieb von ihm, dachte Dina; er will mich ablenken. Wie soll Laurin meine unerklärlichen Erlebnisse am Laptop auch begreifen können? Auch er kann das Rätsel nicht lösen.

Dina pellte sich aus ihrer Bluse heraus, die bei der Hausarbeit etwas gelitten hatte. Mit einem Schmutzfleck am Kragen in ein Restaurant gehen, mochte sie nicht.

Der Bluterguss an ihrem Oberarm war mittlerweile gelbbraun geworden. Leicht strich sie mit ihren Fingern darüber, dann nahm sie eine frisch gewaschene Bluse aus dem Kleiderschrank.

„Hübsche Farben", vernahm sie Laurin, der an ihre Seite trat und ihren Oberarm betrachtete.

Dina warf ihm aus dem Spiegel an der Schranktür einen Blick zu. „Tja. Wer mir den verpasst hat, weißt du vermutlich noch, oder?" Ihre Augen sandten seinen im Spiegelbild einen säuerlichen Blick zu, danach wandte sie sich um und streifte sich die saubere Bluse über.

Laurin hüstelte verlegen. Als sie begann, die Knöpfe an dem hellblauen Oberteil zu schließen, stellte er sich vor sie, schob ihre Hände weg und nestelte selbst an den Verschlüssen herum.

„Zu schwierig ... von hier aus … Damenblusen … falschrum geknöpft." Endlich hatte er es geschafft und ließ von ihr ab. „Voilà, Madame, nun sind Sie ausgehfein."

Laurins Stimme klang kratzig und er räusperte sich mehrmals. „Liebes, ich wollte ..." Er verstummte, setzte erneut an: „Ich wollte dich *niemals* schlagen, aber manchmal kann ich mich nicht beherrschen. Oh, Mist. Dina, womit hast du einen Typen wie mich verdient?" In seinen Augen standen Tränen. Sie rannen seine Wangen hinunter.

Dina hob unwillkürlich ihre Hand und wischte die salzigen Tropfen von seiner Haut. Streichelte seine Wangen.

Laurin schniefte vernehmlich und zog den Rotz in der Nase hoch. Seine Augen füllten sich erneut mit Tränen; er wandte sich ab und senkte seinen Kopf.

Dina verfolgte, wie Laurin sich zerstreut dem Schmuck an seinem Finger widmete. Sie dachte: Konnte er denn nicht einmal aufhören, sich mit seinem verdammten Ring zu beschäftigen? Den Ring nach vorn ziehen, zurück schieben, drehen.

Auf dem Weg zum Restaurant war er sehr schweigsam und schien seinen Gedanken nachzuhängen. Erst als sie am Tisch saßen und sich etwas Leckeres bestellt hatten, wurde er wieder munterer. Schließlich wurde es doch ein netter Abend.

So umgänglich hat sich Laurin schon lange nicht mehr verhalten. Zärtlich und rücksichtsvoll, erinnerte sich Dina am nächsten Morgen beim Aufwachen, sanft wie am Beginn unserer Beziehung. Kann ich dem Frieden trauen?

Sie warf dem Mann, wie er lang ausgestreckt neben ihr lag und schlief, einen nachdenklichen Blick zu. Wirklich entspannt wirkte Laurin nicht, fand Dina, eher unruhig und gequält, innerlich zerrissen.

Sind seine Tränen echt gewesen, wird er sich wirklich ändern, zweifelte Dina. Immer das Gleiche, dachte sie und spürte, wie ihre gute Laune einen Dämpfer bekam. Erst behandelt Laurin mich unmöglich, später kommt er wieder angekrochen und schwört mir, sich zu bessern. Wie oft soll ich mich noch darauf einlassen?

Da drehte Laurin sich zur Seite um und die Bettdecke rutschte teilweise von seinem Körper. Die wulstige Narbe, etwa so lang wie eine Hand, wurde an Laurins rechtem Bein knapp über seinem Knöchel sichtbar. Zwar war die Wunde gut verheilt, doch für den Rest seines Lebens wird er dieses Andenken behalten, dachte Dina.

Elender Köter! Abermals sah sie im Geiste den beißwütigen großen Hund auf sich zustürmen, während Laurin und sie einen gemeinsamen Parkspaziergang unternommen hatten. Zuerst hatte das Tier sie angesprungen, danach war es jedoch über Laurin hergefallen, als der versucht hatte, es von Dina fort zu zerren.

Ein Hundehalter war zunächst nicht zu sehen gewesen, wie sich Dina erbost erinnerte. Der Hund hatte sich in Laurins Wade verbissen und nicht von seinem vor Schmerzen schreienden Opfer ablassen wollen, so sehr Dina sich auch bemüht hatte, das Tier trotz ihrer Angst mit einem abgebrochen Ast zu vertreiben. Endlich war ein glatzköpfiger vierschrötiger Kerl erschienen, hatte den Hund angebrüllt und ihn an seinem Halsband von Laurin weg gezogen.

Keine Entschuldigung, keine Hilfe, nein, der Typ hatte sich einfach wegbewegt, war mitsamt seinem Höllenhund im Wald verschwunden und hatte Dina und den heftig blutenden Laurin zurück gelassen. Wäre nicht ein älteres Ehepaar herbeigeeilt, angelockt vom Lärm, es hätte übel ausgehen können, dachte Dina. Wochenlang musste Laurin hinken und eine Infektion machte ihm noch lange zu schaffen.

Dankbar für seine damalige Rettungsaktion, warf Dina Laurin einen liebevollen Blick zu und überlegte: Oft unausstehlich ist mein Gefährte, doch manchmal offenbart er mir auch gute Seiten.

*G*runzgrunz nannte sie ihn in Gedanken. Dina grinste, als sie dem Neandertaler einen Blick zuwarf, der vom Höhleneingang aus den großen Kochtopf anstarrte, in dem sein Weib zu rühren schien.

Wird der auch zum Leben erweckt, fragte sie sich beklommen. In meinem Roman soll er im Fahrstuhl Besucher erschrecken – was hat mich nur auf diese alberne Idee gebracht, grübelte sie. Egal; ich kann jederzeit meinen Text ändern, wenn er mir nicht gefällt. Läuft das Muskelpaket aber eines Tages draußen herum, dann … Dina spürte, wie sich eine Gänsehaut auf ihren Armen bildete und dachte: *Dem* möchte ich nicht begegnen!

Dina drehte ihre Aufsichtsrunde im Erdgeschoss des Museums, während sich noch mehr ungebetene Gedanken einstellten: Habe ich eigentlich bei Dienstbeginn an alles im Obergeschoss gedacht und alle Medien hochgefahren?

Vor ihrem inneren Auge erschien das Grammophon in der 20er-Jahre-Abteilung. Jeden Morgen wurde es von einer Aufsichtskraft vorbereitet, indem das Federwerk aufzogen wurde. Der Antrieb erfolgte noch von Hand; Besucher durften es selbst in Gang setzen und sich die Schellackplatte anhören. Der riesige Trichter auf dem Gerät und der kratzige Klang der Tonkonserve sorgten stets für Erheiterung.

Hab ich das Ding aufgezogen? Besser, ich prüf es nachher noch einmal, nahm Dina sich vor. Und das Kino –

habe ich eigentlich den DVD-Player eingeschaltet? Verdammt, verwünschte Dina wieder einmal ihren Kontrolltick.

Sie hob ihre linke Hand an ihr Ohr und rieb über die Perle am Ohrring. Wie gut, dass sich keine erneute Entzündung eingestellt hat, immerhin liebe ich gerade diesen Schmuck besonders, dachte sie glücklich und verharrte einen Moment vor einer Glasvitrine, um ihr Spiegelbild darin zu bewundern. Zufrieden strich sie mit den Fingern eine lästige Haarsträhne aus dem Gesicht und rückte das Halstuch über der Bluse, das zu ihrer Dienstuniform gehörte, zurecht.

Dina ging weiter, ungestört in der morgendlichen Stille, und lauschte dem Pfeifen, das von Tobias stammte. Einen Werkzeugkasten in der Hand, traf er die von ihm geflöteten Töne heute besonders gut und ließ sogar ein paar übermütige Triller hören. Offenbar ist er bestens gelaunt, dachte Dina.

Sie trommelte mit ihren Fingern die Takte eines aktuellen Poptitels auf den hölzernen Handlauf des hüfthohen Geländers, das die Gänge zu dem weitläufigen inneren Museumsbereich hin begrenzte.

Dieses innere Areal, auf jeder Etage u-förmig von verschiedenen Abteilungen umgeben, war nach oben offen und erstreckte sich über alle drei Etagen. Im Erdgeschoss befanden sich ein künstlicher Wasserlauf, ausgestopfte Tiere sowie eine Blumenwiese. Büsche und eine Birke erweckten den Eindruck, man ginge durch einen Park.

Nur zwei Besucher bisher, dachte Dina. Die wirken pflegeleicht, wie sie da in die Beschreibungen der

Exponate vertieft sind. Um die muss ich mich nicht kümmern. In Gedanken folgte sie dem Weg, der an der nachgebauten Höhle von Lascaux, an Cro-Magnon-Handwerkern, an Ackerbauern beim Säen sowie einem Großsteingrab, danach an einem pflügenden Bauern samt Ochsengespann und schließlich wieder an der Neandertalersippe entlangführte.

Aus Gewohnheit warf sie dem mit einem primitiven Fellumhang bekleideten stämmigen Mann neben den Pappmaché-Felsen im Höhleneingang einen Blick zu und stoppte.

Irgendwas war anders. Dina wusste selbst nicht, was sie plötzlich dazu brachte, den Mann genauer zu betrachten.

Sein Schädel hatte eine flache Stirn und mächtige Wülste über den dunklen Augen. Seine Haare waren zerzaust, der Bart struppig und die Gesichtszüge fremdartig. In seinen Ohren steckten kleine Kopfhörer, die mit einem glänzenden MP3-Player verbunden waren.

Dina starrte ihn ungläubig an und fuhr zusammen, als er plötzlich seine kräftigen Finger bewegte und dabei vermutlich zufällig die Starttaste berührte.

Nun drangen wummernde Bässe an seine Ohren, die so laut waren, dass auch Dina sie wahrnehmen konnte. Sie sah die Hände des Urzeitmannes zittern; instinktiv duckte er sich und warf wilde Blicke umher. Befürchtete er ein Raubtier, das ihn zu überfallen drohte?

Schon bald schienen ihm die Klänge zu gefallen und seine Körperhaltung wurde lockerer. Einer der Stöpsel fiel heraus. Er drückte ihn wieder in seine Ohrmuschel und ließ den MP3-Player in ein Fellstück am Umhang gleiten.

Mit seinen Händen malte der Mann jetzt unsichtbare Gemälde in die Luft und sein Oberkörper wiegte sich im Takt der Musik. Mit geschlossenen Augen begann er, sichtlich selbstvergessen zu tanzen. Er entfernte sich immer mehr von der Höhle, machte einen Schritt zur Seite, einige nach vorn und wieder zurück. Plötzlich vollführte er eine Drehung und kam ins Straucheln. Rasch fing er sich und blieb auf der Stelle stehen, während er ausgelassen in den Knien wippte und wild mit den Armen wedelte.

„Das kann alles nicht wahr sein!", japste Dina entgeistert, dann warf sie der Überwachungskamera einen panischen Blick zu und stellte erleichtert fest, dass der Neandertaler seinen Tanz vermutlich außerhalb des Sichtwinkels aufführte; Dina waren die Überwachungslücken im Museum bekannt.

Wie soll ich dieses äußerst lebendige Exponat nur dazu bringen, sich wieder in die Höhle zu begeben und dort möglichst auch zu bleiben, fragte sie sich. Dieser Muskelprotz wird sonst für alle Menschen hier gefährlich!

Ihre Pausenmahlzeit, eine Frikadelle mit Senf zu einer Portion Kartoffelsalat, harrte im Kühlschrank des Aufenthaltsraumes und brachte Dina auf eine Idee. So schnell sie konnte legte sie den Weg über Gänge und Treppen zurück, um die Plastikdose mit ihrem Mittagessen hervorzuholen und die Frikadelle herauszunehmen.

Also mache ich eben heute Diät, beschloss sie und eilte zurück, bis sie, die Frikadelle in eine Serviette gewickelt, vor dem immer noch mit geschlossenen Augen ekstatisch hin und her wippenden Neandertaler stoppte. Hm, dieser

Duft musste den Mann doch aufmerksam werden lassen! Dina wickelte die Bulette vorsichtig aus.

Zögernd näherte sie sich der in die Musik versunkenen Gestalt und hob ihre Hand, um dem Mann die Bulette unter die Nase zu halten.

Er hielt inne, schnupperte und riss die Augen auf. Seine Nasenflügel blähten sich. Er starrte das Häppchen in Dinas Hand an, dann setzte er zum Sprung an. Dina, die damit gerechnet hatte, drehte sich um und spurtete zum nahen Fahrstuhl. Wie gut, dass sie ihn bereits zu dieser Etage geholt hatte und die Tür sich auf Knopfdruck sofort öffnete! Der Neandertaler, gierig auf das Essen fixiert, sprang in die Kabine, während Dina ihm auswich und auf die Taste drückte, die den Aufzug in den Keller beförderte. Die Tür schloss sich.

Beeilung! Ich muss unbedingt vor dem Neandertaler unten sein, dachte Dina und nahm die Beine in die Hand. So schnell hab ich noch nie die Treppe hinter mir gelassen! Zum Glück stolperte sie nicht, während sie immer zwei Stufen auf einmal hinuntersprang. Außer Atem erreichte sie im selben Augenblick, als auch der Fahrstuhl eintraf, das Kellergeschoss. Dina hechtete zur Tür, die sich gleich darauf öffnete und ihr den Anblick eines Menschen bot, der sichtlich nicht wusste, wie ihm geschah. Sie hielt immer noch die fettige Frikadelle in ihrer Hand – nur nicht fallen lassen, dachte sie und drückte das gebratene Stück Mett so fest, dass es beinahe in zwei Teile zerlegt wurde.

Da bemerkte der Mann sie, wie sie feststellte. Sie hörte, wie er ein lautes Grunzen ausstieß und sah, dass er sich auf ihre Bulette stürzen wollte.

144

Dina war schneller. Sie schlängelte sich durch einen schummerigen Flur, während sie ihren Schlüssel griffbereit in der Hand hielt und rasch einen Raum am Ende des Ganges öffnete. Licht an, die Tür weit aufhalten – und der Neandertaler taumelte in wilder Hatz in das Magazin des Museums. Die Tür von außen zuknallen, abschließen und wieder hoch in die Ausstellung.

Oben dem Fahrstuhl entronnen, lehnte Dina sich erschöpft an die Wand und schloss ihre Augen. Das hätte gründlich in die Hose gehen können, hämmerten die Gedanken in ihrem Kopf.

Im Hintergrund der Neandertaler-Wohnhöhle war es schummerig, da fiel die Lücke so bald niemandem auf. Nun war der Mann in einem Raum im Keller untergebracht, in dem sich wegen Umbauarbeiten derzeit lediglich einige alte Stühle und Tische befanden. Da kann er nicht viel Unheil anrichten, überlegte Dina erleichtert. Doch irgendwann muss ich ihn wieder freilassen, und was dann?

Dina betrachtete den zermatschten Überrest ihrer Pausenmahlzeit und ihre fettverschmierten Finger. Den Matsch wegwerfen, die Hände säubern und weiterarbeiten, beschloss sie. Hat meine Uniform einen Fleck? Nein, alles noch sauber. Energisch straffte sie ihre Schultern und dachte: Hoffentlich hat niemand meine wilde Flucht vor dem Neandertaler verfolgt.

Als sie anschließend gedankenverloren über die Gänge trabte, ging ihr auch eine Beobachtung nicht mehr aus dem Sinn: Was hat Tobias eigentlich in Sichtweite der Höhle zu erledigen gehabt? Ich habe ihn während meiner morgendlichen Runde direkt aus der Unterkunft der Steinzeitsippe herauskommen sehen, einen Werkzeugkasten in seinen Händen. Waren da wirklich nur Werkzeuge drin, oder hat Tobias sich mit dem Neandertaler einen Scherz erlaubt? Wem gehört der MP3-Player, den der Gipsfritze bei der Verfolgungsjagd offenbar verloren hat?

„Die Exponate werden vielleicht manipuliert, Dina, wirklich! Ich kann mir zwar nicht vorstellen, wie das funktionieren soll; aber jeder, der im Museum arbeitet, hätte die Möglichkeit dazu." Laurins Worte hallten in Dinas Kopf wider und wurden lauter und lauter. Hatte er Recht? Ließ Tobias die Exponate lebendig werden?

Der charmante Restaurator wurde Dina unheimlich. Sie dachte an Tobias' Art, sie eindringlich mit seinen goldbraunen Augen anzusehen. Bisher kribbelten ihre Arme vor heimlicher, kaum eingestandener Sehnsucht nach ihm, aber nun bekam sie unversehens eine Gänsehaut, die ihr einen Schauder verursachte. Steckte hinter dem Mann mit den faszinierenden Augen, in die sie so gern ihre Blicke versenkte, ein heimlicher Irrer, der gruselige Ereignisse in Gang setzte?

„Du kannst keinem Menschen hinter die Stirn sehen, Kind", meinte sie die Mahnung ihrer Mutter zu vernehmen. Wie wahr, dachte Dina. Wem kann ich überhaupt noch vertrauen?

Außerdem: Wie soll ich mit dem Steinzeitfritzen verfahren, wie ihn in Schach halten, wenn ich die Tür zum Magazin öffne? Der muskulöse Typ wird mich doch über den Haufen rennen und jeden Menschen bedrohen, der ihm näher kommt, befürchtete Dina. Doch ewig konnte der Neandertaler nicht da unten bleiben.

Am liebsten würde ich ihn knebeln, zu einem handlichen Paket verschnüren und in der hintersten Ecke verstauen – nur weg mit diesem gefährlichen Kerl! Dina dachte: Was, also, soll ich nur mit ihm machen?

Dass der Neandertaler aus dem Magazin getürmt war, erfuhr Dina während ihrer Mittagspause.

Während Dina Brot vertilgte, erschien die Putzfrau Irina im Pausenraum und öffnete geräuschvoll ihr Spind. Danach begann sie, sich aus ihrer Putzmontur herauszuschälen, um ihre private Kleidung anzuziehen.

„Was für'n Affentheater, Dina, du glaubst es nicht!", begann Irina mit ihrer durchdringenden Stimme und mit fuchtelnden Armen von den Ereignissen im Keller zu berichten. Dort war die Waschmaschine damit beschäftigt gewesen, einen Stapel Handtücher zu reinigen.

„Da hört 'se auf, laut zu rumpeln, weiß'te, das alte Ding könn 'se auch mit ausstelln als so'n Exo … Exsonat …, egal, weißt, was ich mein. Is doch wahr", schilderte sie und holte Atem, um weiter zu berichten: „Un' dann hör ich da so'n komisches Brüllen und einer bollert an die Tür vom Magazin, is' ja nich' weit weg von da. Un' dann ..." Irina stieß hörbar den Atem aus. „Den Schlüssel hatte jemand steckenlassen, weiß' du."

Dina fuhr zusammen und lauschte Irinas weiteren Worten. Die Putzfrau hatte die Tür geöffnet. Da war ein grauslicher Kerl, kräftig wie zehn Elefanten, aus dem Magazin gestürmt und hatte sie vor Schreck verstummen lassen.

„Mein' Arme hat der gepackt, morgen hab ich mehr blaue Flecken als ich zähl'n kann, Dina!" Irina rieb sich über die Oberarme. „Abgeschloss'n hat der Arsch und ich stand da, man gut, dass Licht an war."

Oha, dachte Dina, das muss der Neandertaler angeknipst haben. Der ist offenbar pfiffiger als ich ihn eingeschätzt habe. Vielleicht ist er aber auch nur gegen den Lichtschalter gestoßen?

Irina fuhr sich mit den Fingern durch ihre abstehenden kurzen Haare und verkündete mit lauter Stimme: „Jenfalls kam der Hausmeister da runter in' Keller, der hat mich schimpfen hörn, hat er gesagt. Ich kann laut schimpfen, weiß' ja!"

Dina konnte sich ein Grinsen nicht verkneifen und nickte Irina zu. „Hm, und dann?", erkundigte sie sich.

„Hat mir auf gemacht, un' weiter nix", meinte Irina und grabschte nach ihrer Fleecejacke. „Feierabend. Was für'n besch … Tag!"

Weg war sie und ließ die ratlose Dina zurück. Was war aus dem Neandertaler geworden?

Dina hatte ihre Pause beendet. Bald ging sie gemächlich durch die zweite Etage, während sie überlegte: Hab ich eigentlich die Kaffeemaschine in der Gemeinschaftsküche ausgeschaltet? Vorsichtshalber den Stecker des Gerätes herausgezogen? Bald bin ich im Erdgeschoss, soll ich nicht besser noch nachsehen? Zieht nicht schon ein verbrannter Geruch durch die Gänge? Wie lange ist es her, dass ich das Gerät bedient habe? Kann es inzwischen bereits zu kokeln beginnen?

Von ihren Gedanken abgelenkt, achtete sie kaum auf ihre Umgebung. Vor ihrem inneren Auge begannen die Flammen zu züngeln, ergriffen das altersschwache Mobiliar in der Küche und sprangen auf die nahe Garderobe der Bediensteten, danach auf die der Besucher über. Wie rasch würde der Brand sich im gesamten Gebäude ausbreiten? *Ein Inferno, um Himmels Willen, und sie wäre Schuld ...*

Als sie an der 50er-Jahre-Abteilung vorüberkam, meinte sie, einen Schatten hinter der dort ausgestellten Isetta huschen zu sehen. Im nächsten Augenblick lenkte sie ein Besucher ab, der den Weg zum Café nicht hatte finden können – sie begleitete ihn. Danach dachte Dina nicht mehr an ihre flüchtige Wahrnehmung, denn nun beanspruchte eine muntere Kinderschar ihre ganze Aufmerksamkeit.

Bis ihr tatsächlich ein beißender Geruch in die Nase stieg. Dina schnupperte, blieb stehen, blickte umher und wurde bleich; ihre Befürchtungen schienen wahr zu werden!

Allerdings konnte die feine Rauchfahne, die sie wahrnahm, nicht aus dem Aufenthaltsraum stammen, denn sie kräuselte aus einer Nische der 50er-Jahre-Küche empor. Glut leuchtete hell auf, fraß sich durch ein Notizheftchen auf dem altmodischen Küchentisch mit den unter der Tischplatte eingebauten Abwaschschüsseln, ergriff schließlich auch die hölzerne Tischplatte und die drei Stühle daneben. Flammen züngelten hoch, warfen ein flackerndes, unheilverkündendes Licht auf die Anrichte mit den antiquierten Küchengeräten darauf, züngelten immer höher. Beißender Qualm entwich und nahm Dina die Luft zum Atmen.

Der Neandertaler, schoss es Dina durch den Kopf. Hat der sich im Keller in den Fahrstuhl gewagt und ist anschließend in der zweiten Etage gelandet, um dort zu zündeln? Dina hatte diese Vermutung beim Blick auf eine Schachtel mit Zündhölzern auf dem Fußboden. Ein Hölzchen lag verkohlt daneben.

Sie bemerkte, wie die Besucher erstarrten. Eine Lautsprecherdurchsage ertönte. Ungläubig sahen die Leute einander an, rasch suchten sie nach den grünen Hinweisschildern. Die Strichmännchen darauf schienen zu rennen und die Menschen liefen in die angegebene Richtung. Hinaus, nur hinaus!

Dann hörte Dina Udos Stimme, wie er in voller Lautstärke brüllte: „Frau Bergen, Herr Lüricken, Herr Rebenberger, der Sammelplatz ist *auf dem Museumsvorplatz … dem Museumsvorplatz*, nicht im Aufenthaltsraum … Aufenthaltsraum! Frau Larantus. Hab ich nicht gesagt, wo wir uns sammeln? Herr Münsterhaus hat's begriffen." Dina sah, wie er Florian zunickte.

„Nur noch meine Jacke holen. Bitte!", flehte Dina, doch Udo schüttelte den Kopf. „Raus hier, hörst du schlecht?"

Udo stürmte so schnell voran, dass Dina kaum hinterherkam. Er rannte zum Personaleingang hinaus, lief weiter und stoppte vor dem Haupteingang des Museums. Um Atem ringend erreichte Dina ihn, gerade als er sich umsah und fragte: „Alle Besucher raus? Oder sind da noch welche drin? Undine, Enno, Gerhard, Florian, Annika?"

Alle nickten. „Die stehen alle draußen, Herr Gene … Äh, Udo", bestätigte Enno. „Er fühlt sich mal wieder wichtig. Arschloch!", hörte Dina Enno murmeln.

„Naja", erwiderte sie, „er muss in der Situation eben befehlen. Wenn da einer in der Ausstellung vergessen wird, kann das böse enden!", meinte sie besänftigend.

„Und bei der Gelegenheit ... Gelegenheit muss er sich natürlich aufblähen ... aufblähen", setzte Enno nach und schnitt Udos Hinterkopf eine Fratze.

Sirenen kamen näher, mehrere Löschfahrzeuge rollten auf den Platz. Feuerwehrmänner sprangen aus den Wagen und eilten um das Gebäude.

Dina maulte: „Brr, ist mir kalt. In der Uniform hole ich mir wahrscheinlich 'ne Erkältung, der Stoff is' viel zu dünn. Wieder schniefen und husten." Wärmend schlang sie die Arme um ihren Oberkörper und verfolgte fröstelnd, wie die Männer von der Feuerwehr wieder aus dem Haupteingang herauskamen.

Ratlose Blicke flogen zwischen Dina und ihren Kollegen hin und her. Ungehaltenes Murmeln war von einigen Besuchern zu vernehmen. „Eintritt bezahlt und nun steht man hier rum", meinte Dina zu verstehen. „Ist doch nur zu unserer Sicherheit!", entgegnete da eine Frauenstimme.

Genau, alles zu ihrer Sicherheit. Doch brannte es überhaupt noch? Dina spähte mit zusammengekniffenen Augen zum Gebäude, konnte jedoch nichts Ungewöhnliches mehr erkennen. Kein Rauch, keine Flammen, nichts mehr auszumachen.

„Alle dürfen wieder rein", ertönte da Udos Stimme hinter Dina.

Wie ein Schafhüter scheuchte er seine Kollegen zurück ins Gebäude. „Alle brav wieder an die Arbeit! Alles gelöscht", erklärte er.

Udo schien bedient zu sein. Vorsichtshalber ging Dina ihm aus dem Weg. Sie hörte ihn Befehle rufen und sah ihn die Leute hin und her scheuchen, denn die 50er-Jahre-Abteilung musste abgesperrt werden. Trotz der raschen Löschaktion sah Dina etliche verkohlte Trümmer verstreut herum liegen. Gefährliche Stolperfallen, dachte sie und bückte sich, um die Teile zusammenzukehren und in einen Metalleimer zu werfen.

Udo überwachte die Aufräumarbeiten; die endgültige Wiederherstellung der Abteilung wäre wohl Sache des Restaurators. Delegieren und anschnauzen, das scheint immer ganz nach Udos Geschmack zu sein, dachte Dina grimmig und befestigte einen Streifen rotweißes Flatterband am Außenspiegel der Isetta. Der gepflegte alte Wagen hatte keinen Schaden gekommen, freute sie sich und strich mit der Hand über den Lack.

Den Neandertaler entdeckte Dina Stunden später, wie er scheinbar unverändert im Höhleneingang stand. Nur der Ausdruck in seinen Augen sagte ihr, dass er etwas Verstörendes erlebt hatte. Prüfend musterte sie die Figur; hoffentlich hatte der Spuk nun ein Ende!

*D*ie Herren zahlen vier Euro weniger?", fragte ich die Friseurin ungläubig, als sie kassieren wollte.

„Hm", druckste sie. „Der Schnitt ist bei Frauen aufwendiger."

„Was Sie nicht sagen! Dafür erhalten wir bei gleicher Leistung weniger Lohn", murrte ich.

Um etwas gegen die ungerechte Behandlung von Frauen zu unternehmen, hatte ich bereits deutliche Worte gefunden, als ich mich bei meinem Vorgesetzten über die Differenz zwischen meinem Lohn und dem meines Kollegen beschwert hatte. Ich hatte jedoch nur Unverständnis geerntet.

„Er wird dich zur Strafe drangsalieren, Gertrud. Du kannst noch froh sein, wenn er dich nicht unter einem Vorwand hinauswirft", hatte meine Kollegin orakelt.

„Junge Frau, ich habe 1909 für das Frauenstimmrecht gekämpft, also werde ich heute dafür eintreten, dass Frauen bei vergleichbaren Tätigkeiten exakt dasselbe bekommen wie Männer!"

„1909?" Meine Kollegin hatte gekichert. „Ach, Gertrud."

Dass ich als ehemalige Gipsfigur anders als ‚normale' Menschen war, wusste ich. Doch dass ich nicht selbst über mich bestimmen konnte, erfuhr ich am nächsten Tag.

Ich war verwundert über mich selbst, als ich mich kleinlaut im Büro meines Chefs wiederfand, wo ich mich für meine Forderung nach gerechter Bezahlung entschuldigen sollte. Gnädig nickte mein Vorgesetzter und mit hochrotem Kopf entfloh ich, zurück zu meinem Schreibtisch.

Ich grübelte, was mich zu der Entschuldigung bewogen hatte. Besaß ich keinen eigenen Willen mehr? Die Worte waren aus meinem Mund gestürzt, ohne dass ich es gewollt hatte. Ich hörte mich sprechen und dachte die ganze Zeit: Das würde ich niemals sagen, halt die Klappe, Gertrud! Warum verleugnest du deine Meinung?

Was hatte mich dazu gebracht; wer bestimmte über mein Leben und brachte mich zu einem Verhalten, das gar nicht zu mir passte?

Ich straffte die Schultern und nahm mir vor, es herauszufinden. Manipulieren lasse ich mich nicht!

„Nein, Gertrud, ich stelle mir vor, dass du die edel gekleidete und gut frisierte Ehefrau eines vornehmen älteren Herrn bist, in meinem Roman", gestand Dina mir und lief vor Verlegenheit rot an, als ihr bewusst wurde, dass sie *über eine Frauenrechtlerin* geschrieben hatte! Ein braves Heimchen am Herd würde ich niemals sein, wie ich ihr mit schneidender Stimme klargemachte.

Kennengelernt hatte ich Dina, als ich mich bei dem unseligen Friseurbesuch mit der Ladeninhaberin persönlich auseinandergesetzt hatte. Dina saß im Wartebereich und hörte uns zu. Als ich wütend an ihr vorbeirauschte und meinen Mantel ergriff, erhob sie sich und gestand mir, sie würde genauso denken, die Preisgestaltung sei ungerecht. Ob wir uns denn schon einmal begegnet wären, ich käme ihr so bekannt vor. Da stellte sich heraus, dass sie mich im Museum gesehen und in ihrem Roman verwertet hatte. Wir umarmten einander lachend und verabredeten uns gleich für den nächsten Tag wieder, in einem Eiscafé, wo wir uns dann wunderbar verstanden hatten, in einem langen Gespräch von Frau zu Frau … und zugleich von Schriftstellerin zu Romanfigur! Wie köstlich, dachte ich abermals.

Ich hielt Dina für eine sympathische Frau, die als Autorin eine wilde Geschichte erfunden hatte, in der auch ich eine Rolle spielen sollte. Doch sie hatte nicht mit meinem Eigensinn, nachdem der merkwürdige Fremde mich zum Leben erweckt hatte, gerechnet. Kannte sie den Mann? War er ihr Partner?, fragte ich Dina.

Ihr Liebster?

Aber das stritt sie ab. Sie sei selbst überrascht von der Entwicklung der Dinge, die sie so nicht geplant habe. Die Gipsfiguren sollten ausschließlich in ihrem Roman lebendig werden, aber doch nicht in der Wirklichkeit, wie sie mir stammelnd erklärte.

Doch was würde sie von mir denken, wenn sie wüsste, dass ich manchmal Sehnsucht nach meiner früheren sorglosen Sicherheit im Museum habe? Dass ich deshalb soeben vor meinem starren Ebenbild stand, das nun meinen bisherigen Platz auf dem Podest einnimmt? Dass ich meine Freizeit gerne als Besucherin im Museum verbringe?

Die Puppe ist mir recht ähnlich, doch bei genauerem Hinsehen weist sie winzige Abweichungen im Vergleich mit mir auf. So unnatürlich verkrampft hatte ich damals nie im Leben vor dem gläsernen Schaukasten mit den historischen Schriftstücken über das Frauenwahlrecht gestanden!

Ich versuchte die Beinstellung der Figur nachzuahmen und begann zu schwanken. Umfallen würde sie, wäre sie lebendig, überlegte ich und betrachtete, wie meine gipserne Nachfolgerin sich auf den verzierten japanischen Sonnenschirm stützte. Das ist doch kein Handstock! Wenn du dich so darauf lehnst, bricht der auseinander. War diese feine Dame von dem grauslichen Kerl so ausstaffiert worden? Ja, hatte der denn keine Ahnung von der damaligen Zeit? Unglaublich, was der aus mir gemacht hatte! Erbost wandte ich mich ab und konzentrierte mich auf Dina, die ganz in meiner Nähe stand und mich bisher nicht bemerkt hatte.

„Garantiert haben die mich gesehen. Und den Steinzeitmacker auch. Verdammte Kameras!", meinte ich Dina zu verstehen, als sie leise Selbstgespräche führte. Sehr bedrückt wirkte sie, wie sie da stand, ihren Kopf gesenkt, die Augen geschlossen. Wie eine müde alte Frau, ging es mir durch den Kopf. Ich wollte schon zu ihr eilen und sie tröstend in die Arme nehmen.

Was musste ich da mit anhören? Dinas Kollegen hatten auf dem Monitor beobachtet, wie sie vor einem Neandertaler floh? Verdächtigt wurde diese sympathische Frau: den Brand im Museum – ich hatte von diesem Vorfall erfahren – selbst gelegt zu haben?

Weshalb sollte Dina auf eine solche Idee kommen, wo sie doch ihre Tätigkeit liebte, wie ich wusste. Was ließ sie vor einem dummen Höhlenbewohner fliehen, weshalb hatte der sie bedroht?

Ach, Mädchen, dachte ich mitleidig, könnte ich dir doch helfen. Nimm dich in Acht vor deinen feinen Kollegen!

Vorsichtig trat ich aus dem Schatten neben der künstlichen Figur heraus. Abrupt blieb Dina stehen, offenbar überrascht von mir und meiner ,Zwillingsschwester', wie ich die Gipsdame im Stillen getauft hatte. Ich ging auf Dina zu, sah ihr in die Augen und nickte ihr freundlich zu.

„Ich bin es, Gertrud", erinnerte ich sie.

Sie starrte erst mich an, danach die Gipsfrau, dann wanderte ihr Blick zu mir zurück. „Verflixt ähnlich", brachte sie hervor und schien über etwas nachzugrübeln. „Also hab ich mich doch nicht getäuscht", meinte sie, „einige der Exponate wurden ausgetauscht gegen ähnliche Figuren, die leichte Veränderungen aufweisen!" Dina schüttelte den Kopf und wisperte zu sich selbst: „Logisch, damit im Museum keine Lücken entstehen, das macht er … oder sie, oder wer auch immer, der macht das jedenfalls ganz raffiniert. Ich bin ja ein Esel!" Sie schlug sich mit der flachen Hand auf die Stirn. „Dabei hab ich doch diese Figur gestern hier im Museum gesehen. Anschließend bin ich dir draußen begegnet, ohne mich darüber zu wundern. Kannst doch nicht zur selben Zeit hier und da sein, Gertrud." Offenbar verstört über ihre eigene Gedankenlosigkeit sandte Dina mir ein verlegenes Lächeln.

„Liebe Dina, meinst du denn, ich begreife meine Verwandlung in einen echten Menschen? Glaubst du, mir fällt es leicht, plötzlich vor einer Doppelgängerin zu stehen?" Ich seufzte und legte meine Hand auf ihren Unterarm. „Undine ... Dina, wir sind beide fehlbar." Ich machte eine Pause, während mir eine Idee kam. „Auch Joachim, der Lehrer, ist ein anderer als der Mann, für den du ihn halten magst. Auch er wurde ausgetauscht!" Ich forschte in Dinas Augen nach einer Bestätigung. Hatte sie das auch schon festgestellt?

Sie nickte zögernd. „Hm. Das erklärt einiges. Der hält neuerdings ein Taschentuch in der Hand." Dina grinste und ich zwinkerte ihr zu. Sie hatte es begriffen!

„Du weißt sicherlich, dass ich für die Frauenrechte auf die Straße gehen möchte", setzte ich nun an. „Auch Joachim ist ein fortschrittlich denkender Mann und hat mir seine Unterstützung zugesagt. Er möchte Plakate für meine Demonstration malen und dafür benötigt er Utensilien." Ich überlegte, dann fiel es mir wieder ein. „Eine Pistole erwähnte er, unglaublich, nicht wahr? Damit soll man Farbe auftragen können." Fragend schaute ich Dina an. Wusste die, was gemeint war?

„Airbrush, eine Airbrushpistole will er benutzen, Gertrud. Das ist so eine Art Stift, mit dem man flüssige Farbe aufs Papier sprühen kann!" Dinas Wangen röteten sich vor Aufregung und begeistert sprudelte sie heraus: „Und einen Kompressor braucht er, der presst nämlich die Farbe durch die Pistole. Sieht klasse aus, wollte ich auch schon immer mal ausprobieren. Ich kenne jemanden, der es mir ... und Joachim leihen kann, Gertrud. Damit kann er wunderbare Plakate erstellen und wir überlegen uns gemeinsam den Text. Die Frauen waren nicht nur damals die Dummen, sie sind es immer noch. Dagegen müssen wir etwas unternehmen", schloss sie mit einem bitteren Unterton in ihrer Stimme. Ich nickte – gut so, Mädel!

„Ich gehe mit!", verkündete Dina nun kämpferisch. „Somit sind wir schon zu dritt. Weitere Leute werden uns folgen, Gertrud. Das wird eine erfolgreiche Aktion!"

Die Frau wurde mir immer sympathischer. *Der* würde ich beistehen im Kampf gegen ihren so genannten Freund, dachte ich, als Dina ihre Haare aus dem Gesicht zurück hinter ihre Ohren strich und dabei unabsichtlich einen bisher verdeckten blauen Fleck sehen ließ. Auch auf ihrem Arm war mir bereits ein solches Zeichen männlicher Gewalt aufgefallen. Noch hatte ich Dina nicht darauf angesprochen, mochte sie nicht verschrecken mit meiner Offenheit, aber bei Gelegenheit würde ich sie auf meine Wahrnehmungen hinweisen. Sie hatte Hilfe offenbar nötig, und – sie hatte sie verdient!

Würde sie mir den Mann zeigen, der ihr dies antat? Ein falsches Wort von ihm in meiner Gegenwart, eine gegen sie erhobene Hand, und er wird mich kennenlernen, dachte ich wütend und ballte meine Fäuste.

Auf einem großen Untergrund durfte ich bald mein erstes Kunstwerk brushen. Wunderbar, freute ich mich. Das Bild würde ich mit *Joachim* signieren und dazu die Jahreszahl vermerken. Wie stolz ich darauf sein würde!

Ich wäre das erste ehemalige Gipsexponat, das eine künstlerische Laufbahn anstrebt.

Glücklich fuhr ich mit meinem Finger über die Sprühpistole und achtete dabei darauf, dass ich keinen Tropfen der teuren Acrylfarbe verschüttete. Sie ließe sich nicht mehr entfernen! Der Beweis dafür war ein hässlicher Fleck an meinem Pulloverärmel. Alles Schrubben mit einem alten Lappen hatte nichts geholfen. Auch die Hände hatte ich mir damit eingesaut. Die Farbe würde, solange der Pullover existierte, eine Erinnerung an meine ersten Malversuche sein.

Spaß gemacht hat es, dachte ich begeistert und sah im Geiste wieder meine Bemühungen um ordentlich gesprühte Linien und möglichst echt aussehendes gebrushtes Obst.

Dank Dinas Einsatz war ich nun im Besitz einer Airbrush-Grundausrüstung und hatte mehrere große Pappflächen zur Verfügung, auf denen ich Demoplakate anfertigen wollte. Gertruds Kampf um eine gerechtere Behandlung gegenüber dem weiblichen Teil der Menschheit war auch mir als Mann ein Bedürfnis, außerdem mochte ich die feine, energische Frau.

Nun war Sonntag und ich stand in einem heute angenehm stillen Gewerbegebiet neben Dina. Zu meinen Füßen waren Spraydosen aufgereiht, mit denen ich auf einer Wand großflächig malen wollte. Fehler wären verzeihlich, denn es sollten nur Übungsbilder sein. Im kleineren Stil würde ich später Demoplakate mit der Airbrushpistole gestalten und bei denen käme es auf Genauigkeit an.

„Hier darfst du dich austoben, Joachim. Diese Fläche wird Sprayern kostenlos zur Verfügung gestellt. Sieh mal, die große Wandfläche ist voller Graffiti, das sind recht ansehnliche Malereien! Such dir einfach eine freie Stelle und dann los!", feuerte sie mich an und überließ mir zusätzlich ein Paar benutzte farbverklebte Schablonen in Form diverser Buchstaben, Ziffern und Phantasiegebilden. „In zwei Stunden hol ich dich ab."

Dina ließ mich allein, Bilder im Kopf und kämpferische Parolen auf einem Zettel, den sie gemeinsam mit Gertrud ausgearbeitet hatte.

Ich sprühte zunächst Linien, anschließend hielt ich nacheinander verschiedene Schablonen an die Wand. Die Acrylfarbe würde nun alles Vorhandene überdecken, ein neues Gemälde von mir erschaffen! Ich heftete meine Bleistiftskizze mit Klebeband an die Wand und begann, zaghaft erste Umrisse zu entwerfen. Allmählich immer mutiger, waren bald Figuren zu erkennen, die Exponate aus dem Museum darstellen sollten.

„Wow!", vernahm ich da eine Männerstimme. Ein Jüngling, höchstens zwanzig Jahre alt, stellte sich neben die Ansammlung Spraydosen auf dem Gehweg. Neugierig musterte er mein angefangenes Kunstwerk.

„Das wird 'nen Doppeldecker, richtig?" Der schlaksige Mann deutete auf ein blau-weißes Gebilde an der Wand. „Der Pilot da drin ... Du willst doch einen malen, oder?", erkundigte er sich und wartete mein Nicken kaum ab. „Also, sogar eine Pilotenmütze würd ich dem verpassen. Geiles Bild, hast echt Talent!"

Seine Worte bauten mich auf. Ich trat wie er einige Schritte zurück, um die bereits bunt gestalteten Bereiche der Wand zu überprüfen.

„Ein Tipp: Hol dir 'ne Atemschutzmaske, bevor du aus dem letzten Loch pfeifst!" Der Fremde hatte wohl mein mühsames Atmen wahrgenommen und ich musste ihm Recht geben. Daran hatten weder Dina noch ich gedacht. Wie dumm von mir, dachte ich und machte eine Notiz auf meinem Schmierzettel.

„Johnny", stellte sich der junge Mann vor und fuhr sich mit den Fingern durch seine zu einer stacheligen Frisur gegelten kurzen Haare. „Spraye selbst manchmal. Da drüben, die Nixe im Aquarium, die is' von mir!" Selbstbewusst zeigte er auf ein Wandbild, das ich bereits fasziniert bewundert hatte.

„Jo, ehemaliges Expon ... Ähm, ehemaliger Lehrer und vielleicht einmal ein echter Airbrusher", offenbarte ich meine Wünsche. Könnte ich jemals einem Profi das Wasser reichen? Voller Zweifel über meine eigenen Fähigkeiten warf ich erneut einen Blick auf die Nixe. Fast erwartete ich, dass sie ihren schlanken Körper durchs gemalte Wasser bewegte und den bunten Fischen auf der Wand auswich.

„Wie lebendig die Nixe wirkt", lobte ich den jungen Mann und nickte ihm anerkennend zu. „Ich bin noch

162

Anfänger! Eigentlich möchte ich mit einer Airbrushpistole auf Leinwand oder Pappe malen. Mir schweben fotorealistische Darstellungen vor, weißt du."

„In der *Maschine* nicht weit von hier hab ich ein Atelier, denn ich teile mir die Räume in dem alten Fabrikgebäude mit anderen Malern. Bist herzlich eingeladen, uns mal über die Schulter zu sehen. Eines der Ateliers wird demnächst frei, kannst dich da gern ausbreiten", bot er mir an.

Ich spitzte die Ohren: Was für eine Möglichkeit – das mochte ein vielversprechender Anfang für mich sein.

Als habe er meine Gedanken gelesen, schlug mein neuer Bekannter vor, mir die Geheimnisse erfolgreichen Arbeitens mit der Airbrushpistole näherzubringen.

„Denn da gibt's Tricks, da kommt ein Anfänger nicht drauf. Zum Beispiel benutze ich zum Malen auch eine alte Zahnbürste." Er grinste verschmitzt. „Oder ich nehm Sandpapier, Waschbenzin, Backpulver." Johnny musste meine verdutzte Miene bemerkt haben, denn er lachte auf. „Glaubst du nich', oder? Ich zeig es dir." Er schlug sich vor Vergnügen über meine erstaunten Blicke auf die Schenkel. „Ich murmel einfach *Hokuspokus-Malemus*, dann malt das Ding von ganz allein, Jo." Ein Zwinkern machte mir klar, dass er mich auf den Arm nehmen wollte.

An diesem Tag ging ich beschwingt heim und träumte in der folgenden Nacht von einer Nixe, mit der ich gemeinsam in einem Aquarium schwamm, Fische streichelte und Unterwasserpflanzen mit einem riesigen Pinsel in Regenbogenfarben anstrich.

Na ja, dachte Dina, dieser Laptop ist offenbar noch älter als mein bisheriges Gerät. Aber er birgt den großen Vorteil, nicht von einer Software gesteuert zu werden, die meine Dateien manipuliert und dadurch von mir ungewollte Vorgänge in Gang setzt. Das hoffe ich jedenfalls. Einen Versuch ist es wert. Er ist mir günstig überlassen worden, Kollege Enno hatte sich ja einen neuen Rechner zugelegt.

Dina fuhr mit dem Finger über eine hässliche Schramme auf dem Deckel und dachte: Auf Äußerlichkeiten soll es nicht ankommen, wenn ich nur ungehindert texten kann!

Ich könnte die Datei mit dem Romantext per USB-Stick auf den neuen Computer übertragen, überlegte sie. Doch – besteht nicht die Gefahr, die fiesen Viren, oder was immer die Software beeinträchtigt, gleich mit zu übertragen?

Dann habe ich weiterhin dasselbe Problem wie jetzt, befürchtete sie. Also die Ärmel hochkrempeln, in die Hände spucken, alles einmal abtippen!, beschloss sie. Eine stundenlange Aktion, aber …

„Psst, Puschelchen! Frauchen muss sich konzentrieren!", wies sie ihre Katze ab, die mit ihr hatte spielen wollen. Jetzt lauschte Dina: *Was rauscht da im Hintergrund? Hat der vertrackte Taster der Toilettenspülung sich wieder mal verklemmt?* Wie soll ich mich konzentrieren, wenn aus dem Bad Lärm wie von einem Wasserfall erklingt. Schon wollte sie hochspringen, da wurde das Geräusch leiser und verstummte endlich. Sie kritzelte auf eine der Zeitschriften, die wild durcheinander auf dem Tisch neben ihr lagen, eine kurze Notiz: *Hausmeister wg. Bad!*

Dinas freier Tag neigte sich schon dem Ende zu, als sie endlich den letzten Satz ihres Manuskripts eingab und die neue Datei speicherte. *Manuskript Zweiter Versuch*, das steht für den Neuanfang, dachte sie, außerdem bin ich abergläubisch!

Sie schüttelte ihre vom stundenlangen Schreiben steifen Finger aus. Für heute soll es gut sein, nun werde ich mich endlich der maunzenden Puscheline und anschließend dem Taschenbuch auf der Couch widmen, einen leckeren Cappuccino schlürfen und den Abend genießen, beschloss Dina. Sie warf den beiden Computern, wie sie da so einträchtig nebeneinander auf ihrem Tisch ruhten, einen Blick zu: der eine durch und durch vermurkst, der andere noch unbelastet von bösen Schädlingen in seinem Inneren. Dina verschob die Laptops ein wenig und vergrößerte damit die Lücke zwischen den beiden Geräten.

Sie musste bei der Vorstellung, dass andernfalls womöglich in der folgenden Nacht winzige Lebewesen verstohlen von dem einen zu dem anderen Laptop hinüberklettern und den unschuldigen Neuling verseuchen würden, kichern.

Was würde Laurin über meine irre Rettungsaktion sagen, dachte Dina, dann nahm sie sich vor: Er muss es nicht erfahren. Er würde sich doch nur über mich lustig machen, mich als Närrin ohne das geringste technische Verständnis bezeichnen. Dabei kennt er sich ebenso wenig wie ich damit aus, wie er mir erst kürzlich bewiesen hat!

Großspurig hatte er zunächst seine Hilfe angekündigt und sie dann mit einer Einladung zum Italiener abgelenkt, wie Dina sich erinnerte.

Männer eben, stets eine große Klappe, können sich ihr Versagen jedoch nur schlecht eingestehen, dachte sie. Überhaupt macht sich mein Lebenspartner in letzter Zeit auffällig rar und hat oft angebliche Termine einzuhalten, über die er sich nur vage äußert. Zu wenig Zeit für ein Treffen mit mir? Pah, was für ein lahme Ausrede.

Oder ist ihm der Zustand seiner eigenen Wohnung peinlich? Dina erinnerte sich, wie sie Laurin einige Tage zuvor besucht hatte. Wie verlegen er geworden war, als sie in seine Küche ging, um sich dort einen Tee zu kochen. An seine chaotische Haushaltsführung gewohnt, musste sie überrascht feststellen, dass er nun immerhin das Geschirr regelmäßig abspülte. Der widerliche Anblick eines Schimmelpelzes in einem Stieltopf mit einem Essenrest war vor ihrem inneren Auge erschienen. Allein die Erinnerung hatte ihr einen Brechreiz verursacht. Dies war einer jener seltenen Momente gewesen, in dem Laurin rot geworden war. Hastig hatte er den Topf unter einer großen Bratpfanne verborgen. Am nächsten Tag hatte Dina seine Küche blitzsauber und nach Scheuermittel riechend vorgefunden.

Doch auch in Dinas Unterkunft tauchte Laurin nur noch selten auf. Mein Liebster macht sich rar und windet sich wie ein Aal, wenn er nach Ausflüchten sucht, dachte Dina traurig. Hat er eine Neue, bin ich ihm lästig geworden, hält er mich für zu alt, zu dick, zu …? Dina spürte verwundert, dass sie sich von Laurin vernachlässigt fühlte.

Wie kurios, überlegte sie, wo mir doch auch Tobias nicht gleichgültig ist! Kommen da noch lange vergessene Gefühle für Laurin wieder in mir hoch, bin ich einfach sauer darüber, dass ich offenbar bei ihm abgemeldet bin, oder will ich unbedingt diejenige sein, die das Ende unserer Beziehung bestimmt?

Dina grübelte und musste sich schließlich eingestehen, dass sie sich als Single vermutlich einsam fühlen würde. Verdammt, ich bin ein eigenständiger Mensch. Ich führe ein selbständiges Leben, mit einer eigenen Wohnung, einem Job, einem Haustier, dachte sie trotzig und reckte ihr Kinn hoch. Ich bin nicht abhängig von einem Mann; das braucht Laurin sich wirklich nicht einbilden. Blöder Macho!

Ich sollte mich innerlich lösen von ihm. Und Tobias eine Chance geben, war ihr nächster Gedanke, für den sie sich gleich darauf am liebsten geohrfeigt hätte. Neuer Kerl, neues Glück? Oder neue Probleme? Werde ich es jemals lernen, dachte Dina und runzelte die Stirn.

Der sympathischen Gertrud werde ich einen Herzenswunsch erfüllen, überlegte sie. Die frühere Gipsdame, nunmehr ein munterer Mensch geworden, hat mich bei unserer zufälligen Begegnung im Museum darum gebeten, mich der armen Frau auf dem Scheiterhaufen im ersten Stock des Museums anzunehmen. Diese als Hexe bezeichnete Gipsfigur hat eine bessere Zukunft verdient, wie mir Gertrud eindringlich klargemacht hat. Wie empört hatte ihre Stimme geklungen, als sie das grausame Sterben vor den Augen gaffender Leute als typisch für das Schicksal unzähliger Frauen verurteilt hatte.

Männer ziehen eben das goldenen Los, während Frauen zu einem langen Leidensweg verdammt sind, meinte sie mit grollender Stimme. Nein, sie sei keine Männerhasserin, stellte Gertrud gleich darauf richtig, doch wenn man bedenke, wie Frauen oft behandelt würden …

Dina dachte an die immer noch vorherrschende Ungleichheit bei Löhnen und den Friseurpreisen, an die monatlichen Unpässlichkeiten, von denen Männer verschont blieben, an die chronische Untreue vieler Partner, und zornig ballte sie ihre Fäuste.

Ja, beschloss sie, ich werde über die Hexe auf dem Scheiterhaufen schreiben, sie lebendig werden lassen, sie an Gertruds Seite für ihre Rechte eintreten lassen! Sofern der Unbekannte dafür sorgt, dachte Dina unsicher und wünschte sich zum ersten Mal, er würde den PC manipulieren.

Dabei habe ich extra Vorsichtsmaßnahmen getroffen und alles abgeschrieben, ging ihr durch den Kopf. Wie verspannt meine Finger vom anstrengenden Tippen waren. Schon seltsam, mir jetzt zu wünschen, der Irre würde einen von mir geschriebenen Text für seine Zwecke missbrauchen! Schade, dass ich es nicht selbst beeinflussen kann, wie der Laptop reagiert. Verrückt, überlegte sie, diesmal die genialen Fähigkeiten des unheimlichen Fremden für meine Pläne zu nutzen. Ätsch, nun trickse ich *dich* aus! Dina musste kichern.

Also muss ich nun ein gesondertes Kapitel auf meinem alten Laptop schreiben, überlegte Dina. Das ergibt einen Romanabschnitt, den ich eigentlich nicht brauche. Was mache ich mit einer Hexe. Die passt nicht wirklich in die

Handlung meiner Story. Hm. Na ja, Hauptsache, der Gipsfrau wird geholfen. Mit ein bisschen Geschick wird sie sogar zum Leben erweckt.

Nun bin ich es, die die Handlung beeinflussen kann, ging es Dina mit einem Mal auf. Ich kann bestimmen, welche Textstellen manipuliert werden und welche nicht, je nachdem, welchen Laptop ich benutzte. Ich werde den unheimlichen Irren hinters Licht führen. Zukünftig wird er sich nur noch in meinen Text einmischen, wenn ich es zulasse!

Dina fühlte sich großartig, bei dieser Erkenntnis und sang so inbrünstig – und falsch – einen alten Schlager im Radio mit, dass Puscheline ihre pelzigen Ohren anlegte.

Nun aber endlich Plätzchen backen, dachte sie und bereitete in ihrer Küche alles dafür vor. Immerhin werde ich bald gemeinsam mit Gertrud an einer Demo teilnehmen und ich möchte etwas Süßes beisteuern.

Zimtschnecken-Plätzchen mache ich, die liebe ich! Also Butter, Zimtpulver, Backpulver, Eier, Zucker und übrige Zutaten auf den Küchentisch stellen, Schüssel und Rührgerät daneben, den Backofen anstellen.

Da stieß Dina unabsichtlich mit ihrem Ellbogen gegen das Schälchen, in dem sich der Zucker befand. Es kippte um. Schimpfend machte sie sich daran, den Zucker zurück in das Gefäß zu befördern.

Verflixt, nun warf sie die dumme Schale erneut um! Also nochmal zusammenkehren? Dina malte mit ihrem Zeigefinger Linien in den verschütteten weißen Zuckerstaub.

In diesem Staub erschien nun langsam ein weit geöffnetes Auge. Überrascht hob Dina ihre Finger und verfolgte gespannt, wie das von unsichtbarer Hand gezeichnete pudrige weiße Bild immer deutlicher wurde. Fast erwartete sie, das Auge würde ihr zuzwinkern.

Bilde ich mir das ein, fragte sie sich. Beginne ich zu spinnen? Nein. Sie stieß den angehaltenen Atem aus und fegte den Zucker energisch mit ihrem Handrücken in das Schälchen. Plätzchen zubereiten werde ich damit, zum Donnerwetter!

Als Dina wenig später das duftende Gebäck aus dem Ofen hervor holte und davon kostete, hatte sie den Eindruck, noch nie etwas so Köstliches hergestellt zu haben. Das liegt wohl an dem Wunderzucker, dachte sie, leckte sich genießerisch die Lippen und zog das Backpapier mit den Plätzchen zum Abkühlen auf ein Kuchengitter.

*Z*wei, drei, VOR, noch ein Tor! Alle zusammen, Leute, nicht aufgeben. Zwei, drei, VOR, noch ein Tor! Zwei, drei, VOR, wieder ein Tor!"

Ich fuhr zusammen, als ich Joachim lautstark eine vollkommen verkehrte Parole über den dicht bevölkerten Marktplatz grölen hörte.

„Nein, das muss heißen: *Mehr Macht für die Frauen!* Du hast da etwas falsch verstanden, mein lieber Joachim", wies ich ihn leise zurecht.

„Stimmt ja, Gertrud", erwiderte mein alter Gipskamerad sichtlich beschämt und setzte erneut an. Diesmal schmetterte er den richtigen Text und ich nickte ihm aufmunternd zu. Männer. Ich konnte mein flüchtiges Grinsen nicht verbergen.

Tja, da schritten wir nun gemessenen Schrittes durch das beschauliche Wuerdenstedt, einem Kaff in Norddeutschland, mit hundertfünfundzwanzigtausend Einwohnern. Eine Weile folgten wir dem träge dahinplätschernden Fluss mit der Bezeichnung ‚Wuerde', der der Ansiedlung vor fünf Jahrhunderten ihren Namen verliehen hatte. Wir kamen an uralten bröckelnden Mauern vorüber, passierten die Zugbrücke über den verschlammten Burggraben und befanden uns nun im Zentrum.

Ich wurde von Joachim und Arthur begleitet, außerdem hatte sich Dina wie versprochen zu uns gesellt und skandierte ebenfalls munter die von uns erdachten Sprüche, die sich auch auf den von Joachim liebevoll gestalteten Plakaten wiederfanden. Alles gegeben hat er, dachte ich und betrachtete angetan seine ordentliche Handschrift auf der großen Pappfläche. Wie ansprechend, begeisterte ich mich und nahm mir vor, ihn zu fördern. Ein wahrer Künstler steckte in diesem Mann.

Dina schloss auf und ging nun neben mir über das unebene Kopfsteinpflaster des historischen Stadtkerns.

„Sehr klug von dir, bequeme Fußbekleidung zu tragen", lobte ich sie und deutete auf die hochhackigen Schuhe eines jungen Mädchens, das unsicher auf den Beinen war und mehrmals drohte, umzuknicken. Doch tapfer setzte es erhobenen Hauptes den Fußmarsch fort.

„Wie albern, sich für die Männerwelt solchen körperlichen Risiken auszusetzen", meinte ich kopfschüttelnd und las in Dinas Augen Zustimmung. „Morgen hat sie einen lädierten Knöchel", prophezeite ich.

„Ach, Gertrud, sie wird auch noch lernen sich gegen ein Modediktat, das Frauen so etwas aufzwingen möchte, zu behaupten", vernahm ich Dina.

Wir stoppten vor dem Rathaus. Ich hielt den passenden Moment für gekommen, meine Begleiterin auf ihr eigenes Einknicken vor einem speziellen Mann anzusprechen. Dinas blaue Flecken, schlecht überschminkt oder unter den Ärmeln ihres Fleeceshirts versteckt, machten mir Sorgen.

Ich nahm sie eindringlich ins Gebet und versuchte herauszubekommen, ob ihr Lebensgefährte sie misshandelte, wie ich vermutete.

„Denn weißt du, Dina, als Frau bist du nicht sein Eigentum, auch wenn Männer sich gern so aufführen!" Ich überlegte laut: „Dein Freund reagiert eifersüchtig auf jeden Mann, der dich auch nur nach der Uhrzeit fragt, stimmt's? Und glotzt selbst jedem Rock hinterher?"

Dinas verlegene Miene und ihre roten Wangen sagten mir alles. Ich hatte offenbar den Nagel auf den Kopf getroffen und sie zum Nachdenken gebracht.

„Wie oft habe ich derlei verräterische Male schon an Frauen gesehen, Dina. Jedes Mal kommt nichts als eine verschämte Reaktion! Selbst in der heutigen Zeit ist es offenbar nicht anders als 1910. Als ob die Frauen an der männlichen Gewalt schuldig wären. Es kotzt ..., entschuldige den harschen Ausdruck, Dina, aber es widert mich einfach an!"

Schweigen, dann räusperte sich Dina. „Er hat auch seine guten Seiten", versuchte sie ihren Partner zu verteidigen. „Du solltest Laurin mal sehen, wie liebevoll er mit den Faltern umgeht, er betüddelt sie wie kleine Kinder!" Sie bemerkte meinen verständnislosen Blick und erklärte mir, er züchte Schmetterlinge.

Dina lächelte und fuhr fort: „Total niedlich, Gertrud, wie er sie verhätschelt." Nun war es sicher so, dass sie dachte, Laurin ginge mit ihr ebenso sanft um, wie er die Tiere behandelte.

Dieser Mann hat zwei Gesichter, argwöhnte ich und riet Dina, vorsichtig zu sein. Irgendwann würde er sie krankenhausreif prügeln! Ihre Miene verschloss sich.

„Du liebst ihn noch, nicht wahr? Du schenkst ihm Vertrauen und möchtest ihn für einen guten Menschen halten. Dina, mach dich nicht abhängig von ihm, sei nicht so rückständig. Du lebst heute, nicht vor hundert Jahren.

Immerhin dürft ihr modernen Frauen jetzt arbeiten. Da kann es nicht mehr euer Ziel sein, rasch zu heiraten und zu einem stillen Hausmütterchen ohne eigenen Willen zu werden! Das hattest du ja auch mir in deinem Roman zugedacht. Aber wie du siehst, bin ich ein eigenständiger Mensch. Ich arbeite in einem Büro und verdiene Geld. Die Stelle verschafft hat mir zwar der Verrückte, der mich ins Leben gerufen hat, das gebe ich zu. Doch die nötigen Kenntnisse in dem Job habe ich mir selbst angeeignet und kann sogar einen Computer bedienen", meinte ich stolz. „Also wehre dich gegen männliche Unterdrückung. Trenne dich notfalls von deinem Laurin und führe ein freies Dasein, Dina!"

„Hm. Er wird ausrasten", entgegnete sie. „Der lässt mich nicht gehen, Gertrud. Wenn Laurin mich heute hier bei der Demo sehen würde, er ... Ich habe Angst." Dina Stimme war mit jedem ihrer Worte leiser geworden.

Ich schüttelte nur stumm den Kopf und dachte: Dina, du musst dein Leben selbst ändern wollen; einreden kann ich es dir nicht. Doch auf meine Unterstützung darfst du zählen!

Aus meinen Überlegungen schreckten mich laute Rufe auf und auch Dina reckte neugierig ihren Hals. Was geschah dort drüben vor dem Rathaus?

Ich bemerkte einen Tumult, der von etlichen Männern ausging, die aus dem Menschenknäuel hervor traten und hässliche Sätze über den gesamten Platz brüllten. Sogar einige Damen gesellten sich zu ihnen. Zwei der Frauen wurden eindeutig genötigt, denn ihre Männer – *Besitzer*, dachte ich grimmig – zogen sie an ihren Armen hinter sich her. Ihren verschüchterten Mienen nach gefiel es den beiden Frauen gar nicht, doch sie wagten keine Widerrede und ließen sich wie Schoßhündchen mitzerren.

Einfach unglaublich, dachte ich und ballte unwillkürlich meine Fäuste. Ach, wäre ich doch ein kräftiger Kerl, wie gern würde ich den beiden Rohlingen dort eins auf die Nase geben. Sofort schämte ich mich für diesen sehr undamenhaften Wunsch. So bist du nicht erzogen worden, Gertrud, tadelte die Stimme in meinem Kopf, die sich stets meldete, wenn ihr etwas nicht passte. Ruhe im Oberstübchen, dachte ich erbost und runzelte meine Stirn.

„Gertrud! Die Polizei." Dina zog mich nervös am Ärmel und deutete mit ihrem Kopf auf zwei Uniformierte, die aus einem Polizeiwagen stiegen und sich den Randalierern näherten. „Lass uns verschwinden!"

Ihre Stimme hatte einen unsicheren Tonfall angenommen. Ich sah ihr an, dass sie sich höchst unwohl in ihrer Haut fühlte. Wieder einmal fummelte sie an der blonden Pracht auf ihrem Kopf herum und riss sich sogar ein Haar heraus. Es war offenbar etwas zu viel für Dina. Hatte sie noch nie an einer Demonstration teilgenommen?

„Hm", überlegte ich und sah mich um. Wohin sollten wir gehen? Inzwischen umringten uns die Menschen von allen Seiten. Dina und ich fühlten uns unangenehm bedrängt. Selbst Joachim, der sich in unserer Nähe aufhielt, machte ein Gesicht wie ein gehetztes Tier. Weg, nur weg!, hämmerte es in meinem Kopf.

Da hörte ich einen Auspuff röhren. Zunächst sah ich, wie sich ein rotes Autodach durch eine Nebenstraße bewegte, dann kam das Fahrzeug näher und näher. Es hielt im nächsten Augenblick unmittelbar vor uns. Die Beifahrertür wurde von innen aufgestoßen.

„Springt rein, Leute!", ertönte eine Männerstimme.

Friedrich! Ich hätte ihn umarmen können. *Wutsch,* ich kletterte eilig auf die Rückbank. Arthur und Joachim quetschten sich neben mich. Dina saß kaum auf dem Vordersitz, da gab Friedrich auch schon Gas.

„Echter Käfer, Leute, geliehen von 'nem Kollegen aus unserer Werkstatt", erklärte der ehemalige Gipsmann, der wieder als Kfz-Mechaniker arbeitete.

„Gut erhaltenes Prachtexemplar, top gepflegt, schafft auf der Autobahn sogar Hundertvierzig", schwärmte Friedrich weiter.

Ich schloss meine Augen ob seiner halsbrecherischen Fahrweise und spürte, wie wir von einer Seite auf die andere geschleudert wurden, während Friedrich durch die Straßen raste und sämtliche Kurven in einem Tempo nahm, dass das Fahrzeug sekundenlang nur auf zwei Rädern fuhr.

Joachim meinte lakonisch: „Wenn du so weiter rast, Friedo, ist der schöne Käfer demnächst Schrott."

Etwas langsamer fuhr der Autonarr nun, maulte dabei jedoch: „Mit dir als Spaßbremse werd ich nie ein richtiger Rennfahrer, Jo. Willst du mir später auf dem Nürburgring auch die Geschwindigkeit vorschreiben? Da krieg ich bestimmt 'nen Trostpreis als langsamster Fahrer." Friedrich klang amüsiert.

„Immerhin hast du die Polizisten abgehängt. Das soll dir mit einem Käfer erst Mal einer nachmachen", lobte Dina ihn.

Ich pflichtete ihr bei und dankte ihm für seine schnelle Reaktion.

Hätten die Gesetzeshüter uns sonst festgenommen? Ich wusste es nicht und ich wollte es auch nicht erfahren.

Wo bleibst du, ich warte schon ewig!", beschwerte sich Laurin. Dina fuhr zusammen, als sie seine Stimme in ihrem Wohnzimmer vernahm. Sie dachte: Was will er hier? Er weiß, dass ich Besuche gleich nach Feierabend hasse. Hab ich ihn nicht oft genug gebeten, mir Ruhe zu gönnen, nachdem ich zu Hause eingetroffen war?

Und wieder einmal darf ich nicht für ein Weilchen relaxen, meinen Kopf nicht frei bekommen, nach einem langen Arbeitstag. Genervt warf Dina Laurin einen unwirschen Blick zu.

„Weiß schon, Madame brauchen Ruhe", meinte Laurin und verzog das Gesicht. „Kannst du dich nicht einfach freuen, über meine Gegenwart? Ich komm mir vor wie ein lästiger Bittsteller, dabei möchte ich nur meine Liebste in die Arme nehmen." Er schmollte und wandte sich ab.

Und mich aufs Bett werfen, schon klar, dachte Dina. Ich kenne dich lange genug, Laurin, ich weiß genau, was du beabsichtigst. Und darauf habe ich keine Lust; ich bin müde vom stundenlangen Herumlaufen, hungrig und genervt.

Da schlang Laurin von hinten seine Arme um sie und drückte sie eng an sich, während er an ihren Ohrläppchen knabberte und seine Hand in eindeutiger Absicht über ihren Oberkörper wandern ließ.

„Mein Schmetterling", hauchte er und strich über ihre Brust.

Wie einer seiner Falter davonzuflattern, das wünschte sich Dina in diesem Moment, Laurins gierigen Fingern zu entwischen. Das würde sie gern, ging ihr durch den Kopf.

Dina entwand sich Laurins Zugriff und fauchte ihn an: „Lass mich los!"

Laurin achtete jedoch nicht auf sie, sondern packte sie um so fester. Seine kräftigen Hände umschlossen wie Fesseln ihre beiden Handgelenke und er rieb seinen Körper an ihrem.

Da versetzte Dina ihm einen Schlag mit ihrem rechten Ellbogen. Laurin krümmte sich und ließ sie los, so dass sie nach vorn taumelte und sich gerade noch fangen konnte.

„Miststück!" Er holte aus, erwischte mit seiner Hand ihre linke Wange, holte wieder aus, traf ihr Kinn, versetzte ihr einen Boxhieb in den Magen und ließ erst von ihr ab, als sie zu Boden ging. Anschließend zerrte er Dina wieder hoch, ergriff sie an den Unterarmen und schleifte sie über den Flur ihrer Wohnung. Laurin trat die nur angelehnte Tür zu ihrem Schlafzimmer mit seinem Fuß auf, schubste Dina in den Raum und verpasste ihr einen Stoß, der sie auf das Bett katapultierte.

Bewegungslos blieb Dina auf der Seite liegen und dachte: Wie würde die resolute Gertrud in dieser Situation reagieren? Nach Atem ringend, verharrte sie noch einige Sekunden in ihrer Position, dann rollte sie sich auf den Rücken und setzte sich geschickt schnell wieder auf. Schneller als Laurin offenbar erwartet hatte.

Überrumpelt wich er zurück und starrte Dina an. Seine Augen glitzerten und er schien zu überlegen, wie er weiter vorgehen sollte. Er drehte seinen Siegelring, schob ihn über seinen Finger, drehte ihn, schob ihn erneut, drehte wieder daran.

„Lass das blöde Scheißding endlich los!", hätte Dina am liebsten geschrien. Diese Bewegungen machten sie wahnsinnig! Dina runzelte genervt ihre Stirn. Doch da hatte sie einen spontanen Einfall.

„Genau, warum nicht mal auf die harte Tour, Liebster", schnurrte sie und begann, sich aufreizend langsam aus ihrer Kleidung zu pellen. Ein Lachen stieg in ihrer Kehle auf, als sie die verdutzte Miene Laurins bemerkte. Sie hatte Mühe, ernst zu bleiben.

„Ähm. Du weißt doch, wo der Automat draußen steht. Geh die Dinger holen, ich warte auf dich. Ich stell den Sekt kalt, den können wir nachher genießen", schlug Dina vor. Sie hob ihr T-Shirt und spielte mit den Fingern an ihrem BH. Dann lächelte sie und meinte: „Worauf wartest du, Schatz?" Sie deutete mit einem Kopfnicken zum Flur.

Da warf Laurin sich seine Jacke über, klopfte prüfend auf eine der Jackentaschen – ob seine Geldbörse darin steckte. Gleich darauf war er zur Eingangstür hinaus.

Dina hörte ihn im Treppenhaus die Stufen hinunter poltern. Hastig sprang sie hoch und versperrte mit dem Schlüssel die Wohnungstür, während ihre Finger bebten.

Laurin musste das Geräusch noch vernommen haben und daraufhin umgehend zurück gespurtet sein, denn Sekunden später bollerte er mit seinen Fäusten gegen ihre Tür. Seine Stimme schnappte fast über, als er lautstark forderte: „Mach die elende Tür auf, du Flittchen. Sofort!"

Dina stand direkt hinter dem nicht sehr massiven Türblatt und hoffte inständig, es würde nicht nachgeben.

Schütze mich, halt mir diesen Kerl vom Leibe!, flehte sie in Gedanken. Sie presste lauschend ihr rechtes Ohr an das Holz; ihr Peiniger befand sich nur türbreit von ihr entfernt. Er schien alle Hemmungen verloren zu haben, denn er brüllte über den Flur und warf sich mehrmals gegen das Hindernis. Wie hatte Gertrud gesagt: Männer verhielten sich, als wäre die Frau ihr Eigentum? Sie lauschte schweigend, wie Laurin wieder und wieder gegen die Tür trat.

Andere Stimmen waren zu hören und Dina konnte den tiefen Bass eines Nachbarn von zwei Frauenstimmen unterscheiden.

„Ich habe die Polizei alarmiert", meinte Dina zu verstehen. „Frau Bergen, haben Sie keine Angst", versuchte dieselbe Person sie durch die geschlossene Tür zu beruhigen.

Leicht gesagt, schoss es Dina durch den Kopf. Wie sehe ich überhaupt aus. Mein hübsches T-Shirt hat einen Riss am Ärmel, der Reißverschluss meiner Jeans lässt sich nicht mehr ordentlich schließen, und Laurin hat mich so heftig am Kiefer getroffen, dass einer meiner Vorderzähne, vorsichtig fuhr sie mit der Zunge darüber, wackelt. Dina kämpfte mit den Tränen.

Mach Schluss mit dieser unseligen Beziehung, Dina, hämmerte es in ihrem Kopf. Gertrud würde sich schämen für solch eine feige Freundin. Mit geschlossenen Augen lehnte sie sich gegen die Tür. Sie wartete eine gefühlte Ewigkeit und horchte auf die Geräusche von draußen. Sie hoffte, die Tür würde Laurins Attacken standhalten, wartete weiter, zitternd und beklommen, schweißgebadet. Erst als ihr zwei Polizisten versicherten, sie hätten Laurin im Griff, öffnete Dina zögernd.

Auch am folgenden Tag war in dem Mehrfamilienhaus Laurins Auftritt im Treppenhaus noch Gesprächsthema Nummer Eins. Als Dina nach Feierabend heimkam, sah sie hinter dem Flurfenster die geblümte Kittelschürze der Nachbarin, die direkt neben ihr wohnte. Sie bemerkte die neugierigen Augen der Frau, als sie sich näherte.

Was mögen die Leute von mir denken, überlegte sie beschämt und wollte sich möglichst leise an der Nachbarin vorbei stehlen. Schnell die Wohnungstür auf, dahinter verschwinden, am besten unsichtbar werden! Das verflixte Türschloss hakt mal wieder, registrierte sie und zog eine säuerliche Miene. Kann das nicht endlich repariert werden? Ich sollte Tobias darum bitten, der Vermieter kümmert sich ja um nichts, der kassiert nur die Miete, dachte sie erbost und hörte, wie sich schleppende Schritte näherten.

„Kennen Sie den Mann schon länger, Frau Bergen?, erkundigte sich die Nachbarin, blieb mit verschränkten Armen neben Dina stehen und musterte sie.

„Ich hab den vorhin schon wieder bemerkt. Lungert hier rum, grüßt nicht mal und sieht durch mich hindurch. Keinen Respekt hat der, vor einer alten Dame wie mir nicht, vor einem unschuldigen Ding wie Ihnen nicht, vor niemanden, lassen Sie es sich gesagt sein, ich hab Lebenserfahrung. Wie können Sie mit einem solchen –", den Rest verschluckte sie und setzte dann fort: „Wie kann man dem nur seinen Wohnungsschlüssel überlassen, junge Frau? Der ist ja gemeingefährlich. Hätte ich nicht die

Polizei gerufen, hätte das böse ausgehen können."

Dina ließ geduldig einen langen Redeschwall über sich ergehen und bedankte sich hinterher artig für die Hilfe. Endlich in ihren vier Wänden angekommen, ließ sie sich noch in ihrer Museums-Uniform aufs Sofa sinken und schloss die Augen. Minutenlang hockte sie mit gesenktem Kopf da, dann straffte sie ihre Schultern und beschloss, die scheußliche Erinnerung zu vertreiben. Den restlichen Abend werde ich genießen, dachte sie.

Einen Becher frisch zubereiteten Cappuccino in der einen Hand, einen Krimi in der anderen, so stellte Dina sich ihren Feierabend vor, auf ihrer bequemen Couch im Wohnzimmer rätseln, wer wohl der Mörder in dem Buch sei. Wohlig gruselnd las sie noch eine Weile, bis ihr vor Müdigkeit die Augenlider zufielen. Nun, ab ins Bett, dachte sie und kämpfte sich von ihrem behaglichen Sitzplatz hoch.

Dina ging ins Bad, putzte sich die Zähne und reinigte ihr Gesicht. Endlich ging sie ins Schlafzimmer, zog ihr Nachthemd an und stellte den Wecker an. Sie schaltete die kleine Lampe am Kopfende des Bettes ein, knipste das Licht an der Zimmerdecke aus und wollte sich auf der weichen Matratze ausstrecken. Doch als sie die Bettdecke zurückschlug, fuhr sie entsetzt zurück. „Laurin!"

„Ich bin dein Überraschungsgast", meinte er und grinste. „Endlich kommst du! Ich lieg hier schon ewig, wäre fast eingepennt." Er setzte sich auf die Bettkante und hielt ein sauber ausgespültes Marmeladenglas hoch. „Hab ich dir mitgebracht, die Zeichnung der Flügel gefällt dir doch besonders gut. Dein Liebster denkt an dich, Dinchen!" Bei diesen Worten hatte seine Stimme einen seltsamen Klang angenommen.

Dina ließ sich neben ihm nieder und wollte das Glas ergreifen, um den hübschen Falter genauer zu betrachten.

Laurin schüttelte den Kopf. „Mit dem hab ich was Besseres vor. Sieh mir gut zu!" Er schraubte den Deckel vom Glas und verfolgte, wie das von der Gefangenschaft in dem engen Gefäß benommene Tierchen heraus kletterte, sich auf Dinas Kopfkissen setzte und die Flügel ausbreitete.

„Tataa, die Show beginnt!" Laurin zog eine lange Nähnadel hervor, die er unter der Bettdecke verborgen hatte. Mit einer raschen Bewegung spießte er den Leib des prächtigen Tagpfauenauges auf und drückte die Nadel tief in das Kissen.

„Das mache ich mit widerspenstigen Kreaturen, *Liebste*", erklärte er und schaute Dina eindringlich an.

Keuchend starrte sie auf das gequälte Tier und würgte.

„Du bist mir noch etwas schuldig!" Ungeduldig warf er das Kissen zu Boden. Dann stürzte er sich auf Dina, riss ihr das Nachthemd vom Körper und nahm sich fordernd, was ihm offenbar seiner Meinung nach zustand.

Sie wehrte sich, doch er war ihr überlegen. Rasch war es vorbei. Die Schmerzen werde ich noch stundenlang spüren, dachte sie und hielt ihre Tränen zurück. Ich werde nicht heulen vor dir, du Monster!

Laurin erhob sich, wandte sich wortlos ab und ließ Dina allein. Allein mit dem getöteten Schmetterling, allein mit ihren Gedanken.

Sie hörte, wie er die Wohnungstür zu fallen ließ, vernahm seine Schritte im Treppenhaus. Langsam stand sie auf, warf sich hastig in ihren Jogginganzug und entfernte den Schmetterling. Den toten Körper samt Nadel wickelte sie in eine Zeitungsseite.

Erst dann ließ sie ihren Tränen freien Lauf. Fast zwanghaft schrubbte sie sich mehrmals die Hände und wechselte die Bettwäsche, denn ihr grauste vor dem Anblick des Kopfkissens. An diese Stelle war er geheftet gewesen, erinnerte sie sich und meinte erneut das Tier wahrzunehmen, seine Flügel zu sehen. Dina schüttelte ihren Kopf, um die Bilder zu verscheuchen. Diese grauenhaften Bilder.

Von ihren Gedanken gequält, fand sie lange keinen Schlaf. Ich sollte bald das Türschloss austauschen lassen, damit Laurin keinen Zutritt mehr hat, beschloss sie.

In der folgenden Nacht suchte sie ein Albtraum heim, in dem ein Schmetterling sich in eine menschenähnliche Gestalt mit Laurins Gesichtszügen verwandelte. Schweißgebadet wachte Dina auf.

*D*abei hatte Dina mir nur einen Wunsch erfüllen wollen, wie ich wusste. Doch bei der Verwandlung der armen Hexe, die im Museum auf einen grässlichen Tod gewartet hatte, musste etwas schief gegangen sein. Sie war als lebendiger Mensch zu einer alten Frau geworden, ausgestattet mit einer krummen Nase, schielenden Augen und einem verwachsenen Bein.

Gegen die Ungerechtigkeit in dieser Welt hätten wir gemeinsam demonstrieren sollen! Doch nun stand diese einstige Gipsfigur vor mir und schaute mich ängstlich an. Ich musste mich um das arme Ding kümmern, damit es nach seiner Verwandlung nicht auf der Straße landete. Vermutlich würde es sonst seinen geschundenen Körper an gewissenlose Männer verkaufen.

Ich hatte noch Dinas Erklärung im Ohr: „Gertrud, ich hab den Verrückten ausgetrickst! Auf meinem bisherigen Laptop hab ich die Hexe detailliert beschrieben und er ist darauf reingefallen!" Zunächst hatte meine Freundin bei dem Gedanken an ihre Idee, mit der sie das durchtriebene *Genie* überlistet hatte, stolz gelächelt. Doch dann zeigte sie mir verlegen, wie die Hexe mittlerweile aussah.

Ich machte Dina keinen Vorwurf. Immerhin hatte sie es versucht, was ich ihr hoch anrechnete.

Allerdings fand ich nur wenige Tage später etwas heraus, das Dina garantiert noch mehr zusetzen würde. Sie hatte

186

mir verschämt gestanden, heimlich in den hübschen Restaurator des Museums, Tobias Sonnenwies, verliebt zu sein. Wirklich, einen guten Geschmack hatte Dina, dachte ich beim Anblick des gepflegten Mannes und wurde etwas neidisch. Und wie herrlich melodisch er pfeifen konnte! Ich spitzte meine Lippen und versuchte, Tobias nachzuahmen, doch ich brachte nur ein klägliches *Pff* hervor.

Inzwischen hatte ich auch, als ich sie kurz in ihrer Wohnung aufgesucht hatte, Dinas Haustier kennengelernt. Dina hatte Puscheline als Jungtier in einer Mülltonne ausgesetzt entdeckt. Spontan hatte sie das hilflose Kätzchen zu sich genommen, wie sie mir erzählte. Das mittlerweile erwachsene Tier hatte ein Ohr so schwarz wie das übrige Fell, das andere war schneeweiß; ein putziger Anblick. Dina liebte ihre pelzige Hausgenossin über alles.

Bei dem Anblick, der sich mir bei einem heimlichen Rundgang durch mein ehemaliges ‚Zuhause‘ bot, schrak ich zusammen und wäre fast in Tränen ausgebrochen, als ich an Dina dachte. Ich hatte mich mit einer riesigen dunklen Sonnenbrille sowie einer dieser modernen Baseballkappen verkleidet, als Besucherin in das ‚Altertumsmuseum Wuerdenstedt‘ begeben. War es Heimweh oder fühlte ich mich hier einfach behütet aufgehoben, überlegte ich und musste den Anflug von Sentimentalität unterdrücken, als ich vor ‚meiner‘ ehemaligen Abteilung stand und die mir so vertraute Umgebung auf mich einwirken ließ.

Meine Grübeln endete schlagartig, als ich weiterging. Ich kam an einem Landauer mit zwei angespannten Schimmeln entlang. Da wurde ich auf ein kleines Fellbündel aufmerksam, das mit kläglicher Miene auf der Sitzbank im

Inneren der Kutsche hockte. Das weiße Öhrchen schien aus dem Halbdunkel heraus zu leuchten. Puscheline, schoss es mir durch den Kopf. Ich stoppte und sah genauer hin – sie war es!

Als wäre diese Entdeckung nicht schon schlimm genug, fand ich in der zerlumpten Gestalt, die eine Etage tiefer einen Leiterwagen mit Pestkranken von einem Ochsen ziehen ließ, den Restaurator Tobias wieder.

Das sonst ordentlich frisierte Haar zerrauft, der Oberkörper entblößt, hätte ich ihn fast nicht erkannt. Nur der winzige glitzernde Stecker an seinem linken Ohr, meiner Meinung nach ein ungewöhnliches Schmuckstück für einen Mann, ließ mich innehalten und ihn genauer betrachten.

Ich schnappte nach Luft. Dina würde … Ja, was? Vor Wut rasen, vor Leid jammern, ohnmächtig werden? Wie sollte ich es ihr nur beibringen? Was für eine grauenhafte Aufgabe, dachte ich. Beinahe so schlimm wie eine Todesnachricht zu übermitteln. Nein, *zwei*, korrigierte ich bei dem Gedanken an Tobias und an Puscheline und fühlte mich noch schlechter.

Erneut musterte ich den mutierten Gipsmann Tobias. Immerhin sah er besser aus als die bisherige Figur neben dem Leiterwagen; undeutlich konnte ich mich an einen schrecklich aussehenden Vagabunden erinnern. Wer auch immer für diese Vorgänge verantwortlich war, diesmal war er zu weit gegangen, fand ich. Meiner Freundin einen solchen Verlust zuzumuten.

Als meine Empörung endlich wich und ich wieder klar denken konnte, geisterte eine Überlegung durch mein

Gehirn: Weshalb Tobias? Hatte er dem Unbekannten etwas angetan, hatte dieser einen Grund gehabt, den Restaurator zu verwandeln? Eifersucht? Steckte hinter allem womöglich der unbeherrschte Partner Dinas? Hatte Laurin uns womöglich alle verwandelt?

Verzweifelt versuchte ich, mich an den von uns einst ‚Hexenmeister' genannten Mann zu erinnern. Doch alles, was ich noch vor Augen hatte, waren seine von einem Lederband zusammengehaltenen langen blonden Haare mit einer nach hinten gedrehten hässlichen Stoffkappe darüber. Und ich entsann mich seiner dunkelbraunen Augen, mit denen er mich oft wie ein wildes Tier lauernd fixiert hatte! Dieser intensive Blick hatte mich verfolgt, er hatte mir keine Ruhe gelassen. Die Augen eines Verbrechers, hatte ich damals alarmiert gedacht und mich instinktiv vor diesem Mann in Acht genommen.

Der Hexenmeister konnte unmöglich Laurin sein. Oder hatte er sich verkleidet? Als ich Dina kürzlich besucht hatte, war mir in ihrer Wohnung das Foto eines Mannes aufgefallen, den sie mir stolz als Laurin vorstellte.

Ich rieb mit meinem Schuh gedankenverloren über einen kleinen gelben Fleck auf dem Kopfsteinpflaster neben dem Leiterwagen.

Nicht weit davon entfernt sah ich einen zweiten Fleck, lila und ebenso eingetrocknet wie der erste. Da hat wohl ein Kind mit Süßigkeiten gekleckert, vermutete ich. Diese Bratzen, sie durften im Museum weder essen noch trinken, aber war machten sie? *Genau das.* Die Mama steht unbeteiligt daneben und wischt auf ihrem Smartphone herum!

Kopfschüttelnd gab ich es auf, die beiden bunten Kleckse wegreiben zu wollen und machte mich auf den Weg nach draußen. Ich musste Dina vor Laurin warnen; selbst wenn es sich bei ihm nicht um den Hexenmeister handelte, denn ich hielt diesen Mann für gefährlich.

Und ich musste ihr schonend von der Verwandlung Tobias' und Puschelines erzählen.

*M*iez, Miez!" Dinas Lockruf verhallte ungehört durch ihre Wohnung und sie überlegte: Wo ist die Katze geblieben? Normalerweise hätte Puscheline längst gierig ihren Fressnapf geleert und würde ausgestreckt auf der Wolldecke auf dem Sofa ruhen. Hat das Tier sich erschreckt und irgendwo hin verkrümelt? Nein; Dina ging vergeblich in die Knie, spähte unter die Sitzfläche und murmelte: „Nix als Wollmäuse. Ich muss wohl endlich mal zum Staubsauger greifen." Sie kam wieder hoch. Auch ihre Suche in den Schränken führte zu nichts.

Schließlich ging sie ins Bad und erfrischte sich mit einer Dusche, wischte danach die Wände der Duschkabine trocken und riss das Fenster im Bad auf, um zu lüften.

Ihr Telefon klingelte und Dina nahm ab. Schweigen. „Hallo ... Wer ist da? " Keine Antwort. Seltsam, dachte sie und kappte die Verbindung. Das Gerät klingelte erneut – wieder keine Reaktion. Steckt Laurin dahinter, fragte sie sich. Falls ja, soll er sich doch totwählen!

Ich werde weiter suchen, denn Puschelines Verschwinden ist ungewöhnlich. Katzen verbergen sich nur, wenn sie sich elend fühlen. Aber bislang habe ich keine Anzeichen von Krankheit an dem Tier bemerkt. Puscheline hat munter gespielt und großen Appetit gezeigt, beruhigte Dina sich selbst.

Sie hüllte sich in einen bequemen Jogginganzug, während sie weiterhin auf ein Lebenszeichen von der Katze horchte. Kein noch so leises Maunzen, kein Kratzen mit den Krallen wird mir entgehen, dachte sie.

Jedoch – nichts. Die einzigen Geräusche, die Dina vernehmen konnte, war das Schnarchen ihres Nachbarn, das durch die hellhörigen Wände drang, sowie das Summen einer Stubenfliege, die immer wieder gegen die Glasscheibe des Wohnzimmerfensters flog, um ins Freie zu gelangen.

„Hau doch ab, du blödes Vieh!", ranzte Dina das Insekt an und wedelte mit ihren Händen, nachdem sie den Fensterflügel aufgerissen hatte. Das Tierchen fand hinaus und verschwand.

Dina blieb mitten in ihrem Wohnzimmer stehen und musterte ihre Umgebung so intensiv, als würde Puscheline dadurch wieder auftauchen. Fast sehnte sie sich nach einem spielerischen Hieb mit der Tatze!

„So weit bin ich schon", überlegte Dina, „dass ich mich über einen Kratzer auf meiner Hand freuen würde, wäre nur mein Puschelchen wieder hier!"

Doch der Abend ging in die Nacht über. Als Dina zur Uhr sah, erschrak sie. „Ich geh schlafen", murmelte sie.

Ins Treppenhaus entwichen konnte das Tier nicht sein, das stand für Dina fest. Irgendwo in ihrer Wohnung musste ihre pelzige Hausgenossin sich doch aufhalten! Soll Puscheline sich verstecken, fragte Dina sich und spürte, wie müde sie war. Spätestens, wenn Puschelchen Hunger hat, lässt sie sich garantiert wieder blicken.

„Macht dein Haustiger Diät?", erkundigte sich Laurin am nächsten Tag angesichts des vollen Futternapfes bei Dina.

Sie freute sich über seine Anteilnahme und schmiegte sich in seine Arme. Laurin ist eben fürsorglicher als er zugeben kann, dachte sie; typisch Mann, würde Gertrud wohl bemerken.

„Nee, irgendwas hat Puscheline wohl verscheucht. Sie ist sehr empfindlich und leicht eingeschnappt! Hat sich bestimmt irgendwo verkrochen und kommt nicht aus ihrem Versteck hervor. Aber irgendwann lässt sie sich wieder blicken. Garantiert spätestens dann, wenn sie Hunger bekommt. Ich kenn sie doch", erwiderte Dina und hoffte, ihren eigenen Worten trauen zu können.

Laurin grinste, drückte Dina fest an sich und raunte in ihr Ohr: „Sie ist dir offenbar recht ähnlich, Liebes. Aber du verschwindest wenigstens nicht einfach spurlos. Verflixt, ich lass dich nicht entkommen, glaub mir!"

War das eine angedeutete Drohung? Dinas feine Härchen auf ihren Unterarmen richteten sich auf und sie rieb mit ihren Händen darüber. Ist mein Körper klüger als mein Geist, empfangen meine unsichtbaren Antennen unheilvolle Signale, fragte sie sich.

Sie dachte an mehrere seltsame Vorahnungen in der Vergangenheit zurück. Nie habe ich daran glauben wollen, doch jedes Mal ist das voraus gesehene Ereignis kurz darauf eingetreten. Bin ich eine Hellseherin, die die Wahrheit nur nicht erkennen will, weil sie mir Angst einflößt?

Das Erlebnis mit dem Brand im Museum kam ihr in den Sinn und sie erinnerte sich: Dem Neandertaler hatte ich sofort mehr zugetraut als nur einen MP3-Player zu bedienen. Ein verflixt pfiffiger Kerl, war mir bei dem

Anblick unwillkürlich durch den Kopf gegangen, wer weiß, wozu der noch fähig ist! Den sollte ich im Auge behalten, hatte eine innere Stimme mich gewarnt, doch ich hatte nur über diesen Gedanken gelächelt.

… Um kurz darauf von dem Feueralarm überrascht zu werden und meine Vorahnung bestätigt zu sehen! Ich sollte besser auf mein Bauchgefühl hören. Auch die dumme Geschichte mit meinem früheren Freund wäre nicht nötig gewesen. Wäre ich rechtzeitig meiner Intuition gefolgt, auf diesen windigen Herzensbrecher wäre ich nicht reingefallen!

Nur bei Laurin schweigt das Stimmchen in meinem Kopf. Lässt meine seltsame Gabe mich hier im Stich? Ist Laurin trotz seiner gelegentlichen Rohheit nicht doch ein recht annehmbarer Partner, meist aufmerksam und zärtlich?

Verlegen wollte Dina sich aus seinen Armen herauswinden, doch er gab sie nicht frei, sondern presste sich in eindeutige Weise enger an sie.

„Ich bin dir noch eine Wiedergutmachung schuldig", raunte Laurin und bedeckte Dinas Ohrläppchen mit Küssen.

Sie spürte seine Finger ihre Arme streicheln, spielerisch ihre Brust liebkosen und weiterwandern. Sie erinnerte sich an den einfühlsamen Mann, der er sein konnte. Meine Güte, jeder verliert mal die Beherrschung, da macht Laurin keine Ausnahme, der ist auch nur ein Mensch, dachte Dina großmütig. Einmal vergebe ich dir noch, Liebster. Trotz des aufgespießten Schmetterlings?, trotz der Vergewaltigung?, fragte das lästige Stimmchen in ihrem Kopf, doch Dina unterdrückte es und gab sich Laurins Zärtlichkeiten hin.

Schließlich hatte Laurin sie so weit, dass sie eben noch die Türklingel und das Telefon ausstellen wollte. Keine lästigen Störungen, dachte Dina, knipste das Licht im Schlafzimmer aus und gab sich Laurin hin.

„Wie man den lesen muss, weißt du, oder?", erkundigte sich Dina am nächsten Morgen und betrat ihre Küche.

Laurin zuckte bei ihren Worten zusammen, wie sie registrierte. Hatte sie ihn überrascht? Dina betrachtete ihn, wie er ihren Dienstplan an der Kühlschranktür studierte.

Er nickte. „Hm. Ist ja alles verständlich aufgeführt", meinte er und fuhr mit seinem Zeigefinger über die Legende am unteren Rand des Blattes.

Laurin könnte sich auch mal wieder die Haare schneiden, dachte Dina, wie er im Tageslicht so vor ihr stand. Und überhaupt – seine langen Strähnen wirken fettig, seine Bartstoppeln müsste er mal kürzen, der ganze Mann macht einen ungepflegten Eindruck. Sie fühlte sich unangenehm berührt bei dem Anblick.

Und dann die Narbe an seinem Unterarm. Hat er die schon lange, überlegte Dina. Nein, sie sieht noch frisch aus, die Wundränder sind noch nicht abgeheilt. *Wie eingeritzt – bringt er sich selbst solche Verletzungen bei?*

Laurin registrierte ihren neugierigen Blick und rollte den Ärmel seines Oberteils hinunter, bis dieser das verräterische Mal verdeckte. Dina bemerkte, wie der verlegene Ausdruck auf seinem schmalen Gesicht sich verwandelte. In Genugtuung? Zufriedenheit?

Ihr Blick streifte Puschelines Napf und ihre Gedanken begannen wieder sich zu drehen. Hörten nicht auf, vergeblich um das rätselhafte Verschwinden des Tieres zu kreisen, um sein Wohlbefinden, um weitere Möglichkeiten, es aufspüren zu können. Doch wo?

Ich habe bereits alle Nischen, alle Verstecke, sogar den Dachboden abgesucht und nichts gefunden, dachte sie verzweifelt. Nichts, absolut nichts. Kein Haar oder Erbrochenes, nicht die kleine Stoffmaus, mit der die Katze so gern spielt. Was, verdammt, kann ich denn noch versuchen? Dina zuckte resigniert mit den Schultern.

Sie prüfte ihren Kalender an der Wand und beschloss, sich auf ihren heutigen freien Tag zu freuen. Ich kann das schöne Wetter genießen, während Puscheline … Nein! Nicht daran denken, sagte sie sich. Ändert ja nix. Machst dich nur kirre!

Schade, dass Laurin arbeiten muss, sonst hätten wir den Tag miteinander verbringen können, überlegte sie. Er hätte mich von meinen Sorgen um Puscheline abgelenkt.

Als Dina jedoch ihren Eintrag ‚T. Kino' auf dem Kalender entdeckte, schoss ihr die Schamesröte in die Wangen. Richtig, heute war sie mit Tobias verabredet, gemeinsam wollten sie sich einen Film ansehen!

Erst eine innige Nacht mit Laurin, nun eine mit … Stopp! Dina schluckte bei dem Gedanken an ihr unehrliches Verhalten; hatte Laurin das verdient? So zärtlich und rücksichtsvoll wie in den vergangenen Stunden hatte sie ihn schon lange nicht mehr erlebt.

Oder, überlegte Dina misstrauisch, hat ihn nur sein schlechtes Gewissen dazu gebracht? Dass er sich unlängst im Treppenhaus unmöglich benommen und mich zum Gespött der Nachbarschaft gemacht hat, hat Laurin

196

kleinlaut zugegeben. Und das andere … nun, er hat sich eben nicht immer in der Gewalt. Und du dumme Nuss fällst immer wieder auf seine Zärtlichkeiten rein, flüsterte ihre innere Stimme.

Wie dem auch sei; erst Mal frühstücken wir gemeinsam, danach wird er zu seinem Job aufbrechen, dachte Dina und platzierte Butter und Marmelade auf ihrem Küchentisch.

Als sie abends vor dem Eingang zum Kino stand, erinnerte sie das an die Pappmaché-Höhle der Neandertaler im Museum. Im Eingangsbereich war es zugig, doch drinnen war es lauschig warm, das wusste Dina. Sie trat fröstelnd von einem Fuß auf den anderen und wartete. Wo bleibt Tobias, hat sich die Bahn verspätet, fragte sie sich und las ungeduldig zum vierten Mal die Programmankündigungen durch. Seit Tagen wartete sie bereits gespannt auf den neuen Film mit ihrem Lieblingsschauspieler, nun war es so weit!

Sie reckte ihren Hals und hielt abermals Ausschau nach dem Restaurator. Da bog ein Mann um die Hausecke, näherte sich dem Kino und ging weiter. Wieder vergeblich gehofft, dachte Dina enttäuscht und schüttelte ihren Kopf.

„Na, Liebste, versetzt worden?" Laurins Stimme ließ Dina herumwirbeln. Sie sah seine hellen Augen mit einem höhnischen Ausdruck darin auf sich gerichtet. Wo kam er denn plötzlich her, fragte sie sich und stotterte: „Ähm … Meine Freundin ist wohl aufgehalten worden. Der Film hätte dich eh nicht interessiert", behauptete sie und wies mit dem Kopf auf die Ankündigung für einen Liebesfilm, sicherlich unerträglich schmalzig für Laurin.

Wortlos musterte Laurin sie und strich kurz über den Siegelring an seinem Finger, drehte ihn, ließ ihn wieder los. Schließlich wandte er sich ab und ließ sie allein vor dem Kino zurück. Hat er mich heimlich beobachtet, überlegte sie, runzelte die Stirn und sah erneut zur Uhr. Schon vor einer halben Stunde hat der Film begonnen. Tobias wird sicherlich nicht mehr kommen.

Bedächtig zockelte Dina nach Hause und dachte missgestimmt: Nicht nur Tobias lässt sich nicht blicken, auch um Puscheline mache ich mir allmählich ernsthafte Sorgen. Meine Nachbarin hat mir erzählt, sie habe einen ‚schwarzen Blitz‘ im Treppenhaus die Stufen hinunterspringen sehen. Ob ihre vermisste Katze vielleicht entkommen sei? Die Haustür habe offengestanden und das Tier sei auf die Straße hinausgerannt. Sie habe nicht schnell genug reagieren können.

War das tatsächlich Puscheline? Dann werde ich sie niemals wiedersehen, befürchtete Dina. Bedrückt biss sie sich auf die Lippen. Allerdings lebt auch ein schwarzer Spaniel im Haus. Womöglich ist der entwischt? Die Augen meiner Nachbarin sind nicht mehr die besten.

Kaum zu Hause angekommen, klingelte ihr Telefon. Wieder und wieder, bis weit nach Mitternacht. Viermal nahm sie ab, viermal war nichts als ein leises Atmen zu hören. Danach reagierte sie nicht mehr darauf. Schließlich war Ruhe.

*D*ie Gelegenheit, Frangipani die schändliche Behandlung der früheren Gipsfiguren heimzuzahlen, kam schneller als erwartet. Eines Nachmittags, ich hatte gerade Feierabend in der Autowerkstatt gemacht, mich umgezogen und es mir in meinem geliebten knallroten VW-Käfer auf dem Fahrersitz bequem gemacht – diesen Wagen hatte ich meinem Kollegen abgeschwatzt –, da sah ich Frangipani über die Straße schlendern. Seine Pulloverärmel hochgeschoben, genoss er vergnügt die Sonnenstrahlen. Was für ein Widerling. Du wirst dich noch wundern, wie brutal ich, der sanfte Friedrich, sein kann! Deine elende Visage werd ich ausradieren, dachte ich.

Ausradieren, wie ein misslungenes Bild.

Spontan trat ich aufs Gaspedal. Der Käfer heulte auf, schoss vorwärts und erwischte mit dem rechten Kotflügel den verlogenen Zauberer.

Frangipani rollte nicht sehr elegant über die runde Ausbuchtung des Radkastens, landete beinahe unter einem Lastwagen und rappelte sich langsam wieder auf. Bei dem Versuch, ihn erneut anzufahren, setzte ich ein Stück zurück, legte wieder den ersten Gang ein und wollte ihn diesmal möglichst frontal erwischen. Doch er zeigte sich fitter als ich geglaubt hatte und sprang rechtzeitig zur Seite.

„Friedo, du elende Kröte!", brüllte er außer sich und lief auf mein Auto zu. Ich registrierte die angespannten Muskeln an seinen Armen, die geballten Fäuste, die pulsierende Ader an seinem Hals und wollte das Fahrzeug wenden, um in die Gegenrichtung davon zu fahren. Weg, nur weg von Frangipani! Ich gab Gas und drehte hektisch an dem Lenkrad, doch das alte Modell besaß nunmal keine Servolenkung. Egal, wie ich mich bemühte, das Auto zu wenden, es ließ sich kaum zur Seite bewegen. Es machte lediglich einen Satz nach vorn, dann soff mir der Motor ab.

Schon stand Frangipani neben der Fahrertür, die nicht von innen verriegelt war. Er riss sie auf, packte mich an meinem linken Arm und versuchte mich vom Sitz zu zerren. Da ich mich nicht angegurtet hatte, schaffte er es sogar. Bald wälzten wir uns in einem verbissen Kampf am Rande der Fahrbahn, angefeuert von mehreren Jugendlichen.

Ich hatte Frangipani durch meine Attacke keine ernsten Verletzungen zugefügt, stellte ich fest. Wie bedauerlich!

Er schleifte mich am Kragen über den Bürgersteig, bis wir wieder vor dem VW-Käfer standen. Kraftvoll stieß er mich auf den Fahrersitz, spurtete um das Heck herum und saß gleich darauf neben mir im Auto.

„Losfahren!", forderte er und hielt mir ein aufgeklapptes Taschenmesser, das er seiner Jackentasche entnommen haben musste, an die Gurgel.

Seine Augen starrten mich so eindringlich und hasserfüllt an, dass ich es nicht wagte, mich zu wehren. Als ich mit zittrigen Händen den ersten Gang einlegte, knirschte es grauenhaft im Getriebe. Ebenso misshandelt fühlte ich mich.

Eine Viertelstunde mochte vergangen sein, da hielten wir vor einer schäbigen Mietskaserne.

Frangipani hieß mich, den Motor auszuschalten, stieg aus und kam zur Fahrerseite herum. „Aussteigen, mitkommen, keine Zicken machen, Friedo!" Der Tonfall seiner Stimme war herrisch.

Dieser Mann würde nicht mit sich verhandeln lassen, wurde mir klar. Der ging über Leichen! Also blieb mir nichts anderes, als Frangipani zu folgen. Arm in Arm wie ein Liebespaar stiefelten wir die Straße entlang, denn Frangipani wollte mich in seine Hinterhofwerkstatt bringen und mittels eines Zaubertranks wieder in eine leblose Gipsfigur verwandeln, wie er verärgert ankündigte.

Hatte ich gehofft, der Strafe für meinen Mordanschlag an ihn entgehen zu können? Natürlich war Frangipani nicht gnädig. Seine Augen blitzten zornig, als er mich über den Bürgersteig zerrte.

Was sollte ich nur machen? Einen Moment war Frangipani abgelenkt von zwei kreischenden Kindern. Sekunden, die ich zu nutzen versuchte. Ich entwand mich seiner kräftigen Finger und wollte ihm mein Knie in den Unterleib rammen. Doch Frangipani wich mir aus. Ich sah seine wütenden Augen auf mich gerichtet und rasch hielt er wieder mein linkes Handgelenk umklammert wie eine Schraubzwinge.

Da näherten sich Schritte und mehrere Männerstimmen sprachen munter durcheinander. Auch Frangipani vernahm sie, denn neugierig reckte er sich in die Höhe.

Drei seltsame Gestalten kamen des Weges und trotz meiner verzweifelten Situation spürte ich ein Lachen in mir aufsteigen. Einer der Männer hatte einen kleinen

Schnurrbart in seinem feisten Gesicht. Sein Haupt zierte eine goldblonde Perücke mit einem breitkrempigen Filzhut darüber, an dem bunte Federn befestigt waren. Zu seiner farbenfrohen Kleidung trug er ein unter den Knien zusammengebundenes Beinkleid; bunte Seidenstrümpfe und hochhackige Halbschuhe rundeten seine barocke Erscheinung ab.

Neben ihm marschierte auf wackligen Beinen ein Ritter aus dem Mittelalter. Eine eiserne Kapuze hing ihm auf dem Rücken, stählerne Schienen schützten seine Beine und ein breites Schwert war um seine Lenden gegürtet.

Begleitet wurden die beiden von einem Soldaten, der dem deutschen Kaiserreich entstammen sollte, wie man seiner Uniform, Säbel und Gewehr entnehmen konnte. Auf seinem Kopf thronte eine Pickelhaube, dessen Spitze bedrohlich in die Luft stach.

Sogar Frangipani zog eine irritierte Grimasse und um seine Mundwinkel zuckte es. Ich hörte ihn ungläubig murmeln: „Diese verfuckten Gipsfritzen sollen noch im Museum stehen … Sind die ausgerissen? Wer …?"

Wer diese Typen in die Freiheit entlassen hatte, erklärte uns bald der Ritter, der sich als Lorenz vorstellte: „Eine Aufsichtsdame ließ uns hinaus. Nun weiß ich, wie man die Außentür entriegelt!"

Begeistert sog er die frische Luft ein und warf dem Mann aus der Barockabteilung einen Blick zu: „Das ist Waldebert, und ..."

„Und ich bin Franz", kam der Soldat ihm zuvor.

„Verflucht, verflucht, *verflucht*!", wetterte Frangipani. „Ihr Deppen seid alle noch nicht von mir bearbeitet worden. Ihr dürft hier noch gar nicht rumlaufen! Wie kommt ihr hierher?"

Jetzt erst schienen die Worte des Ritters sein Gehirn zu erreichen. „Aufsichtsdame … Kann doch nur Dina gewesen sein!" Frangipanis Gesicht färbte sich rot und seine Augen schossen zornige Blitze.

„Was die Frau sich anmaßt!", hörte ich ihn murmeln. Was mochte Dina planen, dass sie diese noch halbfertigen Gipsmänner hinauslässt? Hat sie sich mit denen gegen ihn verbündet, wollen sie ihm gemeinsam das Handwerk legen?

Mikrochips werde er den drei Figuren einsetzen, künftig jeden ihrer Schritte lenken, nichts würde ihm entgehen, verkündete Frangipani. Seine Stimme wurde immer leiser. Doch mein Gehör war scharf genug, um seine Worte zu verstehen. Noch vermochte Frangipani das Verhalten der Männer nicht zu steuern, entnahm ich seinen Äußerungen, außerdem füllten noch keine Austauschfiguren die Lücken im Museum aus. Frangipani hatte die Figuren schließlich noch nicht ausreichend fertiggestellt, um sie auf Wanderschaft schicken zu können.

Wie naiv die waren! Frangipani fürchtete, der Ausflug der Gipsmänner könne in einer Katastrophe enden. „Unter einem Auto", hörte ich Frangipani knurren, „und Dina ist schuld!"

Dann spürte er meine Blicke und verstummte.

Stunden später, Frangipani hatte mich mit einem Taschentuch geknebelt und in seine Werkstatt gebracht, wo er mich an ein Tischbein gefesselt zurückließ, war er den

203

drei geflüchteten Gipsmännern hinterhergeeilt, hatte sie ebenfalls in seine Werkstatt gelotst, ihre Hände gefesselt und die Tür von außen fest verschlossen; nun erfuhr ich von Ritter Lorenz die weiteren Abenteuer ihres Ausbruchs.

„Friedrich, so höre meinen Bericht: Wir drei spazieren umher, Waldemar voraus, er muss sich ja wichtig machen," begann Lorenz und blickte mich an. „Sieht komisch aus, die Federn an seinem Hut wackeln, doch er trägt sein Gewand wie ein Herr."

„Als ob du in deinem Kettenhemd eine Augenweide bist!", kommentierte der Barockmann pikiert.

Lorenz kümmerte sich nicht um diesen Einwurf und fuhr fort: „Wir laufen also durch die Stadt, klauen einem Kind ein Eis, machen uns über die Menschen lustig und beschließen, dem Ausflug noch einen krönenden Abschluss zu geben. Franz möchte rauchen. Er streift den Schuh an seinem linken Fuß am Gras ab, denn ist in einen Hundeköttel getreten. Wir überlegen, wo man Tabak bekommt und traben weiter, bis ein Kiosk auftaucht. Da wir kein Geld bei uns haben, drängen wir uns durch die Tür und verpassen dem Verkäufer derbe Schläge, bis er blutend zu Boden geht. Wie weich heutige Männer sind, Friedrich!", befand Lorenz verächtlich.

Gespannt wartete ich darauf, dass er weitersprach. Erst als ich ihm ungeduldig zunickte, erzählte er weiter.

Mit aufgerissen Augen hatte der Kioskbesitzer Lorenz' Bericht zufolge beobachtet, wie die Eindringlinge alles ergriffen, was auf den Regalen stand. Waldebert hatte sich mit bunten Lollis begnügt. Franz hielt sich an Zigaretten schadlos und ging schließlich zufrieden zur Tür.

Einzig er, Lorenz, hatte mit offenem Mund alles angeglotzt, staunend, ungläubig, bewegungslos, bis Franz ihn am Arm berührt hatte. Ein Blick auf den blassen Jüngling am Boden genügte. Bald käme die Polizei; rasch verließen sie den Kiosk.

„Wie übermütige Kinder rennen wir über einen Waldweg davon. Ab und zu müssen wir stoppen, um die hinuntergefallenen Schätze wieder an uns zu nehmen. Wir lachen übermütig und halten erst inne, als uns der Atem ausgeht", schloss Lorenz.

Eine der beiden Wodkaflaschen aus dem Kiosk machte die Runde. Lorenz als trinkfestem Ritter war kaum etwas anzumerken, aber Franz konnte bald kaum noch geradestehen oder deutlich sprechen. Waldebert bereitete der hochprozentige Genuss die größten Probleme. Er wurde aggressiv und torkelte in ein Dornengebüsch hinein. Schimpfend kämpfte er sich wieder hoch.

„Nun befinden wir uns alle in dieser Hütte und unsere Mägen scheinen sich … hm, aufzulösen. Wir sind wohl nichts mehr gewohnt", befand Lorenz schließlich. „Wir sollten Frangipani gemeinsam überwältigen können, Männer! Bindet er einen von uns los, muss er sich danach mit dem Losbinden des nächsten beschäftigen und ist abgelenkt. Die Fesseln sitzen stramm. Die zu lösen, dauert. Nicht mehr gefesselt, sollte jeder von uns Frangipani zusammenschlagen können. Traut ihr euch das zu? Waldebert?" Prüfend sah Lorenz uns an. „Sonst sind wir ihm weiterhin ausgeliefert. Was glaubst du, Friedrich, was er mit uns vor hat?"

„Ich werde euch Schwachköpfe wieder ins Museum schaffen, dort werdet ihr herumstehen, für immer!", drohte eine heisere Stimme und die Tür wurde aufgestoßen. Frangipani!

Unbemerkt hatte er sich angeschlichen, die Tür geöffnet und uns zugehört. Erneut stieg Wut in mir auf und verächtlich sah ich ihn an.

Frangipani wandte sich an den Barockmann: „Willst du mich etwa zusammenschlagen, Waldebert, wie euer tapferer Ritter großkotzig tönt? Nur zu." Frangipani machte sich an Waldeberts gefesselten Händen zu schaffen, doch noch bevor der Barockmann befreit war, versetzte Frangipani ihm einen kräftigen Hieb, so dass er ohnmächtig zu Boden ging.

Ein überhebliches Grinsen breitete sich auf Frangipanis Gesicht aus. „Da müsst ihr schon schneller reagieren als dieses armselige Würstchen!"

Er nahm ein Fläschchen mit einer trüben Flüssigkeit vom Regal. „Reicht für alle", sagte er. Frangipani zwängte Franz die Öffnung des Fläschchens zwischen die Lippen und wartete, bis der Soldat den Zaubertrank hinuntergeschluckt hatte. Augenblicklich verlor Franz die Besinnung. Frangipani fing ihn auf und legte ihn auf den Boden.

Dann erhielt Waldebert, wieder munter geworden, einen Schluck von der Flüssigkeit und kippte erneut um.

„Der Nächste bitte", feixte Frangipani. „Lorenz? Auch dir werden deine Sprüche vergehen. Bald wirst du wieder stumm vor glotzenden Menschen stehen. Ich hatte Großes mit euch vor", seufzte der Magier, „doch ihr führt euch auf wie Kleinkinder. Ich kann euch nicht mehr trauen!"

Ich verfolgte, wie Frangipani dem Ritter den Trank verabreichen wollte, doch Lorenz überraschte ihn mit einem Angriff trotz seiner gefesselten Hände. Er boxte den Zauberer in den Unterleib, so dass das Fläschchen zu Boden fiel und zerbrach. Die Flüssigkeit, die heraus geronnen war, stank widerwärtig und nahm uns den Atem.

Ich sah Frangipani zu dem kleinen Fenster an der Wand stürmen, während er sich eine Hand vor die Nase hielt. „Luft!", hörte ich ihn keuchen.

Außer mir hatte niemand darauf geachtet, dass Lorenz sich eine der Glasscherben vom Boden gegriffen und mit einer Hand geschickt den mürben Strick durchgescheuert hatte. Endlich waren seine Hände befreit.

Fast hatte Frangipani den Fenstergriff erreicht, als Lorenz ihn am linken Arm packte und zu Boden schleuderte. Frangipanis Körper vollführte eine halbe Drehung, danach prallte er mit dem Hinterkopf gegen die Tischplatte und sackte in sich zusammen. Er stöhnte und versuchte, sich wieder aufzurichten.

Lorenz kannte kein Pardon. Wütend hob er Frangipani hoch, trug den benommenen Mann mit ausgestreckten Armen wie eine Trophäe durch die Werkstatt und stieß dabei ein dumpfes Grollen aus, das mir eine Gänsehaut verursachte. Dem Ritter war nicht anzumerken, dass auch er die giftigen Dämpfe einatmete, die den Chemikalien entstiegen. Ja, er schwankte nicht einmal, als er Frangipani gegen die Betonwand stieß. Frangipani verdrehte seine Augen, offenbar kurzzeitig betäubt.

Nun war Lorenz in Fahrt. Mit seinem Arm holte er aus und sein wütender Faustschlag zertrümmerte den

Holzschrank an der Wand und die Regale darin. Darauf befanden sich etliche Werkzeuge und Schraubgläser mit Lösungsmitteln: Frangipanis Giftmischungen. Bretter zerbrachen, Holzleisten flogen durch die Luft, Glasbehälter zersprangen, scharfkantige Splitter bohrten sich in Frangipanis linken Oberarm.

Auch mich erwischte eine Glasscherbe. Sie verfehlte knapp mein rechtes Auge und blieb in der Wange stecken. Chemikalien aus zerbrochenen Behältern wurden freigesetzt und verbreiteten einen stechenden Geruch im gesamten Raum. Ich verlor die Besinnung.

Wo war ich? Was hatte der Gestank zu bedeuten, der mir meine Lunge zu verätzen schien? Nebelschwaden trieben vor meinen Augen, wurden lichter, rissen auf.

Kurzzeitig orientierungslos öffnete ich langsam meine Augen und erblickte die zertrümmerten Überreste des Materialschranks. Ein Luftzug wehte herein; jemand hatte die Glasscheibe des Fensters grob durchstoßen. Aus dem Holzrahmen ragten nur noch Splitter. Das restliche Glas lag zerbrochen auf dem Fußboden, umgeben von blutigen Fußspuren.

Alles wurde mir wieder bewusst. Völlig außer sich, hatte der Ritter sich mit Frangipani geprügelt, nachdem der aufgesprungen und auf ihn zugestürmt war. Offenbar hatte der Hass auf Lorenz Frangipanis letzte Kraftreserven mobilisiert!

Frangipani, was soll das werden, hatte ich irritiert gedacht. Ein Kräftemessen, um zu beweisen, dass er nicht nur ein fähiger Magier, sondern auch ein ganzer Kerl war?

Wie gebannt hatte ich dem ungleichen Kampf zwischen dem kampferprobten Ritter und dem Lorenz unterlegenen Frangipani verfolgt.

Jetzt sah ich in Frangipanis Blicken Genugtuung, obwohl auch er eine grässliche Wunde am Oberarm sowie eine tiefe Schramme über der linken Augenbraue aufwies. Sein Sweatshirt war blutdurchtränkt und bei jeder Bewegung verzerrte er sein Gesicht. Ein rotes Rinnsal rann über seine Wange und tropfte hinunter, wo es im Baumwollstoff versickerte und einen weiteren Fleck verursachte.

Wo war der Ritter geblieben? Ich konnte mich schwach erinnern, dass er sich noch an meinen Fesseln zu schaffen gemacht und mir den Knebel aus meinem Mund entfernt hatte. War er anschließend in seinem Wutausbruch auf die Straße gelaufen? Ich sah, dass die Tür nur angelehnt war.

„Soll er sich doch von einem Auto totfahren lassen, der Dussel!", hörte ich Frangipani verdrossen schimpfen; offenbar dachte er das gleiche wie ich.

Ich zog den Glassplitter aus meiner Wange und presste ein Taschentuch auf die Wunde. Nun beobachte ich Frangipani.

Der entfernte mit schmerzverzerrter Miene mehrere Splitter aus der Haut an seinem Oberarm. Kalkweiß im Gesicht lehnte er sich an die Wand und atmete tief ein und aus. Ihm war sichtlich übel und er würgte.

Unvermittelt beugte er sich über einen alten Pappkarton und übergab sich. Schweiß stand auf seiner Stirn, als er sich hochkämpfte und angewidert den Karton von sich schob. Den lädierten linken Arm schonend, zog er sich am Tisch empor und stand inmitten des Durcheinanders.

Ein Geräusch war zu hören, kam näher, wurde lauter. Ich erkannte das Knattern ein Hubschraubers. Suchten die jemanden? Brachte der Ritter andere Menschen in Gefahr?

Ich konnte nicht lange darüber nachsinnen, denn Frangipani näherte sich mir und schnitt den Strick ab, der noch an meinem Handgelenk hing.

Perplex starrte ich ihn an und rieb die Haut, die durch den rauen Strick wundgescheuert worden war.

„Plattmachen wolltest du mich, Friedo? Mich überfahren wie 'ne lästige Ratte? Ich werd dir zeigen, was ich von dir halte! Zu Brei schlagen sollte ich dich. Also: Mann gegen Mann. Wenn du nicht in deinem rollenden Blechhaufen hockst, bist du ziemlich wehrlos, oder?" Seine Augen drückten tiefe Verachtung aus.

Mit seinem unversehrten rechten Arm holte Frangipani weit aus und verpasste mir einen Hieb auf meinen Schädel. Für einen Moment sah ich Sterne. Dann rammte ich ihm reflexartig mein rechtes Knie in den Magen.

Frangipani jaulte auf und krümmte sich. Doch dadurch bot er mir sein Kinn als Ziel und mein Knie traf ihn erneut. Blut schoss Frangipani aus dem Mund – vermutlich hatte er sich auf die Zunge gebissen.

Er taumelte rückwärts, prallte mit seinem Rücken an die Wand und sackte wie in Zeitlupe hinunter. Mit geschlossenen Augen und hängendem Kopf blieb er schief sitzen.

Ich machte, dass ich hinauskam und warf im Laufen die Tür krachend hinter mir zu. Etwas im Inneren fiel scheppernd zu Boden. Frangipani stöhnte auf, doch ich kümmerte mich nicht darum, sondern rannte fort. Rannte über das verwilderte Grundstück, rannte durch die Pforte, rannte wie von einer Hundemeute gehetzt über den Bürgersteig immer weiter fort und ließ mich schließlich atemlos in das Gras am Wegesrand neben der Straße fallen.

Den Schatten, der sich hinter einem Baum verborgen hielt, beachtete ich nicht. Doch jetzt drang eine vertraute tiefe Stimme an meine Ohren: „Psst, Friedrich!"

Der Ritter kam hinter dem dicken Stamm der Eiche hervor. Er hatte sich offenbar abgeregt, denn auf seinem von Narben entstellten Gesicht erschien nun ein Lächeln, siegesgewiss und selbstsicher. Eine Blutspur schlängelte sich an seinem Arm entlang und ich sah ihn fragend an. Hatte er sich erneut geprügelt?

„Der Kutscher in seinem stinkenden Gefährt hat mir nicht gehorcht. Nun liegt er auf dem Grund eines kleinen Sees im Park", gab Lorenz kund, offenbar stolz darauf, seine ritterliche Würde gewahrt zu haben.

Das Knattern des Hubschraubers fiel mir wieder ein. Ich versuchte ihn zu überreden, seinen Widerstand aufzugeben.

„Wir sollten beide ins Museum zurückgehen", schlug ich ihm vor. „Franz und Waldebert werden von Frangipani dorthin gebracht. Diese Welt bringt uns nur Unheil, Lorenz! Ich möchte ..."

Meine Stimme versagte. Die Sehnsucht nach meinem geruhsamen Dasein als Gipsmann wurde fast übermächtig, mir rollten Tränen über meine Wangen.

*N*a endlich, dachte Frangipani und setzte sich auf seinem Bürostuhl zurecht. Wozu sonst nutzen mir meine magischen Kräfte? Nur, um kichernde Gören zu erschrecken, indem ich auf einer Tingeltangel-Bühne, in ein mottenzerfressenes Gewand gekleidet, ein müffelndes Karnickel aus einem Zylinder ziehe und mich vor ihnen verbeuge? *Die Bretter, die die Welt bedeuten, Pah!* In meiner Welt ist etwas anderes von Bedeutung.

Er drückte nacheinander mehrere Tasten auf der Computertastatur, bis er sich eingeloggt hatte. Erwartungsvoll scrollte er den Cursor über den Bildschirm und überflog die neuesten Meldungen aus seiner heimlichen Bezugsquelle an Dinas Ohrläppchen. Einer der beiden Ohrstecker enthielt nämlich ein geheimnisvolles Innenleben.

Wie gut, dass Laurin diesen Schmuck Dina geschenkt hat, überlegte Frangipani. Kann für mich nur von Vorteil sein. Sobald Dina den Stecker am Ohr befestigt, empfängt er ihre Gehirnströme und leitet sie an meinen Computer weiter. Zunächst erscheinen sie als kryptische Zeichen auf meinem Bildschirm, dann werden sie durch einen Tastenbefehl in Text umgesetzt.

Genau, dachte Frangipani nun erbost, eben das hab ich von der Frau erwartet! So'n verfuckter Mist, kann Dina sich nicht an … hm, an einem Kerl aus dem Fernsehen aufgeilen? Muss sie dauernd diesen Tobias im Kopf haben?

Wieder überfiel ihn heftiger Zorn. Seine Eingeweide verkrampften und die Luft zum Atmen blieb ihm beinahe weg, als er nun Dinas eindeutige Gedanken über seinen Bildschirm flimmern sah.

Wütend ballte er seine Fäuste. „Meine Fresse, bist ja fucking kreativ, was deine schmutzige Phantasie betrifft! Wirst noch zu einem heißen Feger, Dina, hätte ich gar nicht von dir gedacht", murmelte er.

Frangipani grinste und betätigte den mit dem Computer verbunden Drucker. Gleich darauf schob sich ein Blatt Papier aus dem Gerät, auf dem Dinas Gehirntätigkeiten detailliert aufgelistet war. Wie ein Softporno, dachte er amüsiert, als er sich die aneinandergereihten Textfragmente durchlas. Wie praktisch wäre ein solcher Ausdruck auch als Beweismaterial zu verwenden – Schwarz auf Weiß könnte ich Dina ihre Fehltritte vor Augen halten!

Schön, dass die Frau mich auf dem Laufenden hält. Ich nehme Anteil an ihrem Dasein, als sei ich Gott, dachte er und schnippte sich, stolz auf diese Erkenntnis, eine Zigarette herbei, lehnte sich zurück und genoss sie entspannt. Auf dem Fußboden neben seinem Stuhl landeten kleine blaue Flecke.

Schließlich warf er den Glimmstängel hoch und beobachtete zufrieden, wie er sich in der Luft auflöste. Kein Müll mehr, keine Umweltverschmutzung! Vielleicht sollte ich mich mit meiner Erfindung mal an die Zigaretten-Industrie wenden, überlegte er. Doch wer außer mir ist in der Lage, diese Dinger herzustellen? Eben, keiner. Stolz auf seine magischen Kräfte konzentrierte er sich erneut auf den Computer.

Er beugte sich zu einem Karton hinunter, der auf dem Fußboden stand und Fotos enthielt: Schnappschüsse von Dina, von denen sie nichts wusste, heimliche Aufnahmen von Tobias.

Frangipani entnahm dem Stapel ein Portraitfoto von Tobias. Ein gelungenes Bild, dachte er zufrieden und betrachtete die ebenmäßigen Züge des verhassten Museumsrestaurators eingehend. Wie schade, dass ich nicht Dinas Miene sehen kann, sobald ihr Drucker Tobias' Visage ausspuckt und allmählich in eine Horrormaske verwandelt. Dieses Vergnügen bleibt mir verwehrt!

Frangipani streckte dem Gesicht auf dem Papier wie ein ungezogener Schuljunge seine Zunge heraus und schob das Blatt in den Papiereinzug, um anschließend eine Taste zu betätigen.

Verbindung hergestellt. Wie lange muss ich auf eine Reaktion von ihr warten, dachte er und wippte ungeduldig mit seinen Füßen. Doch es ging schneller als er angenommen hatte.

Um Gottes Willen … Das ist ja grauenhaft … Hör endlich auf, du verdammtes Teil … Stecker ziehen … Verdammter Tisch, ich komm nicht dran … Warum bringt das nichts … Hilfe! Dinas Gedanken rollten als unzusammenhängender Text über seinen Bildschirm und bestätigten Frangipani, dass sie bereits in Panik ausbrach. Er ergötzte sich an dieser Mitteilung, die Dinas Ohrringe ihm auf seinen PC übermittelten.

„Yeah, Dina, geile Technik!", juchzte er begeistert und gönnte sich einen Schluck aus seinem Whiskyglas.

„Der Kopf wird plastisch, löst sich dann gaaanz langsam vom Blatt ab und rollt über den Tisch", kommentierte er alles, was vermutlich soeben in Dinas Wohnung geschah. „Du wirst den Schock deines Lebens bekommen und gaaanz vorsichtig mit dem Finger das unheimliche Ding auf deinem Schreibtisch berühren, Dina. Tobias' Kopf wird warm und lebendig sein, seine Augen und der Mund werden sich bewegen, er wird dich vermutlich sogar noch ansprechen. Das Flöten dürfte ihm allerdings vergangen sein. Seine *Rübe* wird anschließend vor deinen Blicken verfallen! Er löst sich komplett in Staub auf, Dinchen. Haste eben ein bisschen mehr aufzuwischen, machste doch gerne!"

Frangipani ließ einen weiteren Schluck Whisky in seine Kehle rinnen und verzog sein Gesicht zu einem hinterhältigen Grinsen. Seine Augen glitzerten und er lehnte sich zurück. Das ist ja besser als Sex, dachte er.

Eine ganze Weile tat sich danach überhaupt nichts mehr, sein Bildschirm zeigte lediglich einen Zauberer, der ein Kaninchen aus einem Zylinder zog. Er sollte dieses dämliche Hintergrundbild endlich ändern, nahm er sich vor.

Als sich Dinas Gehirnaktivitäten wieder auf seinem PC bemerkbar machten, wäre er beinahe überrascht vom Stuhl gefallen.

Gertrud! Diese aufmüpfige Gipstrine schien sich mit Dina zu unterhalten. Frangipani erhaschte Textfragmente, die so rasch über den Bildschirm rollten, dass er seine Augen zusammenkneifen musste, um folgen zu können.

Grauenhaft, Gertrud kann's auch nicht fassen! Pause. *Nee ... da spinnt sie wohl ein bisschen, das glaub ich nich!*

Was glaubte Dina nicht, fragte sich Frangipani und las begierig weiter. Diese Gertrud ist wohl pfiffiger als ich es für möglich gehalten habe, dachte er.

Dieses durchtriebene Weibsstück wäre besser im Museum geblieben, die stachelt Dina doch nur zu blöden Ideen an! Erbost hieb Frangipani mit seiner Hand so heftig auf den Tisch, dass der Computer wackelte.

Laurin ist kein irres Genie ... Mein Schnuckel kann nicht mal einer Fliege was antun ... So eifersüchtig ... anderen eiskalt beseitigen ... las er und presste seine Lippen fest zusammen.

Der folgende Text ließ ihn aufgebracht vom Stuhl springen: *... bildet sich einen Konkurrenten ein, meint Gertrud ... Die hat ja keine Ahnung, dass ich mit Tobias schon ... fast wäre was zwischen uns passiert ... hatte leider kein Gummi bei sich, also waren wir vorsichtig ...*

„Verdammte Schlampe!", wetterte Frangipani so laut, dass ein Klopfen an die Wand erfolgte. Blöder Kerl nebenan, dachte er genervt und reagierte seine Wut sofort ab, indem er sein Telefonbuch nahm und in mehrere Teile zerfledderte.

Die Seiten flogen auf den Fußboden. Als er achtlos darüber gehen wollte, rutschte er aus und stieß mit seinem rechten Knie gegen einen Schrank. Unwillkürlich brüllte er vor Schmerz: „Verdammte Scheiße, Mistladen, elende Weiber! Man sollte ..."

„Man sollte Sie rausschmeißen!", war der Kommentar von nebenan. „Ich hol gleich die Polizei. Ruhe!"

Neuer Text erschien auf dem Bildschirm und ließ Frangipani wieder auf seinen Bürostuhl sinken.

Wo is' denn ... Kollegen werden sich wundern, wenn ich da auftauche ... Ich sag denen, meine Freundin möchte sich das Museum ansehen, ich zeig ihr alles ... Gertrud weiß, wo Tobias ist ... wieso ist Puscheline in der Kutsche ... aber Gertrud hat's ja selbst gesehen ... mich nicht erreicht ... Bett mit Laurin ... Der Text brach an dieser Stelle ab und der Bildschirm wurde dunkel. Dina hatte ihren Laptop offenbar hinuntergefahren.

Aber nun war er ohnehin informiert. Sollte sie doch mit ihrer bescheuerten Gipsfreundin Gertrud einen Rundgang durchs Museum unternehmen, zwei neue Exponate bestaunen! Er verzog sein Gesicht zu einer hämischen Fratze.

Am folgenden Abend saß Frangipani erneut vor seinem PC und wartete gespannt. Dina hatte ihren Rechner inzwischen wieder eingeschaltet, wie er feststellte. Er beugte sich vor und las interessiert ihren Text.

Zettel ... Botschaft, da hat Gertrud wohl Recht ... ... kann Tobias' Gipshand nicht anfassen, musste Gertrud machen ... mir wurde schlecht ...

Offenbar haben sich die beiden Weibsbilder heute im Museum umgesehen, freute sich Frangipani. Wie empfindlich sie reagieren, hat ihnen wohl nicht gefallen. Dabei hab ich Tobias so schön zurecht gemacht und dem Kätzchen ist nix passiert!

Danach wartete er vergebens auf weitere Textfragmente und fuhr schließlich seinen Computer hinunter.

*O*h, könnte ich mich doch jemandem bemerkbar machen, überlegte Tobias und spürte Panik in sich aufsteigen. In ein Gipsexponat verwandelt harre ich schon seit einer gefühlten Ewigkeit regungslos neben einem Leiterwagen mit Pestkranken aus und der Ochse davor wirkt furchteinflößend. Nur gut, dass es kein echtes Tier ist!

Wie heruntergekommen mag ich wirken, in diesen schäbigen Klamotten, den Oberkörper unbekleidet. Meine stets gepflegte Frisur sieht aus, als sei ich in einen Wirbelsturm geraten, dachte Tobias bedrückt, beim Blick in eine Glasvitrine. Nur meinen Ohrschmuck hat man mir gelassen.

Ansonsten … Tobias schauderte bei dem Gedanken an seine ungewisse Zukunft und grübelte: Auch Dinas Katze muss in meiner Nähe sein, vermutlich ist sie ebenfalls von Frangipani verhext worden. Ist ihr klar, welche Macht dieser Mann besitzt?

„Ey, Lisa, guck mal!" Die Stimme eines Jungen, vielleicht fünfzehn Jahre alt, drang an Tobias' Ohren. Der ungezogene Bengel pikste dem Restaurator mit seinem Zeigefinger ins Auge.

„Spinnst du, Kev? Nicht betreten, nichts berühren. Steht doch überall vor den Gipsfiguren", belehrte ein Mädchen, das nun in Tobias' Sichtfeld auftauchte und ihrem Begleiter einen Kuss gab. Die beiden offenbar frisch Verliebten schleckten sich geradezu unanständig direkt vor ihm ab. Der Junge schob seine gierigen Finger unter das Oberteil des üppig gebauten Mädchens und fummelte an ihm herum.

Zu Hilfe, verehrtes Aufsichtsteam! Kümmert euch bitte um diese Halbstarken, sie benehmen sich unmöglich, ging es Tobias durch den Kopf. Mein linker Augapfel schmerzt von der unsanften Berührung des Jungen und zu gern würde ich den Bengel zurechtweisen.

Doch – keine Chance! Ich kann nicht einmal meinen kleinen Finger rühren, geschweige denn fliehen, dachte er. Vollkommen erstarrt muss ich alles, was die Menschen mit mir machen, über mich ergehen lassen. Kann alles sehen, alles hören, vermag mich jedoch nicht bemerkbar zu machen. Was für eine perfide Art, mich zu quälen, dachte Tobias und verwünschte Frangipanis Hinterhältigkeit auf's Neue.

Ein altes Paar kam näher. Lisa und Kev ließen voneinander ab. Die Anspannung des Restaurators legte sich; äußerlich war ihm keine Regung anzumerken.

Doch fieberhaft drehten sich Tobias' Gedanken um eine Möglichkeit, wieder in einen echten Menschen zurückverwandelt zu werden. Wieder zu leben, Dina zur Seite stehen zu können ...

Schemenhaft hab ich Dina wahrgenommen, an der Seite der Frauenrechtlerin. Ob die beiden eine Idee haben, wie sie mich retten können, fragte Tobias sich. Ich mag die Hoffnung nicht sinken lassen, denn sie ist wie ein winziger Lichtstrahl über dem dunklen Meer der Verzweiflung, in dem ich allmählich versinke.

Puscheline – was für ein alberner Name für eine Katze, dachte Tobias amüsiert. Ursprünglich hat Dina ihr pelziges Findelkind Puschel genannt, doch dann stellte sich der Kater als eine Katze heraus und hieß fortan Puscheline. Was ist aus dem Tier geworden? In welcher Abteilung mag Frangipani es untergebracht haben? Von einer Kutsche hab ich Dina murmeln hören. Ist Puscheline im Landauer im Obergeschoss versteckt worden?

Durch meinen Job als Restaurator kenne ich jede Abteilung genau und erinnere mich an alles. Um Dinas Haustier retten zu können, muss ich nach oben laufen, dachte er. Das ist in der Nähe, doch für eine starre Gipsfigur wie mich weit entfernt.

Unendlich weit entfernt!

Erst einmal selbst wieder lebendig werden, überlegte Tobias. Ich bin gedanklich wieder am Ausgangspunkt angekommen. Meine Überlegungen drehen sich im Kreis und führen zu nichts. Ohne die Hilfe eines Menschen da draußen bin ich verloren! Nicht einmal weinen kann ich noch, denn meine Gipsaugen produzierten keine Tränen.

Nun meinte Tobias eine Unterhaltung zweier Männer zu hören; die Worte wurden deutlicher und ließen ihn aufmerksam werden. Eine hohe Männerstimme plapperte und ließ Tobias an einen überschäumenden Wasserfall denken, der sich über einen Felsabhang ergießt, mit seinem Getöse, das alle übrigen Geräusche erstickt. Eine goldblonde Perücke mit einem Filzhut darüber schob sich in sein Blickfeld, bunte Seidenstrümpfe und Halbschuhe mit hohen Absätzen. Witzig! Ach, dachte Tobias wehmütig, könnte ich doch wenigstens noch lachen! Selbst das hat der Zauberer mir genommen. *Alles* hat der Irre mir genommen, meinen geliebten Job, meine neue Liebe Dina, meine Wohnung.

Die schleppende Stimme, die Tobias nun an die Ohren drang, gehörte zu Franz. Den Soldaten, aber auch den Barockmann Waldebert erkannte Tobias mühelos wieder, denn er hatte sich oft um ihre Ausstattung kümmern müssen. Hier war das Bajonett des Soldaten beschädigt, dort hatte ein Spaßvogel eine von Waldeberts auffälligen Hutfedern geklaut. Irgendetwas war immer zu erledigen, nie wurde es langweilig.

Das gefällt mir so gut an meinem Job, dachte Tobias wehmütig. Ach, wäre ich doch jetzt auch mit solchen Problemen konfrontiert.

„Fuck! Ihr Mistfratzen sollt gefälligst stehenbleiben!" Diese heisere Stimme, der gefährliche Tonfall und vor allem die primitive Ausdrucksweise – das kann nur Frangipani sein, dachte Tobias und fühlte sich sofort entsetzlich elend. Selten hatte er sich so eindringlich gewünscht, jemandem einen Stromschlag verpassen zu können!

„Kaum können sie laufen, schon stromern sie wie herrenlose Hunde herum", zischte Frangipani und blieb unmittelbar neben Tobias stehen, um einen prüfenden Blick auf ihn zu werfen. Kein Mitleid konnte Tobias in den kalten Augen des Magiers erkennen, nur einen zufriedenen Ausdruck. Frangipani strich mit seiner Hand kurz über beide Wangen und die Stirn des Restaurators. Tobias' gipsernes Gesicht begann wie im Fieber zu glühen.

„Lass deine schmierigen Pfoten von mir!", wollte er Frangipani zurufen, doch es kam kein Ton über seine Lippen.

Frangipani grinste Tobias hämisch an und wandte sich Franz und Waldebert zu. „Mitkommen!", kommandierte er in scharfem Tonfall. „In welche Abteilung ihr gehört, wisst ihr Dummköpfe hoffentlich noch. Ihr werdet euch wieder zu den übrigen Gipsköppen gesellen und unbeweglich – *unbeweglich, Waldebert!* – auf euren Podesten stehen. Lebensfunktionen sind euch nicht mehr vergönnt, selbst schuld!", drohte Frangipani.

Franz und Waldebert schlichen vor dem Zauberer entlang, der eine mit gesenktem Kopf, der andere trotzig ein Liedchen pfeifend. Bald waren alle drei aus seiner Abteilung verschwunden. Tobias hörte das *Klack Klack* von Waldeberts Schuhen leiser werden, bis ihn erneut Stille umgab.

Allein mit seinen Gedanken, versuchte er sich vorzustellen, wie Frangipani die beiden Männer zurück verwandelte. Auch ihn hatte er aus seiner Welt, aus seinem Leben gerissen, indem er ihm vermutlich K.-o.-Tropfen in den Kaffee gemischt hatte. Anders konnte Tobias es sich nicht erklären, denn freiwillig hätte er Frangipani nicht begleitet.

An ein bitteres Gebräu konnte er sich entsinnen, das der Zauberer ihm eingeflößt hatte, und an das Streicheln seiner Hände. Wie eine zärtliche Frau, hatte er überrascht gedacht, doch Frangipani hatte natürlich anderes im Sinn gehabt. Tobias' Äußeres hatte sich sofort verändert. Aus mir, der stets Wert auf gute Kleidung, gepflegtes Haar und ein glattrasiertes Kinn gelegt hat, ist ein Vagabund geworden, der Pestkranke auf einem klapprigen Wagen befördert. Wie tief kann man sinken, überlegte er bedrückt.

Eine ihm vertraute Frauenstimme machte Tobias Mut und vor Freude hätte er jubeln können. Dina, begleitet von ihrer neuen Freundin Gertrud!

Die beiden Frauen stoppten vor Tobias, betrachteten ihn nachdenklich und tauschten Ideen aus, wie man den eingegipsten Mann wieder lebendig bekommen könnte. Doch sie verwarfen ihre Vorschläge wieder, warfen Tobias noch bedauernde Blick zu und entfernten sich.

Der Restaurator fühlte sich einsamer als je zuvor. Ließ Dina ihn im Stich?

Am folgenden Vormittag sah er, wie sie sich ihm erneut näherte. Sie trug ihre Dienstuniform und er bemerkte einen ernsten Ausdruck in ihrem hübschen pausbäckigen Gesicht, aber ihre dunkelbraunen Augen strahlten.

Tobias sah Dina prüfend zu einer der Überwachungskameras schauen, dann trat sie dicht an ihn heran und flüsterte ihm verschwörerisch zu: „Tobias, Gertrud ist gestern Lorenz und Friedrich begegnet. Die beiden sind vor Frangipani getürmt und hausen nun in einer Waldhütte, die zwischen Büschen verborgen ist. Durch einen Sturm hängen dort Holzlatten lose herunter, daher wird sich kaum ein Wanderer da hinein wagen. Übernachten können die beiden Männer darin, es gibt Bänke." Dina räusperte sich.

Gespannt wartete Tobias darauf, dass sie weitersprach. Könnte ich dir doch nur ein Zeichen geben, dass ich jedes

Wort verstanden habe, wünschte er sich. Mit aller Willenskraft schaffte er es, seine Augenlider kaum merklich zucken zu lassen. Hatte Dina dies bemerkt?

Offenbar nicht, denn nun fuhr sie ungerührt fort: „Gertrud und ich werden uns heute in der Hütte mit ihnen treffen, ich hoffe, sie helfen uns. Gertruds Vorschlag ist vielleicht die einzige Möglichkeit, dich und Puscheline hier rauszuholen, und Lorenz und Friedrich werden uns sicherlich unterstützen. Verstecken werden wir euch in der Hütte. Danach ..." Dina sah Tobias eindringlich an.

„Danach", ihre Stimme nahm einen dramatischen Tonfall an, „müssen wir *Frangipani kidnappen* und ihn zwingen, euch wieder in echte Lebewesen zu verwandeln! Wird nicht leicht", meinte Dina stirnrunzelnd und sogar Tobias spürte ihre Unsicherheit. Glaubt sie selbst an diesen verwegenen Plan, fragte er sich.

*H*mm, verflixt lecker, Dina", lobte Gerhard Rebenberger seine Kollegin und griff erneut in die Keksdose auf dem Tisch.

Meine selbstgebackenen Plätzchen scheinen ihm zu schmecken, dachte Dina und sah Gerhard an. Gern darf er mal für mich den Dienstplan vervielfältigen, wünschte sie sich dabei.

Gedankenverloren beobachtete sie ihn, wie er sich nun einen großen Schluck Limonade gönnte. Ekelhaft süß, dieses klebrige Zeug, fand sie und zog eine angewiderte Grimasse. Dazu heute außerdem mit einer Prise ihres speziellen Zuckers angereichert ... Ich widme mich lieber meinem Cappuccino, dachte Dina.

Schon goss sie sich ihren Lieblingsbecher voll, pustete über die heiße Flüssigkeit und nippte vorsichtig am Rand des Bechers, nur um gleich darauf ihr Gesicht zu verziehen. „Zunge verbrannt", murmelte sie und setzte den Becher auf der Tischplatte ab.

Verstohlen schielte sie wieder zu Gerhard hinüber, der in den Sportteil der Tageszeitung versunken war. Plötzlich seufzte Dinas Kollege auf, faltete die Zeitung zusammen, legte sie neben seinen Teller und erhob sich.

Träge räkelte sich Dina auf dem Stuhl, auf dem sie ihre Pause verbrachte. Als Gerhard den Pausenraum verließ, mit der Bemerkung, er würde jetzt den Dienstplan extra für sie kopieren, musste Dina kichern. Unglaublich, dachte sie belustigt, da gebe ich Gerhard in Gedanken den Auftrag und er führt meine Wünsche tatsächlich aus!

Minuten später tauchte Gerhard wieder auf und legte die Kopie vor Dina auf den Tisch.

Haben meine Wunderplätzchen das bewirkt? Oder dass ich ihn so eindringlich angestarrt hatte, fragte Dina sich irritiert. Besitze ich auch solche magischen Kräfte wie der Zauberer? Sie spürte, wie sich ihre Unterarme mit einer Gänsehaut überzogen, kniff ihre Augen zusammen, rollte die Augäpfel hin und her, öffnete die Lider wieder, denn ihre Augen brannten ein wenig.

Will ich solch eine Begabung? Oder bringe ich wie der Zauberer damit nur Unheil über die Menschen? Dina rieb sich mit den Handflächen über die aufgerichteten Härchen auf ihren Armen und wünschte sich, einfach eine ganz normale Frau zu sein. Bitte keine Vorahnungen und nicht die Fähigkeit, andere zu manipulieren, betete sie stumm.

Hm. Vielleicht kann ich doch einen Nutzen daraus ziehen, überlegte Dina. Wird meine Gabe auch bei wichtigen Dingen funktionieren? Kann ich andere Lebewesen für meine Pläne gewinnen, sie womöglich mit meiner Energie zu etwas zwingen? Hat nicht auch Friedrich reagiert, nachdem ich ihn mit meinem Gebäck und eindringlichen Blicken versehen habe?

Dinas Gedanken begannen zu wandern. Immer schneller, immer enthusiastischer entwarf sie einen Fluchtplan für Tobias und Puscheline.

Gertruds Vorschlag, Tobias und Puscheline in der Waldhütte bei Lorenz und Friedrich unterzubringen, gefällt mir, dachte Dina. Meine Katze stecke ich in einen großen Müllsack und verberge sie im Kofferraum meines Kleinwagens. Atmen muss das Tier als starres Exponat nicht. Bei Tobias wird sich die Entführung schwieriger gestalten, den kann man nicht einfach in einem Sack stecken, dachte Dina bedrückt.

Gertrud hatte einen Einfall, als Dina sich mit ihr unterhielt. Verwegen, verrückt, doch vielleicht praktikabel, hoffte Dina.

„Warum haken nicht Lorenz und Friedrich deinen Tobias zu beiden Seiten unter und schleppen ihn nach draußen? Fällt Besuchern bestimmt nicht auf. Tobias könnte doch gerade einen Schwächeanfall haben", meinte Gertrud und grinste verschmitzt.

Ja, warum nicht, überlegte Dina. So mag es gehen.

Lorenz und Friedrich waren nicht sehr angetan von dem Plan, doch nachdem beide Männer immer wieder in Dinas Keksdose gegriffen und ein Plätzchen nach dem anderen verdrückt hatten, wollten sie sich plötzlich umgehend auf den Weg machen. So konzentriert angestarrt hatte Dina sie die ganze Zeit, dass Friedrich nur noch verlegen stammeln konnte und Lorenz sichtlich geschmeichelt war.

Doch nun bremste Dina ihren Eifer. „Morgen kurz nach zehn Uhr seid ihr im Museum, dann ist noch wenig los. Puscheline verstecke ich im Kofferraum meines Autos, Tobias kommt auf den Beifahrersitz, ihr teilt euch den Platz auf der Rückbank." Fragend sah Dina ihre Mitstreiter an.

Beide nickten zustimmend. Friedrich hatte noch einen kleinen Einwand: „Dina, deine Kollegen erkennen Tobias aber. Sollten wir ihm nicht besser eine Perücke aufsetzen?"

Dina wischte seine Bedenken weg: „Der Restaurator sieht ohnehin verändert aus. Ich bin in Privatkleidung dort, um meiner Freundin Gertrud das Museum zu zeigen."

Am folgenden Vormittag schien zunächst alles zu klappen. Lorenz hakte sich auf Tobias' linker Seite unter, Friedrich auf seiner rechten. Gemeinsam hoben sie den erstarrten Restaurator hoch und stellten ihn auf seine Füße, immer darauf bedacht, ihn nicht loszulassen. Dina und Gertrud verbargen sich hinter einer Schautafel und verfolgten, wie die drei Männer mühsam zum Fahrstuhl wankten. Leise Flüche drangen an ihre Ohren und die beiden Frauen lächelten einander einvernehmlich an.

„Hab ich doch gesagt, Dina, es funktioniert. Lass uns zu deinem Auto gehen, die werden gleich dort sein!", drängte Gertrud.

An Dinas Fahrzeug war der Ausflug zu Ende. Sie wollten mit vereinten Kräften Tobias auf den Beifahrersitz setzen. Doch sein starrer Körper ließ sich nicht in eine Sitzhaltung bringen.

„Schieben wir ihn auf die Rückbank", schlug Gertrud vor.

„Nee, der Wagen hat hinten keine Türen", gab Dina zu bedenken und ging zum Heck des Polo, um die Kofferraumklappe zu öffnen. „Da passt er in voller Länge auch nicht durch", befand sie.

„Zersägen möchtest du ihn wohl auch nicht?", fragte Lorenz sie und grinste.

„Passt nicht, lassen wir's", stellte Dina ernüchtert fest und wischte sich die Schweißtropfen von der Stirn. Zupf,

zupf, waren ihre Finger mal wieder mit ihrem Haar beschäftigt.

Bald stand Tobias wie zuvor auf dem Podest. Seine Gipshand ruhte auf dem Rand des Leiterwagens und seiner Miene war der verunglückte Befreiungsversuch nicht anzusehen. Nur in seinen Augen war ein verzweifelter Ausdruck zu erkennen.

Resigniert standen Dina und Gertrud vor ihm.

Tja, das war wohl nix. Und Frangipani müssen wir jetzt auch nicht kidnappen, dachte Dina halb erleichtert, halb enttäuscht. Ein neuer Plan muss her.

Wie Dina die wunderliche Gipstante anglotzt, wunderte sich Frangipani und verbarg sich geistesgegenwärtig hinter der Eingangstür des Ladens, in dem er sich mit günstigen Haushaltsartikeln eindecken wollte. Gerade noch schnell genug gewesen, *alter Mann*, neckte er sich in Gedanken selbst und linste vorsichtig durch die Glastür.

Gleich beim Betreten war Dina ihm aufgefallen, wie sie die ärmliche Alte anstarrte. Als Frangipani in ihr eine der Trümmerfrauen erkannte, die im Museum in einer nachgebauten Notunterkunft standen, trat er schnell aus Dinas Blickfeld.

Was sucht Dina hier, weshalb steht die hässliche Trümmerfrau vor ihr, überlegte er. Warum liegen zu deren Füßen so viele Krümel; futtert die ständig Kekse? Wieder steckte sie sich einen in den Mund, kaute, knisterte, schluckte und wurde dabei unentwegt von Dina beobachtet.

Diese runzlige Gipstrine hab ich doch gerade erst zum Leben erweckt und ihr Klamotten besorgt. Also, über ihr Outfit beklagen kann sie sich doch wirklich nicht, dachte Frangipani empört.

Die alte Frau nahm nun einen knallroten Lippenstift aus einem Regal, wandte diesen unschlüssig hin und her, drehte schließlich die Schutzkappe ab und malte einen dünnen Strich auf ihren Handrücken. Schon hielt sie die Hand an ihre Wange und bestaunte sich in einem Kosmetikspiegel.

Wer hat dieser knitterigen Oma nur diese auffällige Farbe eingeredet, überlegte Frangipani amüsiert.

„Steht dir wunderbar, Berta", vernahm er Dinas Stimme und sah, dass sie sich neben die Trümmerfrau stellte. Die Blicke der beiden Frauen trafen sich im Spiegelbild und Frangipani erkannte am begeisterten Funkeln in den Augen der Trümmerfrau, wie diese auf Dinas Schmeichelei hereinfiel.

„Den würde ich gern nehmen, liebe Undine. Du hast wirklich einen guten Geschmack", knarzte Berta mit ihrer rauen Altfrauenstimme.

Oh Mann! Frangipani schnappte nach Luft und dachte abfällig: Soll die Trümmertante erstmal ihre Stimmbänder ölen und sich dann einen Lippenstift in dezentem Rosé zulegen, sofern solch ein welkes Gemüse den überhaupt noch braucht. Das ist ja schon reinste Verarsche von Dina, der Alten so etwas Grelles aufzuschwatzen! Muss die etwa wie eine vom Straßenstrich umherlaufen?

Frangipani konnte es nicht fassen und beruhigte sich erst, als er hörte, wie Dina Berta gestand, sie habe leider gar nicht genug Geld bei sich. In Dinas Augen bemerkte Frangipani einen zufriedenen Ausdruck.

Elegant abgewehrt, Dinchen, dachte er. Nur, was hast du mit deinem albernen Manöver bezweckt? Wolltest du testen, ob du anderen Leuten deinen Willen aufzwingen kannst? Das ist dir gelungen.

Wirst du versuchen, auch andere Gipsfiguren in deinem Sinne zu beeinflussen, indem du sie anstarrt? Geht es dann nicht mehr um lächerliche Dinge wie die Lippenstiftfarbe? Frangipani spürte, dass dieser Gedanke ihn unruhig machte.

Somit hätte Dina die Figuren in der Hand, auf ihn würden sie nicht mehr hören, befürchtete er.

Verfuckter Mist. Wie machte Dina das?

Frangipani saß im Eiscafé und lauschte der Unterhaltung, die Dina und Gertrud am Nebentisch führten.

„Du wolltest also den Gipsmann durch konzentriertes Ansehen beeinflussen, nachdem er lebendig geworden war? Und damit dem Zauberer zuvor kommen, der ihn sonst auf seine Seite gezogen hätte?" Gertrud sah ihre Freundin zweifelnd an.

Dina nickte. „Hm, ja. Aber er hat sich gewehrt. Ich wusste mir keinen besseren Rat, als ihn gegen die Wand zu stoßen und ihm den Arm zu brechen. Gertrud, es hat so fürchterlich geknackt!" Dina wurde blass, als sie daran dachte. Sie umklammerte das Glas mit dem Eiskaffee.

„Das dumme ehemalige Exponat war nicht einverstanden und wollte vor mir fliehen, Gertrud. Ich war so stolz auf meine neu entdeckte Gabe, aber sie hat dieses Mal nicht gewirkt. Ich musste doch etwas unternehmen, sonst wäre der Gipsfritze abgehauen! Jetzt hat er einen unnatürlich verrenkten Arm", schloss Dina mit kläglichem Tonfall ihre Ausführungen.

Sieh mal an, so kaltschnäuzig kenne ich das harmoniesüchtige Mädel noch gar nicht, staunte Frangipani.

„Inzwischen ist er bereit, mit mir, statt mit dem Zauberer, zusammen zu arbeiten", hörte er nun Dina. „Wenn nicht, breche ich ihm auch den anderen Arm, das hab ich ihm klargemacht!"

Energisch hob sie ihren Kopf, griff zu dem Glas mit dem Eiskaffee darin und sog laut schlürfend ein wenig Flüssigkeit durch den Strohhalm.

„Gemeinsam machen wir den Zauberer fertig, Dina. Bald hast du deine Puscheline zurück", meinte Gertrud tröstend.

„Und Tobias?", kam es fragend von Dina.

Tja, dachte Frangipani, an dem schönen Restaurator wird sie keine Freude mehr haben, den darf sie nur noch im Museum anschmachten. Soll sie doch rote Rosen vor seine Gipslatschen legen, der Putztrupp wird das Grünzeug schon wegräumen! Bei diesem Gedanken verzogen sich Frangipanis Lippen zu einem Grinsen.

„Liebe Dina, auch Tobias befreien wir," tröstete Gertrud.

Davon bist du selbst nicht überzeugt, dachte Frangipani.

Ich werde den Figuren Mikrochips verpassen, dachte Frangipani, und zwar noch heute, trieb er sich selbst an. Er stahl sich heimlich weg und überließ Dina und Gertrud ihrem ‚Frauengeratsche', wie er abfällig dachte. Auf zum Museum, dort habe ich noch was zu erledigen! Zu lange habe ich es versäumt, ehemalige Figuren gefügig zu machen, habe sie in die Welt entlassen, habe ihre Launen ertragen. Vor allem dieser aufmüpfigen Gertrud hätte ich sofort nach ihrer Verwandlung einen Chip einpflanzen sollen, ärgerte sich Frangipani über seine Nachlässigkeit. Selbständig denkende Figuren werden mir bald zur Gefahr.

„Hallöchen", begrüßte Frangipani den Wachmann mit einem schmierigem Grinsen im Gesicht, nachdem er das Museum betreten hatte.

Der winkte ihm nur resigniert zu und beschäftigte sich bald wieder mit seiner Zeitung.

Zunächst kommt Franz dran, danach der durchgeknallte Barockmann, überlegte Frangipani. Die kann ich noch beeinflussen! Wohin Ritter Lorenz und Autofreak Friedrich verschwunden sind, muss ich erst Mal herausfinden.

Frangipani stach mit einer Kanüle in Franz' Hals und implantierte einen Chip in der Größe eines Reiskorns; er würde ins Gewebe einwachsen. Mit einem Lesegerät konnte Frangipani nun jederzeit den Standort des Soldaten ermitteln.

„Sobald ich dich wieder zum Leben erwecke, lieber Franz, kann ich dich steuern", erklärte Frangipani dem stummen Gipsmann. „Vielleicht spürst du zunächst Schmerzen an deinem Hals, doch damit muss ein tapferer Soldat klarkommen!" Frangipani warf der Figur einen prüfenden Blick zu. Kaum zu erkennen war der Einstich.

Nun wandte er sich ab, um Waldebert aufzusuchen. Der empfindliche Barockmann wird garantiert jammern, kaum dass er lebendig ist, dachte Frangipani. Was für ein Waschlappen von einem Mann.

Kurz darauf trug auch Waldebert einen Chip unter seiner Haut. Frangipani überlegte, wie er Lorenz und Friedrich eine Falle stellen konnte. Fuck! Hat nicht Gertrud was von einer Waldhütte gefaselt? Hab ich sie richtig verstanden, fragte er sich.

Die Frauenrechtlerin – Frangipani verzog angewidert sein Gesicht – diese elende Männerhasserin hat sich im Eiscafé ungewöhnlich leise mit Dina unterhalten. Sonst dröhnt sie doch stets mit ihrem lauten Organ quer durch die

Stadt, dachte er. Nur nicht, wenn's darauf ankommt. Dann flüstert diese verlogene Ziege und ich kann ihre Worte kaum hören!

Die frühere Gipsfigur Arthur interessiert mich nicht, soll der doch treiben, was er will! Außer, überlegte Frangipani, wenn ich ihn dazu ausbilde, Ausweise zu fälschen. Falls der verpeilte Macker überhaupt dazu fähig ist. Wie ein stummer Goldfisch glotzt er mich immer an. Dieser Mann kann vermutlich nicht mal bis drei zählen, ohne zu stottern, ging es Frangipani durch den Kopf.

Joachim hasst mich, dachte er. Formbar wie Wachs, macht der einstige Pauker sich doch vor Angst fast in die Hosen, sobald ich ihm mit der Verwandlung in einen verkrüppelten Penner drohte. Fucking Idiot, glaubt der diesen Unsinn, fragte Frangipani sich amüsiert.

Ich habe Joachim fest im Griff, dachte er selbstsicher und grinste. Er wird bald zuverlässig eine Transaktion vom Konto Bernhards durchziehen. Bleibt ihm auch nix anderes übrig, wenn ich als sein Meister neben ihm am PC sitze!

Das gibt's doch einfach nicht! So etwas ist ja noch nie vorgekommen und ich bin schon lange Arzt."

Irritiert wandte der ehrwürdige alte Doktor sich von mir ab und rief die Arzthelferin zu sich.

„Frau Müller", begann er. „Seit wann arbeiten Sie bei mir als Helferin? Ich meine", unterbrach er sich, als er den Ausdruck in den Augen seiner Mitarbeiterin bemerkte.

„Keine Angst, Sie haben nichts falsch gemacht. Aber … Haben Sie schon erlebt, dass ein quicklebendiger Patient keinen Pulsschlag aufweist und eiskalte Haut hat? Dass es nicht möglich ist, ihm Blut abzunehmen? Die Nadel lässt sich nicht in den Arm einführen, immer stößt sie auf ein Hindernis. Als ob er statt einer Flüssigkeit …" Er überlegte. „Etwas wie … Jedenfalls eine feste Masse in den Venen hat", schloss er ratlos und deutete auf mich, während ich auf der Untersuchungsliege lag und stumm seinen Worten lauschte.

Neben mir lehnte meine Aktentasche an der Wand, denn ich war direkt nach der Arbeit in die Praxis gegangen. Nein, so ging es nicht weiter, die Beschwerden raubten mir die Lebensqualität. Oft war ich matt, alles schien sich um mich herum zu drehen, mich überkam Übelkeit und Panik, sobald ich eine Treppe benutzen musste.

Die Schwindelattacken setzten bei mir immer dann ein, wenn ein bestimmter Besucher zur Tür hereinkam. Ein Mann, der mir Angst einjagte. Ein Mann, der mich stets an eine gefährliche Kobra erinnerte, die mich anstarrte und gleich zustoßen würde. Dessen dunkle Augen mich durchdringend musterten, als könne er meine Gedanken lesen, als genüge ein eindringlicher Blick von ihm, um mir Forderungen aufzuzwingen. Und der Mann konnte sicher sein, ich würde ihm gehorchen, würde alles ausführen, was er von mir verlangte, mich womöglich sogar in kriminelle Vorgänge verstricken lassen!

Nein, mich gegen ihn aufzulehnen würde mir nicht gut bekommen, wie ich aus leidvoller Erfahrung wusste. Einmal war ich während der Arbeitszeit ausgerissen und hatte mich über meine vermeintliche Freiheit gefreut, bis unvermittelt Frangipani vor mir aufgetaucht war. Diesen Fluchtversuch hatte er mir übelgenommen. Gedankenverloren rieb ich über die Stelle an meiner linken Hand, wo mein kleiner Finger gewesen war, bevor Frangipani ihn mit einem Beil abgehackt hatte.

Nun wollte der Arzt mir Blut abnehmen. Ich starrte an die Decke des Untersuchungsraums und verfolgte mit den Augen, wie eine Fliege zu dem gekippten Fenster krabbelte. Unbeirrbar, unaufhaltsam näherte sie sich der Helligkeit dort draußen, die Sonne und Freiheit verhieß. Gleich würde sie entfliehen; wie beneidenswert, dachte ich sehnsüchtig.

„Herr Joachim, Sie sind Ihren Angaben zufolge neununddreißig Jahre alt, haben jedoch angeblich 1954 bis 1957 als Lehrer an einer Volksschule gearbeitet und sind jetzt bei der Stadtkasse tätig. Das verstehe ich nicht. Sie haben doch eindeutig die Jahreszahlen verwechselt!", riss mich die Stimme des Arztes aus meinen Gedanken. Aber ich konnte ihn nur hilflos anblicken und ratlos meine Schultern heben.

„Atmet er denn?" Die Arzthelferin sah ihren Chef an. Fing der angesehene Doktor an zu spinnen, schien sie zu denken.

Der Arzt nickte. „Hm, ja. Naja."

Wie zur Bestätigung stieß ich, ihr merkwürdiger Patient, hörbar die Luft aus, öffnete meine Augen und richtete mich auf. Die Hände aufgestützt, ließ ich beide Beine von der Sitzfläche der Liege baumeln und knurrte: „Ich verlange, dass Sie herausfinden, weshalb mir so elend zumute ist, Herr Doktor!"

Ich erhob mich, strich das Sakko über meiner Weste glatt, rückte die Krawatte zurecht und setzte meinen Hut auf. Die lockere Freizeitkleidung, in die der Zauberer mich gesteckt hatte, würde ich, als seriöser Amtsdiener, *niemals* tragen!

„Tja." Der Doktor strich sich über seinen Vollbart und überlegte. „Ich fürchte, wir müssen es zunächst mit einer Urinprobe versuchen. Frau Müller wird Ihnen einen Topf geben und Sie ..." Weiter kam er nicht.

Aufgebracht fiel ich ihm ins Wort: „Ich werde mich nicht mit solcher Quacksalberei zufriedengeben! Es gibt noch andere Ärzte. Kann doch nicht so schwer sein, mir Blut abzunehmen", schimpfte ich im Hinausgehen.

Ich hörte den Weißkittel noch „unglaublich" murmeln. Es war nicht klar, ob er damit mein unhöfliches Verhalten oder meine körperlichen Absonderlichkeiten meinte, und es war mir auch gleichgültig.

„Da ist ja mein persönliches Finanzgenie Joachim." Die leise Stimme ließ mich zusammenfahren und mit meinen Händen die Lehne einer Bank umklammern. Mir war natürlich bekannt, dass Frangipani uns Gipsfiguren verwandelt hatte. Also war ich selbstverständlich auf der Hut vor seinen unheimlichen Fähigkeiten. Nach meinem Arztbesuch schlenderte ich durch den Park, denn dort fühlte ich mich vor ihm sicher. Ja, gibt es denn keinen Ort auf dieser Welt, an dem er mich nicht aufspürt, dachte ich nun verzweifelt.

Frangipani, in nachlässige Kleidung gehüllt und einen struppigen Drei-Tage-Bart im Gesicht, kam hinter einem Baum hervor und schenkte mir ein wissendes Lächeln. „Na, hat der Onkel Doktor nichts gefunden? Dir könnte jemand den Arm abhacken, da käme kein Blut, Jockel. Sei doch froh!"

Seine Vorliebe für die Verhunzung meines Namens ließ mich die Fäuste ballen. Ich richtete mich zu voller Größe auf und überragte Frangipani beinahe um Haupteslänge. Wie sehr hatte ich Zeit meines Lebens meine knapp zwei Meter Körpergröße gehasst – doch nun genoss ich es, auf meinen Peiniger hinabsehen zu können. Sicher, es war eine billige Genugtuung; der durchtriebene Zauberer wäre mir überlegen, da mochte ich mein Kreuz durchdrücken, wie ich wollte. Es würde mir nichts nützen gegen die Gemeinheiten dieses Mannes, der nun mit amüsierter Miene zu mir hoch sah.

Doch etwas in meinen Augen schien ihn zu warnen, es nicht zu weit zu treiben. Ich war ein hünenhafter Kerl und würde mir auch von ihm nicht alles gefallen lassen!

„Also, Joachim", hob Frangipani an. „Ich plane wichtige Dinge und ein heller Kopf wie du wäre mir eine große Hilfe dabei", schmeichelte er und registrierte, wie sich meine misstrauische Miene ein wenig entspannte.

Dann schlug er vor: „Gehen wir am See entlang, dort erkläre ich dir, was du zu erledigen hast." Entwaffnend lächelte er mich an.

Mit diesem verschmitzten Grinsen kannst du die Menschen leicht für dich gewinnen, Frangipani, ihren Argwohn zerstreuen, sie zu deinen Gunsten beeinflussen, erkannte ich. Sie lernen dich erst später richtig kennen.

Gleich darauf zeigte sich in seinem Gesicht wieder sein wahres Wesen. Seine Gerissenheit und Härte wurden deutlich und ich erschauderte bei diesem Anblick.

„Hör zu, *hör mir gut zu*", befahl er und blickte mich eindringlich an. „Du machst Folgendes ..."

Unbehaglich lauschte ich seinen Worten. Gelder sollte ich veruntreuen und in dubiose Kanäle leiten für ihn? Das konnte Frangipani nicht verlangen. In mir regte sich Widerstand und ich klappte empört den Mund auf.

Doch da fuhr Frangipani mich an: „Denk nicht mal daran. Glaubst du, ich sehe dir deine Gedanken nicht an?" Seine Stimme war gefährlich leise geworden. „Du müsstest allmählich wissen, dass mir alles möglich ist, verehrter Joachim. *Jo*", setzte er abschätzig hinzu. „Weshalb ich gerade dich ausgewählt habe für dieses Vorhaben, fragst du dich? Weshalb nicht Arthur oder Friedrich? Oder 'ne völlig andere Museumsfigur?" Er machte eine Pause.

Konnte der Mann Gedanken lesen? Ich sah ihn an und wartete.

„Selbst an Trudi habe ich gedacht", erklärte Frangipani. „Ist zwar eine Frau, hat aber Mut. Doch meine Wahl fiel auf dich und die Gründe gehen dich nichts an."

Forschend sah er mir in die Augen. „Sie gehen dich sehr wohl was an, denkst du? Tja, Pech gehabt. Ich behalte sie für mich. Du tust, was ich will, kapier das endlich!", schrie er mich unvermittelt an. „Ich als fähiger Magier habe dich, besser gesagt, euch alle zum Leben erweckt, damit ihr bestimmte Zwecke erfüllt. Ich lass mir nicht von einer albernen, aufsässigen Figur dazwischenfunken. Was bist du überhaupt, *du Gipsäffchen!*

„Nun noch eine Fünf." Ich verglich die Ziffernfolge auf dem zerknautschten Zettel, der vor mir lag.

Alles ordentlich eingetippt, bereit zum Abschuss, dachte ich und zögerte. Sollte ich wirklich auf die Taste drücken und damit einen hohen Betrag auf das Konto leiten, das Frangipani mir genannt hatte? Meine Hände zitterten. Doch es gab kein Entrinnen, denn Frangipani hockte neben mir und überwachte jede meiner Bewegungen.

Nun beugte er sich noch näher zu mir herüber und krächzte: „Worauf wartest du noch? Auf 'ne Mondfinsternis, in der du verschwin' kannst, Joachim?" Hämisch grinsend fixierte er mich. „Und wenn diese verfuckte Welt untergeht, mir entkommst du nicht. Is' dir das immer noch nich' klar?"

Angeekelt wandte ich meinen Kopf ab. Frangipani hatte sich offenbar bereits gut aus dem Flachmann, der aus der Brusttasche seiner schmuddeligen Jacke ragte bedient, denn er verströmte einen scheußlichen Alkoholgeruch.

Noch bevor ich es verhindern konnte, hob Frangipani die Hand, ließ seinen Zeigefinger kurz über der Tastatur kreisen und stieß damit auf die Taste, mit der er die Buchung am PC in die Wege leitete.

„Tja, Jo, fertig is' das Spiel. Und in Zukunft wirs' du solche Tra … Transaxt … äh, Buchungen selbst ausführen!" Sein leichtes Lallen konnte nicht darüber hinwegtäuschen, dass er genau wusste, wie er vorzugehen hatte.

Leider immer noch nicht betrunken genug, viel zu zäh, dieser unangenehme Bursche, überlegte ich mit grimmiger Miene.

Ich werde ihm nicht entkommen. Wohin ich auch fliehen mag, der Wahnsinnige wird mich aufspüren. Und was er dann mit mir anstellt, möchte ich mir nicht ausmalen.

„Nu' weißt du, wie man sich in ein fremmes … hm, fremdes Konto hineinmogelt. Nämlich ganz unauffällich. Un' schon kann man auf irgend'n anneres Konto 'ne Menge überweisn. Bernie muss sich warm anziehn, wir' sich noch wunnern! Trau' der mir nich' zu, wetten?"

Frangipani stieß seinen Atem aus, beobachtete sekundenlang eine fette Spinne an der Wand und meinte an mich gewandt: „Jockel, du kommst ja echt gut mit der modernden … nee, mordenen … ach verflucht, mit der aktuelln' Technik klar, auch wenn du von vorgestern bist! Dinas PC wird dir zur Verfü'ung stehn, so'ne Art Fernschall … hm, Schaltung, weißte. Und die doofe Nuss wird nix davon merken, kennt sich ja nich' besonners damit aus. Mor'n gehn wir's an, geschätzter Jo." Frangipani fuhr sich mit der Hand über die Augen und gähnte. „Für heu'

242

g'nug, ab inne Heia", meinte er. Als ich schwieg, zog er meinen Kopf an den Haaren zu sich heran. „*Oder?*"

Stumm nickte ich und war froh, wie üblich in die schäbige Unterkunft nicht weit von Frangipanis Wohnung zu gehen. Nur weg aus seinen Fängen! Er hatte eine ausgediente Waschküche in seiner Nachbarschaft ausfindig gemacht, den Raum leergeräumt und mit Liegen ausgestattet.

Dort fanden sich nun allabendlich die ehemaligen Museumsfiguren ein, wurden durch Frangipanis selbstgemixten Zaubertrank zu starren Gestalten und am folgenden Morgen von ihm wieder zum Leben erweckt. Sie ergaben sich kampflos Frangipanis Anordnungen und es nutzte auch nichts, gar nicht zu erscheinen: Unser Hexenmeister würde jeden von uns aufspüren!

Angewidert gehorchte ich ihm und schluckte auch heute die übelriechende Flüssigkeit aus einem Glas, das mir der Mann an den Mund hielt. Schon erstarrte mein Körper und eine feine Gipsschicht überzog mich. Meine Augen wurden zu Glasmurmeln, mein Gehirn stellte sämtliche Aktivitäten ein; dennoch waren meine Erinnerungen gespeichert. Sie wären sofort abrufbar, sobald Frangipani mich wieder lebendig werden lässt, damit ich meinen Aufgaben nachgehe.

Am nächsten Tag saß ich in meinem Büro und wieder schwebte meine Hand unschlüssig über der Computertastatur, erneut fühlte ich mich entsetzlich elend. Bei jedem Geräusch fuhr ich zusammen. Schließlich mochte meine Kollegin unvermittelt auftauchen, mir über die Schulter spähen und alles lesen, was auf dem Bildschirm stand.

Noch einmal warf ich einen prüfenden Blick in alle Richtungen, bevor ich mich erneut auf die eingetippten Ziffern konzentrierte. Nun aber – absenden! Mein Zeigefinger schwebte über dem Tastenfeld, dann senkte er sich und drückte auf die Bestätigungstaste. Geschafft! Eine weitere Überweisung von Laurins Bruder Bernhard war umgeleitet worden an den Zauberer selbst. Was hatte der wohl mit Bernhard Mirckenberg zu schaffen?

Als ich darüber nachdachte, verzog ich angewidert meinen Mund. Diese üblen Machenschaften, zu denen Frangipani mich zwang! Sie raubten mir meine innere Ruhe und Ausgeglichenheit. Kaum noch in der Lage, mich auf meine Aufgaben als Angestellter der Stadtkasse zu konzentrieren, reagierte ich gereizt auf jede Kleinigkeit, blaffte die Mitarbeiter an, ließ die Kunden meine Ungeduld spüren.

Jemand klopfte an meiner Bürotür und ich rief: „Herein!" Sofern Sie nicht Frangipani sind, setzte ich in Gedanken hinzu.

Doch Dina trat ein, lächelnd und sichtlich gut gelaunt. Sie nahm vor meinem Schreibtisch Platz, stellte eine Keksdose ab und meinte: „Also, Joachim, du sollst für den Zauberer Überweisungen fälschen, richtig?" Kaum wartete sie mein Nicken ab, da fuhr sie schon fort: „Pass auf. Versuch es bitte mal mit einer Ziffernfolge, die du rückwärts eintippst, nachdem du sie zunächst richtig herum eingibst. Vielleicht landet das Geld dadurch eben nicht auf Frangipanis Konto, sondern bleibt zum Beispiel bei Dr.

Bernhard Mirckenberg. Es handelt sich bei dem Betrogenen doch um *Micki*, den Museumsdirektor?", erkundigte Dina sich.

„Hm", brummte ich und meinte augenzwinkernd: „Um genau den, oberster Chef aller Gipsköppe und Laurins verhasster Bruder."

„Ich könnte meine Schwester Klarissa niemals hassen", meinte Dina versonnen. „Wie könnte ich!"

Sie schüttelte sich und sah mich intensiv an. Dann nuschelte sie: „Ach, Joachim, du bist ein wunderbarer Kumpel und mir lieber als viele echte Menschen."

Ich schluckte und senkte verlegen meinen Kopf. Ich schätzte die patente Frau sehr, doch ich war nun einmal nichts als ein *Gipskerl*. Ein heimliche Träne machte sich in meinem Augenwinkel bemerkbar. Auf diese menschliche Fähigkeit hätte ich verzichten können!

„Hm, ja. Verwandtschaft kann man sich in der echten Welt wohl nicht aussuchen", sagte ich und kratzte mich nachdenklich am Kopf. Ich zog einen Zettel hervor, auf den ich etwas kritzelte, las einmal stumm den Text und sagte: „Anid, nereiborpsua lam hci edrew. Na, alles verstanden?"

Dina sah mich perplex an: „Nee. Was war das, eine Kreuzung aus Chinesisch und Schwedisch? Joachim, du wirst mir unheimlich."

„*Werde ich mal ausprobieren, Dina*", übersetzte ich. „Geheimsprache für große Kinder, haha."

„Naja", meinte sie gedehnt. „Zumindest das mit der Ziffernfolge solltest du mal testen, Joachim. Wenn das klappt … Frangipani würde vor Wut platzen!"

„Und ich würde es ihm gönnen", kommentierte ich. „Von Herzen gönnen!"

Da erklärte Dina: „Joachim, kürzlich erschien auf meinem Laptop die Meldung *Daten werden übertragen*. Ich konnte damit nichts beginnen. Plötzlich stand da *Fertig*. Zufällig habe ich auf irgendwelche Tasten gedrückt, das ergab das sinnlose Wort *Gitref*. Ich las es rückwärts: F ... e ... r ... tig! Sofort war die Meldung *Daten werden übertragen* wieder da."

Ich sah hoch und bemerkte Dinas Augen neugierig auf mich gerichtet. Glaubte sie, ich hielt ihre Worte für Hirngespinste?

„Du meinst also, wenn du einen Computerbefehl rückwärts eingibst, machst du ihn damit ungeschehen?", erkundigte ich mich.

Dina nickte eifrig. Sie erhob sich und tätschelte liebevoll meinen Rücken: „Genau, dadurch wird er nicht ausgelöst!"

„So könnte ich verhindern, was Frangipani mir aufzwingt?" Einvernehmlich grinsten wir uns an.

*Ü*berrascht hatte Dina mich am heutigen Abend in meinem Zauberer-Outfit. Wie dumm von mir, ihr den Zweitschlüssel für meine Wohnungstür zu überlassen, dachte Laurin und wurde über sich selbst wütend.

Als er Dinas „Hallo Laurin, ich bin's" aus dem Flur vernommen hatte, war es bereits zu spät für ihn gewesen, seine Verkleidung abzustreifen. So hatte er Dina unverhofft als Frangipani gegenüber gestanden.

Sie hatte ihn irritiert angestarrt und seine blonde Langhaar-Perücke samt der schmierigen Baseballkappe auf seinem Kopf gemustert.

Schließlich hatte sie in die braunen Kontaktlinsen gesehen, die seine Augenfarbe verfälschten, und hatte sich verdattert abgewandt.

„Muss mich im Eingang vertan haben, Sorry", hörte er sie murmeln. Dann drehte sie sich wieder ihm zu und hielt den Schlüssel hoch, mit dem sie soeben die Tür geöffnet hatte. Fragezeichen tanzten in ihren Augen. „Nee, damit bin ich doch hier reingekommen. Laurin?"

Sie schien zu überlegen, ging wortlos um ihn herum, bestaunte seine Aufmachung. „Gehst du zu einem Maskenball?", fragte sie mit ungläubiger Stimme.

Als er weiterhin stumm blieb, dämmerte ihr der Grund für sein ungewohntes Aussehen.

Sein hochgefahrener Computer, auf dem Bildschirm das Portraitfoto von Tobias, das sich unlängst vor Dinas

Blicken in eine Horrormaske verwandelt hatte, verriet ihn endgültig.

„*Du bist das?* Du bist der Irre, der mir das alles eingebrockt hat? Ach, Laurin." Dina war blass geworden.

„Gestatten, Frangipani. Laurin ist heute nicht hier, *Liebes.*" Er wusste, wie höhnisch seine Worte klingen mussten, und grinste zufrieden. Befriedigt von seiner Rache, die er nach und nach umsetzte. Stolz auf seine Findigkeit, mit der er Dina zu schaffen machte.

Wochenlang heimlich beobachtet habe ich Dina und Tobias, erinnerte Laurin sich. Und wie dumm ich mich gestellt habe, bei dem Varietébesuch zusammen mit Dina.

Begeistert schlug er sich mit seinen Händen klatschend auf beide Oberschenkel, als er wieder die Bilder vor seinem inneren Auge sah. Eine klasse Vorführung haben die Künstler uns geboten, erkannte er neidlos an, doch meine eigene Show-Einlage als unwissender Besucher gefiel mir am besten!

Wie Dina mich angehimmelt und an meinen Lippen gehangen hat, bei meinen Worten! Geschmeichelt habe ich mich in ihrer Aufmerksamkeit gesonnt, erinnerte er sich. Fraglos hat sie mir meine Behauptung abgenommen, von Zauberei keine Ahnung zu haben.

Dabei habe ich als ‚Der große Frangipani' schon häufig magische Tricks vorgeführt und ganze Säle mit Zuschauern gefüllt. Ich zähle zu den Größten meiner Zunft, dachte Laurin stolz. Allerdings mache ich *meine wahre Gabe* nicht publik. Die ist nur mir gegeben. Ich allein besitze die Macht, tatsächlich zu zaubern!

Nun startete er das Programm erneut und fand wieder Meldungen von Dina vor. ... *liebe ihn doch ... vor Laurin hab ich jetzt Angst ... nie wieder begegnen ...*

Einmal wird Dina mich noch in ihrer Wohnung ertragen müssen, dachte er. Nun, da sie meine wahre Identität kennt, muss ich ihr nichts mehr vormachen. Nur ein paar Kleinigkeiten werd ich noch abholen.

Als Dina ihm am nächsten Abend ihre Wohnungstür öffnete – weshalb schaut sie nie durch den Spion, dachte Laurin –, zuckte sie zusammen. Ihre Miene zeigte ihre Abscheu vor ihm und nur zögernd ließ sie ihn herein.

„Hab was vergessen, bist mich gleich los", meinte er und marschierte zielstrebig an ihr vorbei zum Bad. Er sammelte seine Habseligkeiten in eine Tüte.

Wortlos ließ er Dina in der geöffneten Wohnungstür stehen. Der eisige Ausdruck in seinen Augen hatte ihr hoffentlich klar gemacht, wie er über sie dachte!

Laurin ging nach Hause, betrat seine eigene Wohnung, warf die Tüte in eine Ecke und verharrte kurz nachdenklich vor seinem Computer. Neugierig auf Dinas Gedanken stellte er schließlich die Verbindung her.

... Trennung ... könnte nur noch heulen ... Erinnerungen ... Fotos von uns beiden, wo ... Dachboden?

Dina trauerte ihm nach, meinte Laurin zu erkennen. Aber er empfand weder Mitleid mit ihr, noch regten sich alte Gefühle in ihm; für ihn war die Beziehung abgehakt! Es war vorbei, Punkt, Aus! Entschlossen reckte er sein Kinn hoch und überflog den restlichen Text.

Dinas Gejammer über ihren verlorenen Liebsten ging Laurin bald auf die Nerven. Meinte sie *ihn* damit, oder kreisten ihre Gedanken bereits um den eingegipsten Restaurator, fragte er sich und loggte sich aus.

Soll Dina sich ihre Augen ausheulen, mich interessiert es nicht mehr, dachte Laurin angewidert.

Wie erhofft hat Dina über eine Figur geschrieben, die meinem Stiefbruder recht ähnlich sieht. Die kitschigen Anhänger an Dinas Ohrläppchen sind Gold wert, dachte Laurin, während er im Museum vor einem Gipsmann aus der Biedermeier-Zeit stand. Den werde ich bald gegen Bernhard auswechseln. Meinem arroganten Bruder wird schnell der Arsch auf Grundeis gehen! Hilflos wird er zusehen müssen, wie ich statt seiner zukünftig die Kontrolle über das Museum übernehme.

Laurin verzog sein Gesicht, als er sich daran erinnerte, wie er als Kind dem tödlichen Autounfall seines Stiefbruders Hans-Christians sensationsgierig zugesehen hatte, ohne ihn vor dem herannahenden Auto gewarnt zu haben. Insgeheim war er froh darüber gewesen, den Quälgeist los zu sein.

Laurin wusste, Hans-Christian hatte ihn als Säugling im Schuppen ausgesetzt. Der Hund der Mirckenbergs hatte ihn rechtzeitig entdeckt. Und ihm war erzählt worden, dass Bernhard und Hans-Christian sechs- und siebenjährige Buben gewesen waren, als er, das pflegebedürftige Findelkind, in ihr Leben getreten war. Er hatte die ganze Aufmerksamkeit ihrer Eltern beansprucht, die ihre leiblichen Söhne deshalb vernachlässigt hatten.

Eifersüchtig gepiesackt hatten beide Stiefbrüder ihn; auch an weitere Quälereien durch sie und ihre Freunde würde er sich immer erinnern! Laurin zog einen grimmigen Flunsch.

Und jetzt werde ich meinen Stiefbruder Bernhard nicht allein mit dem Eindringen in seinen PC ärgern, sondern ihn in eine Gipsfigur verwandeln, dachte Laurin zufrieden. Er rieb sich die Hände und spürte, wie die Rachegedanken seinen Körper mit einer ungeahnten Energie fluteten. Nein, nicht nur Dina hatte Strafe verdient!

Der schlanke Vollbärtige mit der zur Wespentaille geschnürten Oberbekleidung samt engem Vatermörderkragen und kunstvoll geknoteter Krawatte, dunkler Hose, Weste und Gehrock – ja, dieser gestelzte Lackaffe ist ein guter Ersatz für Bernhard, dachte sich Laurin. Wie affektiert der Typ auf die Taschenuhr in seiner linken Hand glotzt! In einen echten Menschen verwandelt, würde dieser Gipsmann sich sicher nicht versuchen zu wehren. Er wirkte vornehm und hielt sein elegantes Äußeres offenbar für äußerst wichtig. Mit diesem lächerlichen Kerl habe ich leichtes Spiel, erkannte Laurin sofort. Der läuft nicht fort zu Dina!

Ein Mikrochip war rasch am Hals des Gipsmannes implantiert und nach einem Betäubungstrank würde Laurin ihn in seiner Werkstatt unterbringen. Um ein modernes Outfit für diesen Dandy kümmere ich mich später, beschloss er. Falls ich dieses Weichei überhaupt jemals in die Welt hinauslasse.

Dagegen bereiteten Laurin andere einstige Exponate, wie Joachim und Gertrud, Sorgen. Auf diese verlor er zusehends seinen Einfluss, spürte er. Beide waren längst zu eigenständig, um ihnen noch erfolgreich Chips einzusetzen. Laurin verfluchte seine eigene Nachlässigkeit – den Fehler würde er noch bereuen, sagte ihm eine innere Stimme.

Und richtig: Wenige Tage darauf narrte der pfiffige Joachim ihn, als er eine Überweisung zwar zunächst wie von Laurin gewünscht ausführte. Doch es gelang dem früheren Gipsmann, die Transaktion auf Laurins Konto rückgängig zu machen!

Laurin staunte. Wie hatte Joachim das geschafft?

Fucking interessant, was Gertrud und Dorothea da an Weibertratsch austauschen, fand Laurin. Gertrud erkannte er sofort, aber die andere Frau erst nach einer Weile. Dorothea war ebenfalls eine einstige Gipsfigur und Dina und ihm als Friseurin am Ententeich begegnet, erinnerte er sich schließlich.

Im Stadtpark war er an einer Bank vorübergegangen, auf der die beiden Frauen hockten und das herrliche Wetter genossen. Zu sehr in ihr Gespräch vertieft, hatten sie ihm keine Beachtung geschenkt, doch Laurin hatte sie sofort bemerkt. Immerhin sind sie *meine Geschöpfe*, hatte er sich stolz gesagt und sich hinter einer dicken Eiche verborgen, um ihr Gespräch heimlich zu verfolgen.

„Dorothea, erzähl doch mal", begann Gertrud und blinzelte in die Sonne. „Du hast also die Mirckenbergs aufgesucht, um der Frau die Haare zu schneiden. Und als du in ihrer Villa warst, ist ihr Mann total aus der Rolle gefallen? Sag doch schon, was ist passiert? Bin ja gar nicht neugierig", schob sie nach und grinste Dorothea an.

Die Friseurin schilderte Bernhards Tobsuchtsanfall; Laurin lehnte sich entspannt an den Baumstamm und bekam jedes Wort mit.

„Weißt', Gertrud, ich hör den Direktor schimpfen. Ausdrücke verwendet der, wie ich sie zuletzt von einem Bauern vernommen hab! Er hätte doch ordnungsgemäß 51.000 Euro ans Autohaus überwiesen, weshalb schickten die ihm denn eine Mahnung, schrie er in seinem Büro. Alle konnten es verstehen, Gertrud, durch die ganze Villa hat der gebrüllt! Und randaliert hat er, seine Frau wurde ganz blass im Gesicht. Als ob er die Möbel in seinem Arbeitszimmer zerlegt hat, Gertrud!" Dorothea hielt inne, atmete tief aus und senkte ihren Kopf.

„Weiter, Doro", drängte Gertrud.

Auch Laurin wartete auf den Bericht der Friseurin und säuberte den Schuh an seinem rechten Fuß im Gras; mal wieder in die Sch … gelatscht, dachte er genervt. Offenbar ist Bernie aufgefallen, dass jemand seine Überweisung umgeleitet hat. Es scheint ihm nicht zu gefallen! Beinahe hätte Laurin vor Begeisterung aufgejubelt. In letzter Sekunde schlug er sich die Hand vor den Mund und lauschte weiter Dorotheas Bericht.

„Aggressiv war der Herr Direktor! Er kam aus dem Arbeitszimmer rausgefegt und ich wollte mich schon vom Acker machen. Aber seine Frau meinte, ich solle bleiben. Ich glaub ja, sie dachte, er würd nicht zuschlagen, aber wie er uns näher kam und seine Hand hob ..." Dorothea machte eine Pause.

Laurin scharrte gedankenverloren das Herbstlaub vor sich mit den Füßen zusammen.

„Naja, Anjana – also Frau Mirckenberg", verbesserte sich Dorothea und fuhr in schwärmerischem Tonfall fort, „die ist top gepflegt. Superschlank, hat sich Fett absaugen und das Gesicht liften lassen, unglaublich. Und wie schön braun ihre Haut ist!" Die Friseurin strich sich über die eigenen käsigen Arme.

„Bräune aus der Tube", kommentierte Gertrud abfällig und setzte ungeduldig hinzu: „Und weiter, Dorothea?"

„Anwalt, er schalte seinen Anwalt ein, keifte Anjanas Mann. Seine Stimme überschlug sich fast, so aufgeregt war der, Gertrud! Irgendwen am Telefon, ich glaub einen Banker, den hat er zusammengesch … Und seine Frau beleidigt hat er, das möcht ich nicht wiedergeben!"

Dorotheas Worte klangen wie eine herrliche Symphonie in Laurins Ohren. Er nahm sich vor, Joachim zukünftig freundlicher zu behandeln. Immerhin hatte der dusselige Gipskopp diesmal die Manipulation der Überweisung einwandfrei durchgeführt!

Wie Laurin weiter dem Geschwätz Dorotheas entnehmen konnte, plante Bernhard eine weitere Zahlung, denn er hatte sich eine teure Yacht zugelegt. Wie schön für ihn, dachte Laurin neidisch.

Sobald auch dieses Geld auf meinem Konto gelandet ist, werd ich Bernhard hopsnehmen und eine Gipsfigur aus ihm machen, nahm sich Laurin vor. Dann stehen mir, dem Magier, alle Möglichkeiten offen, das Museum zu leiten und sämtliche Figuren nach Belieben zu verwenden.

Seinen Stiefbruder ‚einzufangen' stellte sich als einfacher heraus als Laurin befürchtet hatte.

Wie praktisch, dachte sich Laurin, dass Bernhards Cabrio in einer Autowerkstatt steht, wo es ein neues Verdeck erhalten soll. Nachts auf einen Parkplatz zu schleichen und eine seriös wirkende Limousine kurzzuschließen, ist dank meiner geübten Finger flott erledigt. In diesen angeblichen Servicewagen wird Bernhard bedenkenlos einsteigen, auch wenn kein Werkstatt-Logo am Fahrzeug ist. Auf solche Details achtet mein dämlicher Bruder nicht! Mit einer Entführung durch den Angestellten einer ihm bekannten Autowerkstatt rechnet er natürlich nicht.

Stumm befolgte Joachim bald darauf Laurins Befehl, als Service-Mitarbeiter getarnt, Bernhard aus dessen Villa abzuholen und zur Werkstatt zu fahren, damit der sein Cabrio persönlich in Empfang nehmen dürfe.

Laurin hüllte sich in die schäbigsten Klamotten, die er finden konnte. Er stärkte sich mit einem Schluck Wodka und mimte den Betrunkenen, der dem Cabrio vor die Motorhaube torkeln sollte, sobald es an der verabredeten Stelle auftauchte.

Ein Scheppern, ein lang geübter Bühnen-Salto, entsetzte Schreie der Umstehenden. Schon lag Laurin wie tot auf dem Asphalt, seine Nerven angespannt, sein Herz heftig pochend.

Er hörte die Autotür zuschlagen. Eilige Schritte näherten sich ihm, anschließend spürte er, wie Joachim sich über ihn beugte und blinzelte. Mit der Unterstützung eines Passanten stellte Joachim Laurin auf die Beine, schleppte ihn zur Limousine und schob ihn auf den Rücksitz, wo er sich krümmte und laut stöhnte.

Deutlich hörte er, wie Joachim wieder ins Auto sprang, die Fahrertür hinter sich zuknallte, wendete und mit aufheulendem Motor losfuhr.

Laurin spürte, wie Bernhard sich unruhig neben ihm bewegte, als ihre Knie sich berührten. Typisch, wie immer auf Abstand zu mir gehen, ging es ihm erbost durch den Kopf. Er rückte noch näher an Bernhard heran.

Laurins Stiefbruder stieß ein genervtes Grunzen aus und meinte: „Hätte ich geahnt, was Sie da auflesen, ich hätte den Beifahrersitz vorgezogen, obgleich mir die Rückbank deutlich mehr Platz bietet. Räumen Sie mal Ihren Krempel da vorn weg, vor Ihrem nächsten Einsatz!" Irritiert erkundigte er sich bei Joachim: „Wohin fahren Sie denn, junger Mann? Zur Autow –" Doch er konnte seinen Satz nicht mehr beenden.

Laurin schoss hoch und legte dem überrumpelten Bernhard seinen Arm um den Hals, um ihn zu würgen. Der Museumsdirektor sackte benommen in sich zusammen und im nächsten Moment schlang Laurin ihm ein Tuch um den Kopf.

„Brüderchen", raunte er seinem Opfer ins Ohr, „du wirst nun eine unendliche Reise antreten. Keine Angst, du kannst weiterhin alles um dich herum verfolgen, mit deinen Glubschaugen. Aber als stumme Gipsfigur im ‚Altertumsmuseum Wuerdenstedt' dürfte es dir schwerfallen, noch weiter die Geschäfte als Direktor dort zu übernehmen, oder deine Anjana zu vögeln!"

Laurin band Bernhards Handgelenke fest vor dessen Bauch zusammen. Anschließend stopfte er ihm ein Tuch in den Mund und verpasste ihm dann einen Boxhieb auf sein

Kinn. Bernhard schwanden die Sinne und sein Körper sank zur Seite. Laurin fing ihn auf und bettete Bernhards Kopf beinahe liebevoll auf seinem Schoß.

Doch Joachim konnte im Rückspiegel den eisigen Ausdruck in seinen Augen erkennen.

„Dir brauch ich wohl keinen Spezialtrank einflößen, *liebster Bernie*", meinte Laurin, sobald er in der folgenden Nacht im Museum stand, seinen schlaffen Stiefbruder neben sich.

„Viel verändern muss ich an deiner dummen Visage nicht, siehst dem Gipskopp schon jetzt ausgesprochen ähnlich. Erhältst aber ein neues Outfit, Brüderchen: kein dunkler Anzug mehr, sondern eine schicke gestreifte Weste und einen Gehrock, falls du überhaupt weißt, was das ist! Und einen Gürtel ganz eng um den Wanst, schlanke Taillen waren damals modern. Luft holen musst du eh nicht mehr!"

Laurin grinste Bernhard hämisch an und wünschte sich, der könnte seine Worte verstehen.

Doch Bernhard weilte noch immer im Land der Dunkelheit, in das ihn Laurin mit einem Schlag versetzt hatte.

„Bloß auf deine Brille wirst du verzichten müssen, der Biedermeier-Fritze trägt nämlich keine. Kriegst allerdings so'n albernes Lorgnon in dein Patschehändchen. Das trugen die damals und du darfst nun bis in alle Ewigkeit damit angeben. Damit bist' fertig ausgestattet", schloss Laurin und fuhr seinem Stiefbruder zärtlich über die Wange, um ihm gleich darauf so lange in die Haut zu kneifen, bis sich dort ein roter Fleck bildete.

Schon bald wäre Bernhard aus Gips und dann keine Flecken auf der Oberfläche mehr sichtbar.

Kaum zu sich gekommen, fand Bernhard sich auf einem Podest im Museum stehend, seinen Körper ungewohnt starr, wieder. Laurin ließ sich keine Gefühlsregung anmerken, während er verfolgte, wie Bernhards Denkvermögen erneut einsetzte.

Die Pupillen in Bernhards Augen weiteten sich in Panik, registrierte Laurin, als er sich ihm mit einem spitzen Nagel zwischen den Fingern näherte.

Genüsslich stach Laurin ihm damit in die Handrücken, bis Blut herauskam. Erst in die linke Hand, dann in die rechte. Schließlich streifte Laurin mangels Hammer seinen Schuh ab. Damit trieb er den Nagel mit solcher Wucht durch Bernhards rechte Hand, dass der in der Holzlehne darunter steckenblieb. Ach, war das schön, diesen Mistkerl leiden zu sehen!

Wehren konnte sich der verwandelte Museumsdirektor nicht mehr, wie Laurin wusste. Nur das Zucken eines Muskels unter seinem linkem Auge zeigte, dass Bernhard sehr wohl Schmerzen verspürte.

Soll mich das etwa stören, überlegte Laurin. Hat es Bernhard und Hans-Christian etwas ausgemacht, mich als Kind zu piesacken. Den schmächtigen Knaben, *ihren Bruder,* so lange im Baggersee unterzutauchen, bis er blau angelaufen war.

Haben sie sich jemals Gedanken darüber gemacht, weshalb ich eines Abends fast erdrosselt aufgefunden worden bin, den Hals in der Schlinge eines langen Schals, den ich an einer Türklinke befestigt hatte?

Niemals vergesse ich das, dachte Laurin und drehte heftig am Siegelring an seinem Finger. Drehte, zerrte, ließ ihn los. Endlich wandte er sich entschlossen ab.

Ach, Friedrich", seufzte Dina, als sie dem liebenswerten Mann zufällig draußen begegnete. „Ich muss dir leider mitteilen, dass Laurin der geheimnisvolle Magier ist, der euch Gipsfiguren ein echtes Leben in der Menschenwelt verliehen hat. Joachim hab ich es bereits erzählt. Der hatte so etwas schon geahnt."

Friedrich blickte sie mit großen Augen an und presste den Mund zusammen. „Mistkerl", erwiderte er. „Mit dem bist du zusammen, Dina?"

Sie drängte die aufsteigenden Tränen tapfer zurück und nickte. „Allerdings, Friedrich. Mit dem *war* ich zusammen. Ausgerechnet Laurin, mein Gefährte, dem ich vertraut habe! Die Trennung von ihm schmerzt mich nicht nur, weil ich enttäuscht von seiner Unehrlichkeit bin, sondern weil ich nun auch keinen Rückhalt mehr spüre. Laurin, dieser windige Bursche, hat mir eine Sicherheit vermittelt, die ich nun verloren hab." Nun begann sie, Rotz und Wasser zu heulen.

Als sie sich einigermaßen beruhigt hatte, gestand sie Friedrich verschämt: „Außerdem bin ich seit Wochen mit dem Restaurator liiert. Aber der steht nun in eine Gipsfigur verzaubert im Museum und ist wehrlos Laurins Attacken ausgeliefert. Wozu Eifersucht Menschen doch treiben kann", schloss sie und sah Mitleid in Friedrichs Augen.

„Arme Dina", entgegnete er. „Sollte dieser Widerling Laurin mir noch einmal begegnen, ich werde mich wohl nicht mehr beherrschen können! Du hast mich immer gut behandelt und mich nie meine Vergangenheit als tumben Gipsmann spüren lassen."

Friedrich ergriff die Tüte mit ihren Plätzchen; Dina hatte sie ihm geschenkt. Inzwischen war sie fast leer und er bot ihr die verbliebenen zwei Plätzchen an. „Mehr zum Trösten kann ich dir leider nicht geben. Schmecken lecker und machen gute Laune, Dina. Du bist eine hervorragende Bäckerin."

Nun also, dachte Dina und klappte ihren alten, von Laurin manipulierten Laptop, auf. Ich werde dafür sorgen, dass Tobias und Puscheline in diese Welt zurückkehren! Sie befand sich in ihrer Wohnung und setzte sich auf ihr Sofa.

Manuskript. Dina öffnete die einst von ihr angelegte Datei – wie hoffnungsvoll habe ich damals zu schreiben begonnen, erinnerte sie sich wehmütig. Ein innerer Zwang ließ sie jedoch das Dokument wieder schließen. Dinas Hand schwebte kurz über der Computertastatur, dann öffnete sie die Datei erneut. Jetzt bleibt sie offen, dachte sie und widerstand dem Drang, das Dokument noch einmal zu schließen und danach wieder zu öffnen. Wieder und wieder, öffnen, schließen, öffnen, schließen, wie in einer Endlosschleife. So abergläubisch, so albern, dachte sie und verzog ihr Gesicht, sauer auf all die unsinnigen Zwänge, mit denen sie sich selbst ihr Leben schwer machte.

Dennoch hob sie jetzt ihre Hand, fuhr mit den Fingern in ihr Haar hinein, zwirbelte Strähnen. Zwei Haare landeten nacheinander auf ihrem Ärmel. Bald wurden Dina ihre Bewegungen bewusst und sie ließ die Hand sinken.

Endlich scrollte sie mit dem Cursor bis an das Textende. Dort machte sie einen Absatz und ließ ihre Finger über der Tastatur schweben, bereit, den rettenden Text zu formulieren.

Die Hexe habe ich vor ihrem Ende auf dem Scheiterhaufen bewahrt, überlegte sie, also werde ich auch Tobias sein weiteres Dasein als Gipsmann ersparen und ihn endlich in meine Arme schließen können. Laurin, du Schwein, dir werd ich's zeigen, dachte sie. Die Wut auf ihren Ex beflügelte sie.

Hoffentlich geht nicht auch Tobias' Verwandlung schief, betete Dina unhörbar und erinnerte sich an das Zerrbild, zu dem die Frau damals geworden war.

Tobias, bitte werd nicht zu einem buckligen Alten, der mich ohne Zähne angrinst! Dinas Finger begannen so hastig zu tippen, dass sie immer wieder Tippfehler korrigieren musste.

Dann hielt sie inne und überlegte: Laurin ist garantiert nicht damit einverstanden, Tobias und Puscheline freizulassen. Doch nur er ist in der Lage, meinen Laptop zu manipulieren! Möglichst genau muss ich Tobias' Äußeres beschreiben, damit er die richtige Figur verwandelt. Dennoch darf Laurin nicht wissen, dass es bei diesem Exponat um Tobias geht. Den möchte er sicherlich nicht wieder zu einem Menschen machen!

Vorsichtshalber sollte ich Tobias verkleiden, so dass er nicht als der Restaurator zu identifizieren ist für Laurin, dachte sie. Trotzdem muss die Beschreibung auf ihn hinweisen. Nur meine Katze muss noch warten.

Dina organisierte ein Punker-Outfit und weihte den Nachtwächter des Museums in ihren Plan ein. Er würde ihr die Daumen drücken, meinte er gutmütig. Solle sie sich ruhig nach Feierabend noch im Museum aufhalten, er ginge ohnehin bald in Rente, ihm wäre es egal, was sie da trieb!

Auf Joachim war Verlass, stellte Dina fest. Er ergänzte Tobias' Kleidung um einen langen Schal, während Dina Tobias' Haar bunt färbte und mit Gel zu Stacheln frisierte.

Joachim hievte sich schließlich die starre Gipsgestalt über seine Schultern und schleppte Tobias in eine andere Abteilung, wo er ihn mit Dinas Unterstützung wieder auf seine Füße stellte. Ein Stück entfernt von seinem bisherigen Standort würde Laurin diese Figur nicht für Tobias halten, hoffte Dina.

Und Tobias selbst? Würde der sich wiedererkennen, nach seiner Verwandlung zurück in einen lebendigen Menschen? Auf dem Platz vor einer mittelalterlichen Burg würde die schrille Figur, zu der Tobias geworden war, inmitten der anderen Gestalten kaum auffallen. Da waren Ritter, sie bekämpften einander, es liefen Markthändler, Handwerker und Gaukler umher. Nein, in diesem Gewusel wäre Tobias geradezu unauffällig, meinte Dina zu Joachim.

Sogar seine zerrissenen Klamotten passten dazu, fanden beide und überließen Tobias nach einem letzten prüfenden Blick sich selbst.

„Wird schon klappen, Dina", vernahm sie Joachims tiefe ruhige Stimme. Seine schönen blauen Augen fixierten sie und sie konnte die grünen Sprenkel in der Iris erkennen. Er winkte dem Nachtwächter freundschaftlich zu, als er zusammen mit ihr hinausging.

Joachims aufmunternde Worte noch im Kopf, überlegte sich Dina: Nun muss ich Laurin sicherlich anbetteln. Ich werde behaupten, ich möchte zu ihm zurückkehren. Mein Interesse an Tobias sei abgekühlt. Ich werde Laurin vorlügen, dass ich meinen Irrtum erkannt habe und mich in seine Arme zurücksehne!

Doch wird er mir dieses Märchen abnehmen? Soll ich an sein Mitgefühl appellieren – besitzt Laurin so etwas überhaupt, fragte sich Dina. Oder soll ich mich ihm als ‚Betthupferl‘ anbieten – wie ich ihn einschätzte, schlägt er dieses Angebot nicht aus. Doch auf meine Bitte, Tobias wieder lebendig zu machen, wird er bestimmt nicht eingehen. Außerdem leidet meine Selbstachtung dadurch, meinte Dina. Ich bin doch kein Flittchen!

Es muss sein, dachte sie entschlossen. Ich werde ihn in seiner Wohnung aufsuchen und ihm ernsthaft ins Gewissen reden.

„Schon gut, Undine. Dein Wunsch ist mir Befehl!“, kommentierte Laurin Dinas Bitte, sobald sie auf seiner Türschwelle vor ihm stand. „Treffen wir uns doch direkt an der Stelle im Museum, wo ich deinen Liebsten wieder zu einem echten Menschen machen kann. Abgemacht? Bis bald!“, brummte er und zog seine Wohnungstür bis auf eine Handbreit zu.

Abgemacht? Überrascht brummelte Dina nur ‚Hmm‘ und überlegte argwöhnisch, was zu Laurins raschem Einlenken geführt haben mochte. War es das recht offenherziges Outfit, das sie an diesem Tag trug? Zu billig als

Entscheidungshilfe, selbst für ihn, dachte sie. Dann fiel es ihr auf: Undine hatte er sie genannt; kein zärtliches *Dina* mehr.

Sie drückte die Tür energisch wieder auf, öffnete sie komplett, spähte in Laurins Wohnung hinein, prallte beinahe zurück, blieb schließlich angewidert stehen.

Laurin, überrascht durch ihren Vorstoß, stand mit vor der Brust verschränkten Armen in seinem Flur, sah sie nur an, wartete.

Dina erkannte den Grund, weshalb er sie schleunigst hatte loswerden wollen: Mülltüten standen überall im Flur herum. Vor dem Wohnzimmerfenster stapelte sich so viel Kram, dass er es nicht mehr hätte öffnen können. Der Gestank nach verrottendem Hausmüll zog in Dinas Nase.

„Sag mir, dass das nicht wahr ist, Laurin!" Dina schob sich an ihm vorbei, ehe er reagieren konnte, und betrachtete fassungslos seine mit allerlei Krempel vollgestellte Badewanne. Obendrauf lagen wild hingeworfen Kleidungsstücke. Das Fenster im Bad stand weit offen und im Waschbecken stapelte sich schmutziges Geschirr.

Laurin war Dina gefolgt und erklärte nun mit leiser Stimme: „Naja … Ähm … Nicht, dass mir die Schmetterlinge abhauen, Dina. Deshalb ..." Er verstummte und betastete wie einen schützenden Fetisch den Siegelring an seinem Finger.

„Deshalb wohnst du jetzt nur noch im Bad, oder wie?"

„Nee … Doch … Hm", brachte er verschämt heraus. „Ich penne auf 'ner Liege in meiner Werkstatt draußen. Das Bett ..." Mit einer hilflosen Geste wies Laurin auf seine bisherige Schlafstätte; unzählige grüne Tropfen zierten den

Fußboden davor. Dina wusste, diese Farbe in Laurins Zigarette war ein untrügliches Anzeichen dafür, wie elend dem Mann zumute war.

„Auch vollgemüllt. Ach, Laurin", seufzte Dina mitleidig.

„Bin halt ein Loser. Weißt', Undi … Ähm, Dina, ich schaff's verflucht nochmal einfach nicht mehr, Ordnung zu halten", gab er kleinlaut zu. In seinen Augen spiegelte sich Scham. Laurin schob Dina nun sanft, aber nachdrücklich, zur Tür hinaus.

Im Hausflur blieb sie neben ihm stehen, hob ihre Hand, streichelte Laurin kurz über den Rücken. Mache ich das, weil er mir leid tut, oder befürchte ich, er hält sich sonst nicht an unsere Abmachung, rätselte Dina und war sich nicht sicher, was sie zu dieser spontanen Geste getrieben hatte.

„Also gut, Treffpunkt heute Nacht um zehn im Museum", bestätigte Dina seinen Vorschlag, wandte sich von Laurin ab und betrat mit einem Fuß bereits die oberste Treppenstufe. „Meinen Laptop hab ich dabei, darauf kann ich dort den passenden Text tippen", meinte sie und verschwieg Laurin, dass der Absatz längst existierte. Nur noch wenige Worte fehlten, anschließend würde sie auf die Enter-Taste drücken und auf einen guten Ausgang hoffen.

Stumm nickte sie Laurin noch einmal zu und ging aus dem Haus. Laurin schien derweil auf dem Treppenabsatz zu verharren, denn sie vernahm weder Geräusche, noch das Klappen seiner Wohnungstür. Was mag er denken, überlegte sie.

Als sie auf dem Heimweg war, atmete Dina auf, erleichtert darüber, Laurins Messiehöhle hinter sich gelassen zu haben und glücklich darüber, Tobias bald als lebenden Mann in ihre Arme schließen zu können.

„Was hast du denn mit *dem* angestellt, Undine?" Laurin schnappte sichtlich überrascht nach Luft, als er Tobias unmittelbar vor sich sah. „Stehst du neuerdings auf Punker-Chic? Könnte ich dir auch bieten." Er fuhr sich mit beiden Händen durchs Haar und zerstrubbelte es, bis es in alle Richtungen von seinem Kopf abstand. „Meinetwegen auch mit Farbe darin. Was bevorzugen Madame, Lila, Grün, Blau?", erkundigte er sich mit einem schiefen Grinsen. „Oder besser ein liebliches Rosé, oder ..."

„Is' gut, Laurin", schnitt Dina ihm genervt seine Ausführungen ab. „Tobias verkleidet und woanders untergebracht haben wir deshalb, weil ich nicht damit gerechnet habe, dass du mir entgegenkommen würdest. Ich hätte sonst ..." Den Rest ihrer Erklärungen verschluckte sie.

Laurin muss nicht wissen, dass ich meinen Roman längst auf einem zweiten PC schreibe und meinen alten Laptop nur noch dazu verwende, ihn zu überlisten. Wäre garantiert tödlich beleidigt, *der große Zauberer,* dachte Dina und verbarg ihr Grinsen hinter vorgehaltener Hand.

„*Ihr* habt das ausgeführt? Wer bitte steckt denn noch dahinter, Undine? Etwa ..." Laurin presste seine Lippen zusammen. „Joachim, dieser falsche Hund?"

Dinas Schweigen bestätigte ihn offenbar in seinem Verdacht. Er schüttelte den Kopf und meinte: „Stets auf deiner Seite, der Gipskumpel, nicht wahr? Den muss ich mir wohl mal vorknöpfen." In seiner Stimme konnte Dina einen drohenden Tonfall wahrnehmen.

„Du hast also gedacht, ich würde dir nicht entgegenkommen. Dann hättest du versucht, mich zu verarschen, Dina", vollendete Laurin ihren begonnenen Satz und tätschelte ihre Wange. „Fahr deinen dämlichen Klapptop schon mal hoch", forderte er sie auf und wandte sich ab. Er würde in der klaren Nachtluft noch eine Zigarette genießen und wäre gleich zurück, kündigte er an.

Bestimmt will er sicher gehen, dass der Wachmann uns bei unserem Vorhaben nicht dazwischenfunkt, dachte Dina. Einige K.-o.-Tropfen in dessen Kaffee im Pausenraum sollten genügen.

W ie gut, dass Dina uns über ihren mutigen Plan informiert hat", meinte ich zu Gertrud, die an meiner Seite für Dina kämpfen würde.

Sie nickte nur und hielt sich den Zeigefinger mahnend vor den Mund. Leiser, Joachim, sollte das wohl heißen. Recht hatte sie.

Immerhin wären wir Dinas einzige Rettung, sollte Laurin mit falschen Karten spielen! Hinterhältig wie er war, trauten wir ihm jede Falle zu, in die Dina arglos hineintappen mochte. Nun rückte er ihr auf die Pelle und las auf dem Bildschirm ihres Laptops mit, was sie über Tobias geschrieben hatte. Seine Miene drückte Zufriedenheit aus und anerkennend hob er seinen Daumen.

„Is' deutlich genug beschrieben, dein verfuckter Macker", hörte ich Laurin sagen. „Nun mach ich aber erstmal dein Vieh wieder lebendig."

Laurin zog die zu einer Figur erstarrte Katze aus einem Sack und wedelte mit seinen Händen durch die Luft, strich dem Tier über das dichte Fell und murmelte etwas, während Dina ihm mit großen Augen zusah.

Was für eine alberne Komödie dieser angebliche Zauberer da aufführt, ging mir abfällig durch den Kopf. Über ein Kaninchen, das dem Sack entwich, hätte ich mich keinesfalls gewundert. Doch da …

„Sieh nur, Joachim!", raunte mir Gertrud ins Ohr und zeigte aufgeregt auf Puscheline, die sich nun bewegte.

269

Vorsichtig schob ich mich ein wenig aus unserem Versteck hinter einem Paravent hervor, der eigentlich die mittelalterlichen Burgfräuleins vor den lüsternen Blicken der Marktschreier bewahren sollte. Doch im Moment beschützte er Gertrud und mich und war eine gute Tarnung, von der aus wir alles verfolgen konnten. Nah genug am Geschehen, um alles zu sehen, zugleich weit genug entfernt, um selbst nicht gehört zu werden – solange wir nur flüsterten.

„Mau, miau", machte Dina gerade liebevoll und wiegte Puscheline in ihren Armen wie einen Säugling, während ihre Augen glücklich leuchteten. Schließlich setzte Dina sich auf den Rand des Podestes zu Tobias' Füßen. Sie nahm die Katze auf ihren Schoß und sah Laurin auffordernd an: „Und nun Tobias. Laurin, du hast es versprochen", ermahnte sie.

Gertrud stieß mich an und deutete auf Laurin, der sich an seiner Lederjacke zu schaffen machte.

„Simsalambim, Undine!" Mit einer fließenden Bewegung schaffte es Laurin, Dinas Arme auf ihren Rücken zu zwingen und ihre Handgelenke mit einem Strick zu fesseln, nachdem er Dina vom Podest gezerrt hatte. Rasch griff er abermals in seine Jackentasche und in seiner linken Hand blitzte etwas auf.

Dina trat nach ihm, versuchte ihn zu beißen und wand sich wie ein Regenwurm, den ein Kind aus der Erde gezogen hat. Doch so sehr sie sich auch wehrte, Laurin gab nicht nach.

Ich wollte schon nach vorn hechten und Laurin von Dina fortreißen, da hielt Gertrud mich zurück und raunte:

„Dadurch bringst du sie erst recht in Gefahr, Joachim. Der hält ihr ein Messer an die Kehle. Wenn er sich von dir bedroht fühlt, sticht er Dina ab!"

Mein Güte, helfen wollte ich Dina, nicht zusehen, wie sie Laurins Befehlen gehorchte, dachte ich und verspürte ohnmächtigen Zorn. Dieser Mistkerl! Ich ballte meine Fäuste und wusste doch, dass Gertrud und mir nichts übrig bliebe, als abzuwarten. Was hatte der irre Zauberer vor, fragte ich mich beklommen und versuchte, Ruhe zu bewahren. Ungeduldig scharrte ich mit meinem Fuß über den Fußboden.

„Psst, Joachim, leise!", warnte mich Gertrud. „Der sticht Dina nicht ab, der erklärt ihr etwas. Hör doch zu!"

Ich spitzte meine Ohren und konnte Laurins Worte verstehen, doch was er sagte, ließ mich beinahe endgültig aus unserem Versteck hervor stürmen: „Weißt du, Dinchen, als Gipsfigur ist Tobias keine Konkurrenz mehr für mich. Das siehst du doch ähnlich, oder?" Ich sah, wie er mit seiner rechten Hand an Dinas Haaren riss, sich eine ihrer Strähnen um den Finger wickelte und ihren Kopf nach hinten zwang. Mit dem Messer in seiner Linken fuhr er nun leicht über die Haut an Dinas Kehle und ich sah einen Blutstropfen dort austreten.

„Ich hatte nie vor, Tobias wieder in einen Menschen zu verwandeln. Hast du dich nicht gewundert, dass ich deiner Bitte sofort zugestimmt habe? Tatsächlich kannst du lange darum betteln. Sorry, keine Chance!" Erneut ritzte er leicht die Haut an Dina Hals an. Ein weiterer Blutstropfen kam heraus, rann langsam in ihren Ausschnitt, versickerte dort in dem Stoff ihrer Bluse. „Ich habe jedoch eine Überraschung für dich geplant. Die wirst du nie mehr vergessen! Wenn ich dich nicht haben kann, denn ich bin dir ja nicht gut genug, dann soll dich auch kein anderer haben! *Kein anderer*, verstehst du?" Laurins Stimme schnappte fast über. Er ließ Dinas Haare los, zog eine kleine Flasche aus seiner Jackentasche und fuchtelte damit vor Dinas Gesicht herum. „Kriegst auch ein leckeres Schlückchen, *Liebste!*", hörte ich ihn sagen. Sein Tonfall klang unglaublich gehässig.

Ich sah Panik in Dinas Gesicht und ich spannte meine Muskeln an. Lange würde ich diesem unwürdigen Schauspiel nicht mehr zusehen, beschloss ich. Nur Gertruds Hand auf meiner Schulter hielt mich noch zurück.

Gefährlich leise hörte ich Laurin nun Dina erklären: „Ich verlange, dass du ..."

Immer leiser wurde seine Stimme, nahezu unhörbar. Ich schaute ratlos zu Gertrud, doch die starrte mit zusammengekniffenen Augen auf den Zauberer und murmelte: „Ich glaube ... Tobias soll eine Gipsfigur bleiben und Dina soll etwas über sich selbst schreiben; das verlangt er!"

Ein gutes Gehör besitzt meine Freundin, dachte ich bewundernd und überlegte noch, was Laurin mit seiner Anordnung bezweckte. Oder hat Gertrud sich verhört?

Ich sah Dina zurück auf das Podest sinken und anschließend auf die Tastatur ihres Laptops eintippen, zunächst zögernd, doch als Laurin den Druck seines Messers verstärkte, immer schneller.

In ihren Augen sah ich blanken Hass, gepaart mit unglaublicher Angst. Mordlust. Todesangst.

Gertrud lauschte wie ein Luchs Laurins halbblauten Worten, dann erklärte sie mir: „Dina soll auch zu einer Gipsfigur werden. Laurin wird ..." Gertrud brach ab, hechtete mit einem kühnen Sprung hinter dem Paravent hervor und stürmte voran wie ein wütender Ganter.

Ich rannte hinter der Frauenrechtlerin her und erwischte Laurin in dem Augenblick, als er seinen Zeigefinger über der Enter-Taste der Tastatur kreisen ließ und an Dina gewandt meinte: „My Fucking Girl, dich verzauber ich auf meine Art, wirst schon sehen!"

Gleich würde der Zeigefinger des durchgeknallten Magiers wie ein Adler auf Beutefang gehen und die Verwandlung Dinas in Gang setzen, schoss es mir durch den Kopf.

„Nein!" Ich schlang meine Arme um Laurins Oberkörper und riss ihn zurück, danach ließ ich ihn los. Er verlor den Halt und taumelte, bis er schließlich zu Boden stürzte.

Sein Hinterkopf prallte mit einem hässlichen Geräusch auf den Rand des Podestes. Laurins Körper rollte zur Seite und blieb regungslos liegen. Blut breitete sich auf dem Boden aus und bildete eine Lache, die langsam größer wurde. Das Fläschchen fiel ihm aus der Hand und kullerte über den Boden; Gertrud hob es auf.

Ein Unfall, nichts als ein Unfall!, versuchte meine innere Stimme mich zu besänftigen. Den Tod Laurins hatte ich nicht beabsichtigt, obgleich es um diese Bestie nicht schade wäre, dachte ich. Ein leises Stöhnen entwich Laurins Mund – offenbar lebte er noch, wie ich halb erleichtert, halb enttäuscht registrierte.

Gertrud nahm die zitternde Dina mütterlich in ihre Arme und sah Puscheline nach, die entsetzt das Weite suchte.

Das Kätzchen würde sich wieder einfinden, dachte ich. Doch was wird nun aus Tobias? Der schien alles mitbekommen zu haben, denn die Muskeln unter seinen Augen zuckten unkontrolliert.

Mir kam ein rettender Einfall und geistesgegenwärtig ergriff ich Dinas Laptop. Ich setzte Tobias' Namen wieder in dem Text ein, damit er ins Leben zurückkehren konnte, und tauschte Dinas Namen gegen meinen aus.

Doch mir kamen Zweifel. Ich will leben und nicht wieder zu einem Museumsexponat werden, dachte ich. Kann ich meine Verwandlung noch verhindern? Laurin bewegt sich schon. Ich muss handeln, rasch! Fällt mir denn keine andere Lösung ein? Bestimmt reicht die Berührung der Enter-Taste aus, dadurch ist mein Schicksal besiegelt.

Die Gedanken rasten durch meinen Kopf. Ich blickte zu Laurin, bemerkte, wie er mit dem Oberkörper ein Stück hochkam, zurück sank und es erneut versuchte, während meine Hand über der Tastatur schwebte. Als er sich abermals rührte, drückte ich reflexartig mit dem Zeigefinger auf die Enter-Taste. Rasch hob ich die Hand. Es war zu spät.

Tobias' Verwandlung begann sofort. Ich nahm wahr, wie seine Beine sich zu regen begannen. Seine Arme und Hände folgten, dann drehte er seinen Kopf und sah mir in die Augen. „Joachim", hörte ich ihn leise sagen und bemerkte, wie glücklich er klang.

Ich wusste, nun würde auch meine Umgestaltung stattfinden. Gegen meinen Willen, nicht mehr zu stoppen.

Erst konnte ich meine Füße nicht mehr spüren. So sehr ich auch mit meinen Zehen versuchte zu wackeln, sie waren erstarrt. Inzwischen fühlten sich auch meine Beine taub an – war ich gelähmt? In Panik schnappte ich nach Luft und blickte an mir herab. Weiße Schuhe, weiße Hosenbeine. Nun verblasste auch das Dunkelblau meiner Windjacke, wurde zusehends heller und schließlich weiß.

Ich bemühte mich, meine Finger zu bewegen, doch nur noch der kleine Finger meiner rechten Hand ließ sich mühsam abspreizen. Jetzt erstarrte auch er.

Ich dachte traurig an Dina, erinnerte mich wehmütig an ihre Liebenswürdigkeit, sah im Geiste ihre schönen braunen Augen vor mir – wie gern hatte ich sie angeschaut! – und wünschte mir, sie ein letztes Mal umarmen zu können.

Doch ich war nur eine *erdachte Gestalt.* Dina hingegen lebte in der echten Welt zusammen mit wirklichen Menschen und nur für eine kurze Zeit hatten sich unsere Wege gekreuzt. Hatte ich Gefallen am ‚echten‘ Leben dort draußen vor den Toren des Museums gefunden? Würde ich die Sonne und blühende Blumen, die sanfte Frühlingsluft vermissen? Ja, dachte ich bedrückt.

Ich beobachtete, wie Dina und Tobias einander jubelnd umarmten und Gertrud ebenfalls ihre Arme um das Paar schlang. Wie glücklich sie alle wirken, dachte ich und fühlte Stolz und Zufriedenheit in mir aufsteigen.

Stolz darauf, Dina zu einer glücklichen Zukunft an der Seite ihres geliebten Tobias verholfen zu haben. Zufriedenheit darüber, dass ich für eine Weile an ihrem Leben hatte teilhaben dürfen.

Ich konnte mich nicht mehr dagegen wehren, wieder zu einer stummen Figur zu werden. Meine Verwandlung war fast abgeschlossen. Nur sehen konnte ich noch wie durch einen Schleier hindurch, aber auch meine Augen würden bald zu weißen Gipsmurmeln erstarren. Und dann wäre es … auch mit meinem … Denk … vermö... gen ... vorbei!

Ich vernahm noch ein gequältes Stöhnen, sah Laurin mühsam um Luft ringend über den Boden kriechen, bemerkte noch die Blutspur, die er hinterließ. Ich sah noch Dina und Gertrud flüchten, Tobias zwischen sich eingehakt. Stumm hatten sie sich mit dankbaren Blicken von mir verabschiedet, doch verständlicherweise wollten sie nicht mit Laurins Verletzungen in Zusammenhang gebracht werden und waren rasch aus meinem Sichtfeld verschwunden.

Meine Augen blickten wieder ins Leere, das Gehör versagte seinen Dienst. Ich würde wieder ruhig an meinem Platz stehen, war mein letzter Gedanke.

S imsalabim, so hebe dich hinweg, du elendes Ding!",
rief Dina gut gelaunt und pfefferte ihren alten Laptop
schwungvoll in einen der riesigen Container, die auf der
Müllkippe standen. Formatiert hatte sie die Festplatte, nun
dürften sich keine Viren oder ähnliches – Dina hatte keine
Ahnung vom Innenleben eines solchen Gerätes – mehr
darauf tummeln.

Insbesondere die von Laurin hervorgerufene
Manipulation der Software hatte ihr Sorge bereitet, doch
ein letztes Mal ging sie in Gedanken alle Schritte durch, die
zu einer hoffentlich blitzsauberen, unschuldigen Festplatte
geführt hatten. Alles in Ordnung, meldete ihr Gewissen und
Dina wandte sich von dem Container ab und kehrte zum
Parkplatz zurück.

Dort öffnete sie die Fahrertür ihres Polos und ließ sich
aufatmend auf den Sitz fallen. Zwei fröhliche Stimmen
begrüßten sie.

„Hat alles geklappt, Dina, bist du das grässliche Ding
endlich los?" Gertrud sah sie neugierig an.

„Wurde auch Zeit, hat dir nur Ärger beschert", kam
Friedrichs Kommentar vom Rücksitz. Der Autonarr, ebenso
wie Lorenz, seines Zeichens wackerer Ritter, musste nun
nicht mehr in der schlichten Waldhütte Zuflucht suchen.

Nur Ärger? Dina schüttelte fast unmerklich ihren Kopf.
Nein, den Beginn meines Romans habe ich darauf getextet,
voller Hoffnungen und Träume. Bis mein ehemaliger

Liebster sich eingemischt hatte, dachte sie erbost. Falsch eingeschätzt habe ich Laurin, einen Mann mit zwei Gesichtern. In den sanftmütigen Schmetterlingsfanatiker habe ich mich verliebt, doch sein wahrer Charakter ist mir verborgen geblieben. Ein echter Zauberer eben; ständiges Täuschen und Tricksen schien zu seiner Natur zu gehören!

Schluss mit diesem unrühmlichen Kapitel meines Lebens, dachte Dina und gurtete sich entschlossen an. Auf, in ein schöneres Dasein an Tobias' Seite! Und mein Roman ist schon bald auf meinem neuen Laptop fertig gestellt.

Gertruds Stimme holte sie aus ihren Gedanken: „Wisst ihr", begann sie und drehte sich halb um, um auch Friedrich ansehen zu können, „nicht nur du hast Pläne, Dina. Auch ich habe mir einiges durch den Kopf gehen lassen und meine, uns Frauen stehen noch weitere Dinge zu. Gleiches Geld für gleiche Arbeit und Wahlrecht, gut und schön, aber was ist mit dem Kinderkriegen?"

Friedrich prustete unvermittelt los und hielt sich seine Hand vor den Mund, als er die konsternierten Blicke beider Frauen auf sich ruhen sah.

„Du glaubst, das ist allein Sache der Frau? Typisch Kerl", meinte Gertrud und verzog ihr Gesicht. „Ihr werdet schon sehen, bald mach ich eine neue Demo", kündigte sie an. „Lasst euch von Tante Trudis Forderungen überraschen!" Sie verstummte und betrachtete sinnend das geschäftige Treiben auf der Müllkippe. „Los, worauf warten wir, fahren wir endlich los!"

Einen Tag darauf läutete jemand an Dinas Wohnungstür. Unwillkürlich erwartete sie, Laurin stünde davor. Bedächtig öffnete sie die Tür einen Spalt und sah einen vielleicht zehnjährigen Jungen vor sich, der ihr etwas entgegenstreckte. Wasserblaue Augen in einem schmalen Gesicht blickten sie an.

Augen wie kühles Gletschereis.

„Mein Laptop?", entfuhr es Dina. „Wie kommst du dazu? Den hab ich doch entsorgt. Oh je, hätte ich das Ding doch mit einem Hammer zerschlagen", seufzte sie und schüttelte ihren Kopf. Würde sie dieses Horrorteil niemals loswerden?

„Nee, bloß nicht!", entgegnete der Junge. „Paule", stellte er sich vor und reichte Dina artig seine Hand. „War auf der Müllkippe rumstöbern, mach ich manchmal", erklärte er und setzte hinzu: „Der Läppi is' mir gleich aufgefallen. Sah aus, als ob der noch funktioniert, und ich bin in den Container geklettert und hab ihn mir geschnappt." Verlegen verstummte er.

Dina schaute den Jungen an und überlegte. Sollte sie ihn warnen? Funktionierte das Gerät tatsächlich noch? „Und, ausprobiert?", erkundigte sie sich.

Der Junge nickte und ein begeisterter Ausdruck erschien auf seinem Gesicht. „Super Teil", schwärmte er und verriet Dina: „Ihre Adresse kenne ich von dem Aufkleber auf der Unterseite des Laptop. Und ich hab zufällig eine Datei entdeckt, die wird von Ihnen stammen. *Manuskript*. Das ist ja ein richtiger Roman! Nur der Schluss fehlt noch."

Natürlich! In Gedanken sah Dina den länglichen Klebestreifen mit der grünen Schrift, bereits mit Filzstiftfarbe verschmiert, aber noch lesbar. Wie dumm von ihr, den nicht zu entfernen!

279

„Schmeiß weg!", riet sie dem Jungen. Wie kann es sein, dass die Datei die Formatierung überstanden hat, dachte sie. Habe ich etwas falsch gemacht? Ist Laurin wieder am Werk? Nein, der hat sich bei seinem Sturz auf das Podest eine schwere Kopfverletzung eingehandelt.

Ihr fiel noch etwas ein: „Ändere nichts an dem Text, die Datei ist ... also, sie reagiert ..." Mist, dachte Dina und spürte, wie ihr das Blut ins Gesicht stieg.

„Nee, ist schließlich *Ihre* Story", meinte der Junge und grinste. „Den müssen Sie schon selbst verbessern. Also ich find die Geschichte genial", lobte er.

Dinas Augen leuchteten auf. Ihr kam eine Widmung in den Sinn, die sie dem Roman voranstellen würde, sollte er tatsächlich veröffentlicht werden: *Für Gertrud und Joachim, meinen liebsten Gipsfreunden!*